另一个长安

王小洲 著

陕西新华出版

陕西人民出版社

图书在版编目（CIP）数据

　　另一个长安／王小洲著. —西安：陕西人民出版社，2017（2025.1 重印）

　　ISBN 978 - 7 - 224 - 12312 - 8

　　Ⅰ.①另… Ⅱ.①王… Ⅲ.①散文集—中国—当代 Ⅳ.①I267

　　中国版本图书馆 CIP 数据核字（2017）第 164937 号

另一个长安

作　　者　王小洲

出版发行　陕西人民出版社

　　　　　（西安市北大街 147 号　邮编:710003）

印　　刷　三河市众誉天成印务有限公司

开　　本　787mm×1092mm　16 开　20 印张　5 插页

字　　数　260 千字

版　　次　2017 年 7 月第 1 版　2025 年 1 月第 2 次印刷

书　　号　ISBN 978 - 7 - 224 - 12312 - 8

定　　价　78.00 元

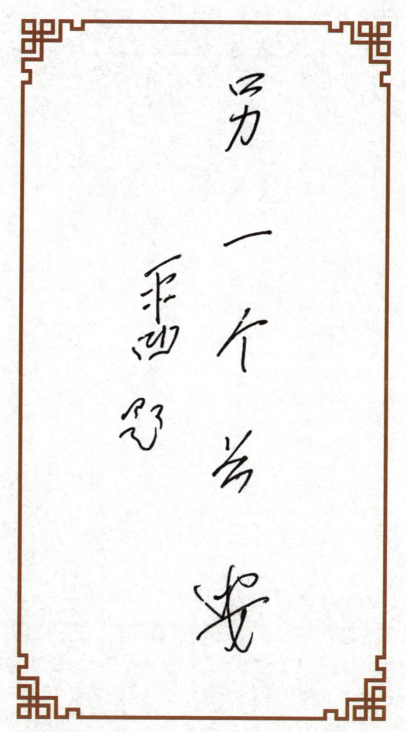

另一个芳

贾平凹题字

中国作家协会副主席、著名作家贾平凹，中国散文学会常务副会长、
著名作家红孩为作者颁奖

中国散文学会名誉会长周明与作者合影

中国散文学会名誉会长、著名作家王宗仁与作者合影

一次温暖而疼痛的阅读

红孩

最近一个时期，总是接触"故乡"这个词语。从春节过后，接连参加几个散文研讨会，都是关于故乡的写作。即使我自己，也因河南大象出版社出版了一套"乡愁文丛"，里边收入了我的散文集《运河的桨声》，使我不得不放弃其他的事情，而为这套书奔走宣传。说实话，对于故乡、乡愁的写作，我已经没更大的兴趣了，我一直想回避她，甚至超越她，可是，当我面对自己的家乡，面对那些无数的关于故乡的来稿，我的心还是不免被激活起来。我知道，故乡于我注定是无法割舍的。

每个人都有自己的故乡。故乡是同家乡联系在一起的，家是同亲人联系在一起的。有人说，所谓故乡，就是埋葬你亲人的地方。也有人说，故乡是让你魂牵梦绕、温暖而疼痛的地方，即使你远隔千山万水，也会时常想起它。我觉得说得都对。我还想说，故乡是我们语言形成、风俗形成的地方，也就是说，故乡是一种文化符号，只要你出生在这个地方，你的身上就不可回避带上那个地方的烙印。你想忘记，是不可能的。

我接触的作家，大部分人或多或少都写过自己的故乡。有的作家，即使离乡几十年，笔下写得最多的还是他的家乡。用著名乡土作家刘绍棠先生的话说，他要在家乡打一口井，这一辈子就在那里挖掘生活。刘先生这么说，也这么实践了，他终其一生，所写的最多的、最出色的就是他的大运河。与刘绍棠相似的还有柳青、赵树理、孙犁、浩然等。以至后来的陕西作家路遥、陈忠实、贾平凹，河北的铁凝、关仁山，北京的刘恒、陈建功等。再往前，鲁迅、茅盾、巴金、沈从文等，他们都是乡土文学的杰出代表。

我向来以为，乡土不是乡村，乡愁更不是乡村。相对于置身于海外的华人，中国就是他们最大的乡愁；相对于台湾，大陆就是他们最大的乡愁；相对于月球，地球就是人类最大的乡愁。我们看鲁迅笔下的《社戏》《故乡》、老舍笔下的《骆驼祥子》《茶馆》、萧红笔下的《生死场》《呼兰河传》、林海音的《城南旧事》，听席慕蓉作词的《父亲的草原母亲的河》、李叔同作词的《送别》，那就是乡愁。

乡愁很难用时间空间限定。没人规定你离开故乡多少时间，相距多少路程，你就有了乡愁。乡愁是一种此岸对彼岸的向往与思索，一个人即使从来没有离开过家乡，他同样拥有属于他的乡愁。乡愁更多的是心灵的栖息场所。

做文学编辑多年，我看到许多业余作者，也包括相当多的作家，他们笔下写得最熟悉、最真诚、最感人的就是乡愁和亲情两种题材。尽管每个人的角度不同、情感不同，但站在总体的把握上，难免有雷同之感。久而久之，当面对这类题材的作品时，我就有些谨慎，既要寻找新的亮色、新的解读，也要避免感情用事，一味地去纵容这样的作品充斥文学的土壤。这肯定是件两难的事。

我的作家朋友中，有许多以写乡村题材作品著称的。这一点也不奇怪，我们国家本身就是个农业国，虽然现在城市化进行得如火如荼，但就大多数人而言，上翻到三代，也几乎还是从农村走出来的。当下六七十岁的作家，即使是王蒙、莫言、铁凝、张抗抗、贾平凹、王安忆、叶辛等名家，也基本上是来自农村或有过在农村插队的经历。很难想象，在中国如果没有农村的经历，他们能写出好的作品来？

西安长安区的作家王小洲是我近两年新结识的朋友。他本行是教师，现在担任着区教育局的副局长，按说他这种经历的人，写的散文应该书卷气十足，更倾向于学院派那种的学者散文，也可称为文化散文的那种大散文。可是，王小洲偏不这样，他把目光一直锁定他熟悉的乡村生活。我在所供职的报纸副刊上，陆续发过他一些散文，这些散文就是我前面提到的乡土散文，每一篇都很细腻，像工笔画似的。我很佩服他的执着、他的耐心，有一度我曾经有意提醒他把题材放宽些再放宽些，不然，我就很难再发他的稿子了。对于我的观点，王小洲听得很认真，从来不说话，我说得多了，有时甚至觉得，王小洲根本没有听进去。因为，过了一段时间，他还是把他对乡村的描写发给了我。那意思是，我就这么着了，你看着办。

这年头，谁能把谁怎么着呢？特别是文化和文学的事，谁能说自己就是真理，自己就是玉皇大帝。我理解王小洲的乡土写作，这种执着是融进他血液里的。我对乡土写作有着诸多的不满意，关键是这些散文都是对人和物的确定式写作。这也难怪，我们的古典散文、现当代散文，尤其是中学生课本里所选的散文，几乎都是确定式写作。因此，造成中学生作文、高考作文，也几乎都是确定式写作。确定式写作很能练基本功，不论是写人还是写物，来不得半点投机取巧，如果你敢疏忽放松，读者一眼就能看清楚。

王小洲的父亲是秦腔演员。戏曲讲究的是程式化，不仅唱腔讲究程式，即使扮相也是如此。王小洲从小喜欢戏曲，深得个中要领精髓。参加工作后，他当语文老师、教导主任、教育局负责人，所从事的都是极其规范的非常确定的工作，这些必然会使他的创作进入确定性。再者，他长期在长安，生于斯长于斯，对这里的一花一草都十分的熟稔清晰，并且从骨子里对家乡充满着挚爱，他是真正的在家乡打了一口深井，这里的水源浸润着他的心田和心灵。如此说来，王小洲选择确定式写作没有错，相反，倒让我产生了敬意。

当然，王小洲的散文，如果能有意借鉴美术、音乐等其他艺术门类的技巧，也许写得能更空灵、更好看一些。这只是我的一点建议，至于王小洲下一步会不会在已有的路子上有所创新突破，那就看他是否有这个自觉了。最后我想说，我喜欢这本《另一个长安》。这本书是有别于别人的，它属于王小洲。看《另一个长安》，是一次温暖而疼痛的阅读。

2017 年 6 月 15 日于北京西坝河

（作者系中国散文学会常务副会长，散文家、文艺理论家）

目录

第一辑

第一辑

读不透的乡村

告别了猿猴的人类，经过漫长的游牧之后，一定居下来的时候，就有了乡村。当人类有了物物交换的行为之后才出现了市，筑起围墙的乡村浴火重生就成了城。我国历史上，有文献记载的出现最早的城市可追溯到西周初期。换句话来说，城市脱胎于乡村。在某种程度上可以说乡村是城市的母亲，是乡村孕育了城市，养育了城市。如果说乡村是参天古树庞大的根系，城市是巨大的树冠；把乡村比作广袤的平原，城市就是平地上翘起的高山。乡村可以说是一部永远读不完的皇皇巨著，更是一部永远读不透的人类发展的秘籍。

我好长时间曾经因为自己出生在乡村而心生怨恨，曾经羡慕忌妒恨城市人，也曾经因为自己是乡村人而自卑。乡村这张标签曾经让我灵魂蒙羞，曾经让我人格受辱，让我的精神萎靡不振。人总是在离开和失去的时候才知道珍惜，当离开乡村踏进了城市以后，随着年龄的增长，我越来越怀念起乡村，越来越爱起乡村。这时我深深懂得乡村才是我的根，乡村才是我灵魂的栖息地，乡村才是我精神的源泉。此时，我为自己的乡村出身而骄傲，而自豪。

我出生于乡村，成长于乡村，曾经工作在乡村。乡村于我来说熟悉又陌生，熟悉乡村的一草一木以及人和事，陌生的是乡村里总有我看不明白的草、木、人、事。

打开了乡村这部擎天立地的恢宏巨著，捡拾起几行被遗忘落满尘土几乎发霉的文字，揭开我心底的盒子，放出尘封的记忆，让我又一次回到了生我养我的乡村。

凶宅

凶宅的说法我很早就听说过。小时候就听老人们说到凶宅，但我并未亲眼见过，还以为凶宅是大人用来吓唬小孩的说法。那时我并不甚理解什么是凶宅，肤浅地以为这宅院的主人横死或者暴毙或者病亡，留下宅院就是凶宅。

后来在一些影视剧里看到宅院里闹鬼的恐怖场景和情节，对凶宅又有了一些新的认识。也许是先入为主的影响，也许是思维定式的原因，不过总摆脱不了小时候认识的影子。

曾经在电视新闻里听到美国有一处凶宅，在这所宅院里住过的人，家家都意外地惨遭不同的横祸，几十年来换了四五家住户，竟无一家逃过此劫。这宅院犹如魔咒，住进的人没有一家打破它，它就像百慕大神秘地区，无人能够解释清楚，其中的缘由谁也弄不清楚。就像当年彭加木在罗布泊神秘地失踪一样，至今还是一个不解之谜。

后来我真的亲眼见到了一个凶宅。20世纪80年代末期，农村改革让农民的钱袋子稍稍鼓了起来。好多三两家子四五家子挤在一个院子里的人家，弟兄几个蜗居一院的都想搬出来新建自己的家，建立一个小院自成一统，拥有独立的小天地。村里便顺应民意，重新规划庄基地，整村实行改造。

村里填盖了小河，填埋了村西的大片稻田，村民们大兴土木，家家户户均新辟院落，新建了房屋，村庄扩大了一倍还多，成为明代建村以来开天辟地第一次。

我的一位族叔在部队当炊事员，刚刚从部队复员回家，在填覆的稻地上建起了两间一砖到顶的松木担子松木檩松木椽一挂松的庵间门房和三间厦房。

搬进新房不久，在外打工为工队做饭的族叔突然就遭遇了车祸不治而亡。族婶和小堂妹孤儿寡母日子甚是艰难恓惶，于是经人说合从陕南山区招赘了一位丈夫。山里小伙本分实诚，对族婶体贴入微，把小堂妹视为己出，人又非常聪明勤快，一家小日子过得有滋有味。谁知不久又大祸降临，小伙得了地方病出血热。发现得有点迟，送到镇上卫生院治疗，没有熬过少尿期，最后一命呜呼魂归西天了。无奈，凄惨的族婶带上小堂妹，又改嫁给娘家村一丧妻的中年男人，这所宅院就空了下来。村里人皆以为族婶八字硬，命里克夫。

族叔的亲侄子也就是我的一位堂哥，他的两个儿子一天天长大，于是将族叔的房子翻修一新住了进去。谁知其中一个儿子莫名其妙得了一种不治之症，十七八岁活脱脱的高大英俊挺拔的帅小伙，没过一个周竟然死了。堂哥堂嫂中年失子悲痛欲绝，一下子老了许多，现在想起来我的心还流着血。村里老人都说这是一凶宅，从此再也没有人敢住了。村里人从门前经过，都绕着走。

屋顶瓦缝里麝草杂生，苔藓遍瓦。院内杂草丛生，一片荒芜，落叶遍地，散发着腐烂气息。屋子里墙根返潮，出现了杂乱无章泛白的痕迹，一股发霉味。满目荒凉，满心悲凉。

这宅院一闲就是好几年。闲着也是闲着，堂哥把他租给了一位发小，办起了医疗被服厂。堂哥发小的父亲是省卫生学校的知名老师，桃李遍及卫生系统，且大都有一官半职，大小拿些事。他就利用父亲的人脉，做起卫生被服的生意来。厂子原本在别的地方，后来在堂哥的怂恿下，搬回村子放在了这宅院里。大约半年光景，被服厂的一名工人触电身亡，堂哥的发小花了一大笔钱，搭上了多年的积蓄才了却了事故，最后索性把厂子搬走了。

从此这宅院就一直空着，掐指算来一晃近 20 年了。

村里人议论纷纷，说什么的都有。好心的长者帮堂哥请来好几个风水先生，又是看，又是算，又是用罗盘测，但是没有人能说得清道得明其中的原因。这所宅院为什么是凶宅至今还是一个不解之谜。

这凶宅慢慢地已被村里人淡忘，如今谁也不愿提起它，谁也不会记起它。但我的脑海里还会常常闪现那宅院，偶尔也会思考思考。

我是一名唯物主义者，我不相信世界有鬼神，也不相信世界上有神秘的东西。但凶宅的确是一个事实，也许是人祸，也许是巧合，也许有一天人们会对凶宅做出科学合理的解释。现在回老家时，偶尔会从这凶宅前经过，但心里不再纠结，懒得再想凶宅的事了。

驱鬼

读了陈忠实先生的文学巨著《白鹿原》，书中许多关中农村的生活情节让我一直难以忘记。尤其是鹿三被田小娥的鬼魂附体，他那尖细俏气的嗓音，轻佻的眼神和忸怩的动作，如同田小娥和白嘉轩说着话，人们用簸箕桃树条驱鬼，在田小娥坟前造塔镇妖辟邪的情景勾起了我乡村驱鬼的记忆。

我的家乡距陈老的家乡灞桥霸陵乡西蒋村五六十里，民国至新中国成立初期同属长安县。驱鬼之事大体一致，然而"十里不同俗"，相似中也有不同之处。我也说说老家驱鬼的故事。

后街的一位大哥恋上邻家的一位大姐，两家虽一墙之隔，大人们却彼此不相往来。两家祖上曾因庄基界畔大打出手，大哥的祖上因此致残，两家还因此对簿公堂。佛争一炉香，人活一口气，从此两家高筑界墙。随着时间的推移，两家的仇恨被时间洗涤已经淡漠了。虽说不再是仇人见面分外眼红，但人老几辈仍互不招嘴，互不识牙。从小大人们就不让大哥和大姐在一起耍。或许因趣味相投，或许应了俗话"一个人吃一个人的药"，或许冥冥里有缘，他们明里不来往，暗里亲如兄妹，到了青春期竟偷偷地相爱了。两家大人打死也不同意，棒打鸳鸯散，两人被拆散。裂倔的大哥，来了个梁山伯殉情自杀，喝了敌敌畏而亡。两家大人痛心欲绝，肠子都悔青了，大哥的生命化解了几代人的恩怨，仇恨泯灭了大半，两家人开始礼尚往来了。可惜代价太惨重了。

尽管村民们对此很同情，但毕竟村里出了凶死鬼，家家户户门槛底下都撒上些生石灰，门里都要放上一盒火柴和一把麦草，夜里回家的人进门前点燃麦草，在熊熊的大火上来回跨三次才进家门——据说鬼怕火。

一月天气的一天，吃过午饭，隔壁五嫂说话走路怪怪的，声音粗犷，动作豪放，看人的眼光有一股男人气。她一下午也没下地干活，在院子里各个房间游来游去，时而恍恍惚惚，时而怪怪异异，满嘴说着大哥与邻家大姐之间的事，口口声声要见大姐。孩子们吓得直哭，叫来了对门的三婆。三婆火急火燎，小脚一颠一跛扭扭捏捏赶来。一看五嫂，三婆笑了。原来五嫂被死去的大哥的鬼魂拿住，也就是被大哥的鬼魂附体了。

三婆喊来几个小伙，取来柳条簸箕，折了几根桃树条子。让两人把五嫂按住，把柳条簸箕扣在她的头上，用桃树条边抽打边训斥："你个崽娃子，到了阴间就好好待着，等着早托生，跑出来又祸害人来了！"

据说这桃木柳木对鬼有震慑作用，可以辟邪免灾。王安石有诗云"总把新桃换旧符"，秦腔三国戏里诸葛祭灯时，桌上就摆着桃木弓柳木箭和朱砂笔五雷碗，农村为辟邪墙上也挂着桃树条弯成的弓和柳树条折成的箭。

"快回到你的阴宅去！"三婆狠狠地抽打着五嫂头上的簸箕，那"鬼"开始求饶，"不打了，我走呀。"一会儿五嫂掀开簸箕开口了，"怎么了？"大家认定这会儿是五嫂本人，三婆这才住手。取来热水瓶，忙给她倒了口白开水，五嫂边喝，边疑惑地看着大家。三婆说了她被鬼魂附体的事，五嫂有些不好意思，撩起头发浅浅地一笑，不时低头、不停地拽着衣角。

小时候在农村无缘无故地头疼脑热，到村医疗所让赤脚医生一检查，却说没病。老人们说一定有邪气。那次我忽然肚子疼得厉害，母亲盛上半碗清水，取上三根筷子、三张白纸放在土炕边沿上。问清我都去过什么地方，母亲把三根筷子竖直地栽到碗里，一边撩水一边把可能遇到的鬼一一提说一遍，让他们快快显灵。母亲不停地劝说鬼魂显灵立下，当筷子在水里端端站起来时，认定就是提说到的鬼在作怪。母亲一边用三张白纸在我的头上左擦三圈，右擦三圈，一边劝说鬼魂带上纸钱回家去。母亲让我对着撮起来的三张白纸长长地吹上三口气，然后从案板上取来菜刀，将三根筷子拦腰砍倒，点燃白纸，把纸灰放到水碗里，送出家门，倒在十字路口。神奇的是一会儿我的肚子不疼了。我百思不得其解。有时三根筷子在水里不站时，母亲会把他们移到炕沿上，劝说鬼魂"怕水里冷，就站在岸上。"

上了初中，老师解释了筷子立在水中的道理，我也回家试验过好多次，确实也可以让筷子直直地站在水碗中。从此我不再相信母亲的"墓量"之术了。那为什么我的肚子会不疼了，是心理作用在作祟？我至今也没弄明白。

我是一个无神论者，不相信世间有鬼神存在。世间本无鬼，皆因人心生之。如果说有鬼的话，那么从人类诞生起，死亡的人变成鬼地球上就站不下了，严重的超负荷了。或许鬼神源于我们这个民族的祖先崇拜和祖先图腾，姑且这样理解吧。

收惊

"众家哥弟落了马，倒叫延昭活吓煞……"这是秦腔《五郎出家》杨五郎的一段唱词。民间还有"死诸葛吓死活司马"的说法。受到惊吓这是生活中司空见惯的事，不过受到的惊吓程度不一样，后果不一样。传说中就有人被吓死的说法，因而人们口前常有"看把你吓死了"的话，笑话那些胆小怕事之人。

遭遇危险，遇到突发事故，遭到威胁，受了惊吓，对人心理的影响是很大的，打击也是不可小觑的。心理阴影好长时间都洗刷不掉，让人茶饭不思，身体不适，甚或精神不振，现代心理学早已证明了这一点。

现在人们做心理疏导就会缓解，但过去在农村当人们受惊吓以后，人们没有条件去做心理疏导、心理调节，而是用一些近似于巫术的迷信的办法，在农村就叫作"收惊"。

过去，在农村，无论大人还是小孩，明里受到惊吓，抑或暗里吃惊，都会找老太太或老爷爷去收惊。一个村子里总有那么几个懂收惊之术的人，人不同，收惊的方式也不同。是顶神的发神，是居士的用香火，是道家的用咒语，五花八门，各显手段。

若明确知道受了惊吓，就直接去找收惊人，若暗里受惊吓的就要遭受一阵子折腾。哪家大人小孩，特别是小孩，无病无灾，平白无故身体消瘦，精神萎靡，无精打采，到医院里看医生，吃药打针不见好转，住上十天八天医院也无济于事。父母满脸愁容，一筹莫展。隔壁对门的老人就给家长支招，娃可能是受惊吓了，找人给娃收个惊就好了。父母半信半疑，折腾得实在没办法了，就死马当活马医，父母带孩子去找收惊人收惊。

小时候我经常半夜里莫名其妙地发烧，早上起来却体温正常。母亲带我去找六婆收惊。六婆是一位慈眉善目笑容可掬的老太太，一双小脚，走起路来如在风中摆一样摇摇晃晃。虽然年近六十，却头发乌黑耳聪目明，思维清晰，说起话来钢口很清，字字如珠玑，声音又亮又脆如"大珠小珠落玉盘"。

六婆倒了一杯茶，坐在八仙桌旁的太师椅上浅浅地呷了三口，又是张口，又是打哈欠，她把兰花指在喝过的茶里蘸了蘸。然后抬手，兰花指在我的头上轻轻一弹，我感觉到几滴茶落在我的头发上，接着头皮温温的，一阵暖流涌入心头。弹了三下以后，六婆又蘸了蘸茶水，绕着我的头左三圈右三圈，嘴里念念有词。是佛经，是咒语？我已不大能记起来了。

母亲连连道谢，放下几个鸡蛋，起身领着我回家。六婆说什么也不要，再三推来让去，母亲执意留下，六婆也就只好收下。

六婆收惊真很灵验，当天晚上我就不再发烧了。我小时候体质差，三天两头生灾痾，不出十天半个月，就要去一趟六婆家，我成了六婆家的常客。不仅是我，村子里其他小孩有个小病小灾也常去找六婆收惊。慢慢地我长大了，体质一天天增强了，也很少生病，找六婆的次数少了，后来就再也不用找六婆了。

我的儿子五岁以前，也经常夜里睡不踏实，常常又哭又闹，害得我和妻子整宿整宿不能睡觉。白天要上课，晚上休息不好，老是没睡醒的样子，实在折腾得够呛。正可谓"法他妈把法死了——实在没办法了"。我只好把儿子抱回老家，又去找六婆求救了。六婆已八十多了，身子骨倒还结实，照样可以给孩子收惊。六婆收了惊后，儿子真的不哭不闹了。六婆真是一位活菩萨，她慈善的笑容，常常浮现在我眼前。

收惊为什么这样灵验，至今我也说不清楚。收惊的都是老人，有时仔细想想，也许是老人对小孩的爱的感应。小孩看到老人慈善的模样，心里的创伤被抚平了，不再感到害怕，自然就没有了惊恐感。不知我的猜想是否正确，也许将来心理学会做出正确的解释。

招魂

说起招魂古已有之，远古时代人们有了魂魄的认识，发现有人丢了魂，就要招魂。三闾大夫屈原曾作《招魂》，《左传·昭公七年》："匹夫匹妇强死，其魂魄犹能冯依於人，以为淫厉。"元代萨都剌《过高唐感事诗》："王孙去不返，魂魄又谁招。"《红楼梦》第三十三回："宝玉听了这话，不觉轰了魂魄，目瞪口呆。"《封神榜》里姜子牙也曾手持招魂幡招魂封神。

古人认为俗人有三魂七魄，是人的本命精神所在。秦腔戏《辕门斩子》就有"吓得我杨延景三魂不在"的唱词，不是还有"魂飞魄散"这样一个成语嘛。具体地说魂有三，一为天魂，二为地魂，三为命魂。人的魂魄附着在肉体上，魂魄和肉体是统一的，一旦魂魄脱离了肉体或者部分游离肉体，人就会失形如同行尸走肉。

民间认为，当人受到惊吓，魂魄与人的肉体就会部分分离；人遇到鬼神，部分魂魄就会被摄走。虽然肉体存在，但由于魂魄不在，或者说魂魄不够，因而人常常精神恍惚，游游失失，萎靡不振。这就需要把游荡的魂魄招回来，俗称"招魂"。

记得对门黑豆哥有一阵子拉肚子，在村里医疗所吃药打针，又到乡上卫生院住了一个星期医院就是不见好转。愁得二姑一顿一顿吃不下饭，一宿一宿睡不着觉，像过昭关的伍子胥一样熬煎得一夜头发白了许多。看着二姑真让人心焦，她当时的愁模样至今还历历在目。

隔壁大妈说："他姑，看娃是不是吓着了？叫一下子。"旁观者清，当局者迷。二姑这一向愁糊涂了，隔壁大妈一句话惊醒了梦中人。当晚麻糊黑，就听到了二姑招魂声，"黑豆回来——"二姑在村里业余剧班学过几天秦腔戏，招魂声有腔有调有声有韵，如同唱秦腔。我忍不住跑到街上像看戏一样，看着二姑招魂。只见二姑一手拿着鞋，大声叫着。她叫一声，黑豆哥应一声"回来了"。黑豆哥那应声有气无力，有点卓别林似的滑稽。叫完九声，二姑关了家门，跑到厨房里，爬到锅台口，又叫了九声。娘儿俩你一叫，他一答。最后二姑来到黑豆哥身旁，手轻轻抚着他的头，"我娃回来了，回来了"，一连叫了七个晚上。

不知怎么的，黑豆哥不拉肚子了。

招魂的方式五花八门，一个人一个办法。有的叫时拿着一把扫帚，叫毕把扫帚挂在墙上；有的叫时端着一个筛子，叫毕把叫回的魂魄扣在筛子里，放到案板上的；有的叫时拿着鞋子，叫毕把鞋穿到孩子脚上。

我想招魂肯定没有科学道理，也许是一种自我心理安慰，也许是有那么一点点天人感应的意思，也许是……

但我深深懂得灵魂对人的重要，一个人没有了灵魂就成为僵尸，一个民族没有了灵魂就会衰亡，一个国家没有了灵魂就会亡国。所以在任何时候，任何情况下，人的灵魂、民族的灵魂、国家的灵魂万不能丢。丢了是一定要找回来的，并且要不断地改造我们的灵魂，强大我们的灵魂，灵魂强大了，人也就强大了，民族也就兴盛了，国家也就处于不败之地。

取雨

人们常说"风调雨顺，方能国泰民安"。农耕时代农业是经济之本，水是农业的命脉。那时水利设施比较差，人们只能靠天吃饭，农作物成长的关键时候，下雨就丰收了，干旱一定就歉收了。人们的日子也就恓惶了，社会也就不稳定了。"仓廪实而知礼节"，食不饱腹，衣不裹体，鸡鸣狗盗之事也就多了，何谈礼义廉耻。

传说如果某地发生冤案，冤魂不散，就会久旱不雨。据《列女传》记载，传说汉代东海孝妇被太守冤杀后，郡中三年大旱，直至太守表彰并祭奠其墓郡中才开始下雨。窦娥被冤死，楚州六月飞雪三年大旱，庄稼三年六料颗粒无收。昏官一纸判决，草菅人命，可坑苦了黎民百姓。孝妇、窦娥的冤案得到了昭雪，百姓的苦难又该由谁来弥补！

旧时遇到久旱，人们就会设坛作法取雨。取雨有僧众，有道徒，还有乡绅。《白鹿原》里就有族长白嘉轩，把"刚出炉的淡黄透亮的铁铧紧紧攥在手心"，之后"他用左手接住一根红亮亮的钢钎儿"，"从左腮穿到右腮"，被八个族人架着到秦岭黑龙潭取雨的神秘细节，让人们领略了关中神秘文化的魅力。

据村里的老人讲，上世纪五六十年代初，我们这一带也曾如此取过雨。遗憾的是，我出生太迟没有看到。不过我却经历了80年代初的一次取雨。

有一年持续干旱，苞谷种到地里就没下过一场雨，好在地里墒情很饱，苞谷出苗率挺高。持续高温，苞谷苗苗简直就是蹿节节，一天一个样，一月天气就冒过了膝盖。这时最需要雨水，可是杀人的老天就是不下雨。

"长安长安，四季平安"，一向风调雨顺的家乡长安遭遇了多年不遇的旱情。苞谷叶子开始蜷缩，井里的水位也开始下降，手压泵水量也少了，村东的涝池慢慢干涸。旱情还在持续，苞谷叶子几乎拧成了绳子，好多家的手压泵已经不出水了。狗耷拉着舌头卧在树荫下大口大口地喘着粗气，芦花鸡的毛脱了不少，几乎成了谢顶头。

还了俗的和平叔以及白头发大妈等好些居士老人们，在村头的凉水泉前和我们王家祖坟的柏树下，摆下香案，作法求雨。高高的烛台里红红的蜡烛，烛火不断地一闪一闪地蹿着。长长的紫色的高香，火花一亮一亮，青烟袅袅，随风轻扬。金色的黄表纸摞了一沓又一沓，水果、面花等贡果摆满桌案。边上一只五雷碗，一碗水，一根柳条，一把黄纸糊着的木剑。桌下一个黑色瓦盆，用来盛纸灰。

和平叔身披袈裟，同善男信女们一起双手合十跪在香案前，齐声念着咒语。只见他起身，再次上香，行取雨文，朗朗有声地诵读着取雨文，火化之后，拿起木剑，东一指，西一截，上一点，下一挑，一阵舞弄。最后左手端上水碗，右手拿着柳条，梅花指在水里轻轻一点，在碗外轻轻一弹。居士们化纸的化纸，磕头的磕头。一套隆重的仪式就算完成了，香蜡还在燃着，居士们守在香案前，期待着感动龙王能够降甘霖救生。

一天，两天，三天，五天，还是没有下雨。不知是居士们心不诚，还是龙王有些贪，反正不灵验，天就是不下雨。十天以后，居士们也没有了信心，有人就开始溜了。儿子媳妇冒着日头浇地，居士老婆熬不住了，回家做饭看孙子去了。只剩下和平叔等几个人，最后他们也没劲了，也索性不来了。一场取雨的闹剧就此落幕了。

天要下雨，娘要嫁人。这原本是自然现象，下雨是要有一定的气候条件。即便是在科技发达的今天，人们也只能在具备降雨条件时人工增雨。世界上原本没有龙王，它也不可能管下雨；原本没有鬼和神，是人造出了鬼和神。鬼和神从小处来说，是一种情感寄托，大的来说姑且也算作一种"信仰"。靠天不行，靠地也不行，靠龙王更不行，看来人只能靠自己了。

发马角

马角是关中方言，其实就是顶神。发马角顾名思义，就是顶神行神鬼之事。

解放前发马角在农村很盛行，经过"四清"和"文革"，几乎绝迹，但改革开放后却又死灰复燃。

那个时候，村里无论大人小孩哪个中了"邪气"，哪个有病找医生没效果，晚上请来顶神在家里发马角医病。村里有好几个顶神，据说很灵验，看邪气看怪事很准，生意很红火，东家请，西家约，人不对路请也不去。

后街二组50多岁的改绒婶，说是顶的是黑虎神，瞧好了几个病人。几家还给她送来了几面锦旗——"黑虎大仙，药到病除"，"黑虎神灵"……她家堂屋挂了好几面锦旗。一传十，十传百。邻近村子也有人慕名来请她。

母亲有一阵子身体很不好，三天两头生病，隔壁大妈说干脆让顶黑虎神的改绒婶看看。下午买来香蜡和黄表纸，晚上把她请到家里来。用一只装着沙子的茶杯当作香炉，放在堂屋的柜盖上。她喝了一杯清茶，母亲在一旁把一根火柴划拉着，点燃两根红蜡烛，又焚了三炷香，烧了三张黄表纸。改绒婶马上张口，瞬间神灵附体，眼睛似闭非闭，两腿抖动，两只脚有节奏地踏击着地面，莲花指在膝盖上一点一点。

似说非说，似唱非唱，"满炉香烟缭绕，敢问佛子因什么事，请我黑虎来凡间？"母亲跪在地上连连磕头。说明情由后，"黑虎"又让母亲用黄纸卷成喇叭筒吹上三口气。"黑虎"在烛火中绕来绕去，不知是纸纹还是鬼魅的影子，"黑虎"指给我们看，在神眼指引下，我们像看皇帝的新装一样，没看到也说看到了。"黑虎"说母亲被西方鬼摄取了几分魂魄。按照"黑虎"的吩咐，准备上一百张往生钱和阴票子，农历初三晚上出门向街道西南方向送去。一切交代清楚，点燃三张黄表，"黑虎"升天飞逝。改绒婶像猫洗脸一样搓搓脸，瞬间就灵醒了，和母亲东家长西家短地拉起了家常。

改绒婶喝了点热茶，吃了两块点心，半推半就地拿上五块钱红包，被哥哥送回家去了。

到了初三晚上我们完全按照黑虎神说的送过后，母亲竟渐渐好起来了。不知是母亲的心病，还是对神的尊敬，谁也说不清。

如果说马角们要发马角装神弄鬼骗人钱财，我是全然不会相信的。他们原本很善良，遇到可怜人，分文不取。但是他们的一些奇异行为，至今我也没弄明白。

随着农村医疗条件的改善，人们有个大病小灾，都能及时治疗，农民身体健康情况好得多了。马角们没有了市场，也不再发神了。更为可笑的，几个马角也相继老去，相继病死，马角们自己也救不了自己。有十几年没见到顶着黑虎神的改绒婶，不知道她如今安好。

近些年再也没有听说发马角的事了，马角们又沉寂了。我很是纳闷，很是不解。世界原本无神，何来马角，更谈不上发马角了。

既不能简单地说农民愚昧，也不能简单地说他们迷信。也许和民间神灵信仰有关，也许和鬼神文化有关，还是让我们慢慢破解这个迷吧。

算卦测字

人常说"无事不算卦"。换一句话说，有了难事和不解的事，人无法抉择，就只能交由上天和神灵来决断。

远古时期人们每遇事就会占卜打卦，启问上天。甲骨文就是殷商时代的爻辞。相传"周文王拘而演《周易》"，分阴阳，演八卦，而生六十四卦。文王被殷纣囚禁在羑里，推演伏羲氏所画出的八个"三画卦"——我们现在称为"复卦""重卦"——改造成了"后天八卦"。

在农村如果儿女到了谈婚论嫁的年龄无人提亲，或者老大不小婚姻不顺成为剩男或剩女，用农村话来说婚事拗，父母就会四处求卦打问婚事。遇到突发事件或者重大无法决断的事情，父母常常会找算命先生测字问吉凶。也有家里人走失、牲口丢了打卦问寻找方向的。找算卦，人们很少到集市上找摆卦摊四方游走的卦师。这些卦师既没有好的声名，又不知根不知底，借算卦骗钱的居多。人们多通过朋友或者算过卦的熟人介绍，找定居的卦师，一来这些卦师比较灵验，声名在外；二来他们走不了，人们不至于上当受骗。

算卦的形式很多，花样不少。一个卦师一个算法，有抽签的，有麻雀拉卦的，有看面相的，有看手相的，有测字的，有问生辰八字的，还有推演八卦易经算卦的。

镇上我的一位亲戚家上高一的儿子，沉迷于网络，学习成绩差。亲戚恨铁不成钢，一时情绪失控，将儿子打了几下，谁知儿子竟然负气离家出走了。小子一天一夜未回家，儿子他妈不答应了，哭哭啼啼，红鼻子绿眼睛。亲戚自己也坐不住了，不免担心起来。本家户族隔壁对门四下分头去找，两天两夜竟没有一丝音信。孩子妈哭得更厉害了，亲戚十分懊悔，很是自责，两手抓住自己的头发又是揪又是打，自己扇自己耳光，急得眼睛发红，眼角出了一大堆白色的眼屎。就连亲戚族人、朋友们个个也愁得双眉紧锁。

有人出主意打个卦问一问，亲戚通过表叔找到了卦师。卦师问清楚孩子的生辰八字和离家的时辰，"娃安好无事，几天就自己回来了"，并告诉了孩子出走的方向。亲戚半信半疑，卦师又说"如果不放心，我给你说个办法，把他往回叫"。回到家里，亲戚按照卦师的指点，把儿子穿过的鞋子放在儿子的房间，每天给鞋里放几滴水，指向儿子出走的方向。

三天七十二小时，对亲戚来说恍若三个世纪甚至三千年。懊悔、焦急、担心、盼望，还有疑虑……

三天后儿子自己回来了。看到落魄的儿子，儿子的妈心都碎了，儿子也放声大哭。

原来亲戚家的儿子自己在外实在狼狈，钱花完了，又冻又饿。想到家的温暖，自己悻悻地回来了。

隔壁三叔养了一头骡子，有一天莫名其妙丢了，这可是三叔的命根子。三叔一家到处找就是没找到。三叔的妹妹五姑给找了个卦师"打时"，按照卦师指的方向，在十几里外的另一个村找到了骡子。这两件事也许纯属巧合，但亲戚和三叔却更加相信卦师了，这事像风裹着一样，很快传遍了四邻八村，越传越神，越传越邪乎。

我是不信算卦的，卦师的话也许有一定的道理。仔细想来，卦师们大多善于察言观色，长于捕捉细节信息，又富有一定的推理能力。通过对求卦者的神态神色言谈举止的观察，通过询问谈话掌握求卦者心理动态，揣摩他们的所思所忧所虑所问，给予试探性的回答，得到求卦者首肯后再一步一步回答。而在做法上又故弄玄虚，以示神秘，给求卦者造成深不可测的印象。

测字亦如此，尽管卦师让求卦者随便说一字，然而求卦者自己心中有忧，定不是信口说来。相反一定是再三思考，仔细斟酌说出的字，卦师在观察求卦者的同时，根据造字六法结合求卦者心理对该字做出分析，试探性地一点一点做着猜测。

如此说来，算卦不乏科学成分。其实一切皆缘起求卦者趋利避害的心理。卦在人心！

正月记事

寺庙道观烧香

正月初一，既是农历新年的第一天，也是辛苦劳作了一年的农民们最清闲的日子。不要说老爷们，就连平时忙个不停的女人们，也要放下手中的活儿，不然就要受到上苍的惩罚。我们老家乡下就有"初一女人动针线手上害疙瘩"的说法。不过这种善意惩罚，是对女人的一种爱护，是苍天为了强制劳碌了一年的女人歇歇。大年初一到寺庙、道观里烧香拜佛拜神仙，是善男信女们的一大乐事。

初一，隔壁的二嫂子打天一矇眬就起来了，就在灶房里忙活开了。烧水煮饺子，下面烩臊子。天刚麻麻亮，就喊一家大小起来，吃饺子，吃臊子面。然后她精心地收拾打扮一番，浑身上下一新，叫上张婶，领着小孙子，早早带上大红蜡烛、长长的紫香，向寺庙、道观一路小跑，争着去烧第一炷高香。

初一的公路上，乡村客运班车很少。万元户骑着嘉陵摩托，前坐后带，一辆摩托上大小驮着四五个人，十分惊险，像耍杂技的。大多人靠的是"11

号汽车"，两条腿不停地交替前行——人类就是靠着这两条腿，走出草原雨林，走出洪荒野蛮，走出原始群居，走出牛耕犁播，一路走向今天。成群结队的红男绿女，耄老顽童，络绎不绝，人潮浩浩荡荡，如春潮涌动般涌向各大寺庙和道观。随着经济的发展，摩托、小车停满了寺庙和道观的前后左右，排成了长龙，车多为祸，人满为患，竟然造成了交通拥挤。以往二嫂子是步行，今儿个坐着儿子的小车。关中自古帝王都，终南山佛道庙宇道观林立，八大佛教祖庭在我们家乡就有六座。唐代以前尚道，唐后崇佛，庙宇道观有些就成为皇家道场，佛教道教也成为朝朝帝王的信仰，当然也成为代代农民的主要信仰。

大年初一，烧第一炷香已经成为一种年俗。二嫂子到了寺庙以后发现自己还是来迟了，别人已经捷足先登，第一炷香已"名香"有主，只能望香兴叹，不无遗憾。回过头，看看其他比自己还早到的也没有抢到第一炷香的，她心理稍稍得到了点安慰，也就不怎么失落和遗憾，加入了烧香的人流中。人人焚香作揖叩拜，二嫂子烧香的动作比起年轻人更到位，更虔诚。将点着的香高高举过头顶，身子扯得直直的，长长地做三个长揖，把香插入炉内，双手合十，屏住气息，凝神闭目。接着头重重地磕在垫子上，发出沉闷的响声，身子匍匐，胸脯几乎贴着垫子，屁股撅得老高老高，就像卧着的一只青蛙，把丑陋的肥臀让佛和神仙看个透。那些年轻人的动作就笨拙多了，头磕得没那么响，身子没那么低，屁股也没撅得那么高。当然这并不代表他们诚意不够，也不能消减他们的虔诚度。旁边磨不开面子的大男人，不好意思当众烧香，就在心里点起几炷心香。二嫂子的小孙子似懂非懂，也跟着奶奶作揖、磕头；旁边另外一个小孩纯粹是玩呢，嘻嘻哈哈，二嫂子用眼睛狠狠地瞪了他一下。孩子们图的是个热闹，是个喜庆。

祈福许愿也是初一重要的事。当香客们双手合十的时候，每一个人都在心里默默地许下自己的一个愿望。二嫂子是为祈求一家大小安康，在她看来平安和健康是最大的福分。娶了新媳妇的婆婆求早早抱一个胖孙子，在她看来后继有人、人丁兴旺是家族最美好的明天。中年女人希望儿子能考上一个好大学，脱了农民的皮，在她看来这是一家人老几辈最大的希望。对于年轻女人而言，丈夫经商则求财，求一年挣大钱，发大财；丈夫从政则求官，希望丈夫能当官，当大官。也有求佛祖和神仙消病减灾、祛病免灾的。名曰拜佛拜神仙，实则有求于佛，有求于神仙；看上去供佛供神仙，其实是向佛和神仙索取。寺庙里烟雾缭绕，佛祖和神仙虽然有些飘飘然，但依然眼睛很亮，透过众生百态，看穿他们的心，因为是新年第一天，不忍扫了信众的兴，姑且让他们高兴高兴。

烧罢香，二嫂子还要在寺庙、道观里讨上一顿斋饭，为的是沾上佛祖和神仙的仙气，带上佛祖、神仙的祝福，图上个新一年吉祥如意。

生活一年比一年好，初一上寺庙、道观烧香、吃斋饭的人也一年比一年多，寺庙道观的香火也一年比一年旺。为了烧头炷香，有些人索性除夕在寺庙、道观过。香和蜡越来越粗，越来越长，第一炷香的布施越来越高，各大寺庙、道观出现了天价头炷香。浓浓的烟雾，神佛实在消受不了，被呛得睁不开眼睛了。寺庙、道观干脆在庙宇外支起一尊大大的香炉，供信众烧香。现在初一到寺庙、道观烧香也有点发馊，有些变味了。不再是祈福，更多的是索取；不再是愿望，更多的是贪婪；不再是虔诚，更多的是功利。这一切佛祖、神仙看得清清楚楚，他们在烟雾缭绕供奉中摇头叹息。

农历新年第一天烧香祈福，祈求国泰民安，祈求世界和平，本无可厚非。但愿少些欲望，回归平静；少些功利，回归虔诚；少些杂念，回归本心。

红裤带

本命年勒红裤带，俗称"扎红"，也是乡下过年的一项重要的民俗，从古到今，一辈一辈，代代相传。

乡下传统习俗中认为本命年对本属相的个人来说是一个不吉利的年份，

因此也叫"槛儿年"或者"败命年"。道教认为"本命年犯太岁，太岁当头坐，无喜必有祸"。本命年勒红裤带是为了避邪驱恶，祈求吉利，用红冲喜，用红红火火冲走霉运，用红绳子拴住身子免受邪恶的伤害。本命年勒红裤带的习俗很广，地域上遍布大江南北，长城内外；民族上来说，不仅汉族，满族等少数民族也有此习俗。长江流域就有红腰带情歌，"给我福，给我缘，给我红腰带。情儿拴那个意儿拴，拴着个本命年。给我根哪给我缘，给我红腰带，牵着魂哪个牵着命哟……"

每逢农历过年或遇到儿孙的本命年，腊月初老娘就念叨着要准备红裤带。早年扯上一绺红布，腊月间白天忙顾不上，晚上老娘在昏黄的灯下一针一针戳，一线一线缝，做成一条红裤带。邻居张大娘爱好，就准备粗一点的红线，白天掏空子，晚上加班加点，用钢钩儿钩上一条红裤带。对门徐婶心灵手巧，在红裤带上绣一些生肖动物，或者松树荷花之类图案，再绣上"吉祥如意"几个字，作为本命年给子女的一份礼物。一些商家也看到了这小小的商机，近些年，街道摊点上飘起了红裤带，超市商场的货架也挂起红裤带，大多数年轻的娘不用动手做红裤带了，只有一些年龄大的老娘还执拗坚持自己做红裤带。也许是顽固保守，也许是人老落伍，也许是老娘要表达自己的一点心意。

一条短短的红裤带，浸着娘的血，含着娘的汗，带着娘的体温，表达着娘的亲情，寄托着娘对儿孙火红的祝愿。一条小小的红裤带，做在娘的手里，勒在儿女的腰上，一头牵着的是老娘，一头拴着的是儿女；一头是娘的心，一头是儿女的心，母子心连着心。

老娘做的红裤带，给我的本命年带来了好运。我已过了不惑之年，看到了第四个本命年的身影，听到它沉重的脚步。前两次都是勒着老娘亲手做的红裤带顺顺当当度过的。勒着老娘做的红裤带，我不但没有沾染晦气，相反一切都很如意。除夕晚上，临睡前老娘就把早早准备好的红裤带、红裤头、红内衣整整齐齐地放到我的床头，并不厌其烦叮咛大年初一早起来，一定要勒上，一定要穿上。初一早上，老娘不放心，还要验明正身，亲眼看到了以后，老娘嘴角露出了灿烂的微笑。如今，老娘撒手人寰，离我而去，我成了孤儿。在第三个本命年，妻子接替了老娘，为我精心挑买了红裤带、红裤头、红内衣，勒在腰间，穿在身上，没有了娘的体温和味道，我不免有些失落，聊以自慰的是有了妻子的体温和味道。妻子对我来说是妻，对儿子来说是娘，媳妇接替了婆婆，妻子承担起了为我和儿子准备红裤带的重任。

一位祖籍外乡的朋友告诉我，年前他意外地收到了一件快递，打开是一条红裤带。朋友又是诧异，又是惊喜，激动地满脸泪花，满心欢笑。原来他今年本命年，远在千里之外老家的老娘给她邮递来了一条红裤带！

一条红裤带，一个习俗，一代一代，代代相传。一头是慈母，一头是游子，慈母始终心系游子，一头连着的是祖先，一头拴着的是我们，我们始终感恩祖先。

回娘家

在我们老家乡下，新媳妇第一年回娘家拜年讲究大多了，十分排场。

新媳妇回娘家，要给娘家提上"四合礼"。早年是一份带肋骨的猪肉，一盒点心、十个包子、十个枣糕子，两崔子（盛酒的器皿）事酒，这是大礼。肉是古代祭祀上品，一来表示对父母孝敬，还有骨头连着筋骨肉不分离之意；点心是甜心，祝愿娘家日子甜甜蜜蜜；枣糕子卷起几层，寓意娘家生活层层高越来越好。给娘家伯、大也送四合礼，则是表示追往，大凡小事都要礼上来往。给其他本家户族伯、大（叔父）家都要带上点心之类两样礼品，这叫只行大礼，也就是婚丧嫁娶、年里来往，平时不用送礼。后来生活好了，四合礼也提高档次啦，两崔子酒，变成了两瓶西凤酒，老丈人若吃烟，就要送上一条好猫烟。包子、枣糕子慢慢就省了，但肉和点心是不能简化的，这是先人传下来的。新媳妇回娘家总是大包小包，骆驼行囊，累坏了女婿娃。当然有苦就有乐，常言道苦尽甘来，荷包蛋没少吃。正应了乡间的那句俗话，"丈母娘见女婿，扑棱得像个老母鸡"。个个丈母娘都是荷包蛋招待，在乡下叫"喝汤"，这是最高待遇，吃得女婿娃，肚圆直不起腰，三天后打嗝还是鸡蛋味。我的一个发小，第一年给老丈人家拜年，鸡蛋吃得多了，从此就再也不吃鸡蛋了。

迎接新媳妇回婆家，是精彩之笔，也是最大的看点。正月初二，吃罢臊子面，老屋对门张叔家的女儿婆家就组织起一个锣鼓家伙队伍，二三十人敲敲打打，迎接一对新人回家。锣鼓队伍里有新女婿的发小挚友，也有本家户族叔伯兄弟，还有街坊邻里，来的人越多，说明新女婿人品好、人缘好、人气旺。

好猫烟抽上，西凤酒喝上，进了我们村子，锣鼓敲得更起劲。鼓手双臂甩开，两只鼓槌上下翻飞，一会儿重击牛皮鼓面，一会儿轻敲鼓帮，时急时缓，时而左右交叉，时而前后换敲，手法和鼓调变化无穷。铙钹手嘴角噙着好猫烟，铙钹随着鼓调时而大开大合，时而轻闭轻合，时而如急雨，时而如懒雪，时而响声震天，时而轻音低吟。敲锣的顾不得烟雾熏得眼睛直流泪，纸烟在嘴角来回转，左手提着铜锣，右手拿着小锤，在大鼓指挥下重敲轻叩。鞭炮手一手提着炮，一手用闪着火星的烟头点燃炮眼，提着游龙一样的弥散着火药味的鞭炮噼里啪啦来回游走，烟雾腾腾。偶尔点起一根雷子炮，抛向半空中，一个闪光，一声炸响，震醒了冬日的乡村，兴奋了整个村庄。

对门张叔少不了拿出好烟好酒，热情招呼。张叔和儿子笑眯眯地迎上前，乐呵呵地给迎女儿的人们一一散着猴王香烟，打开几瓶六年西凤酒。迎亲的人，你一口，我一口，传着喝着，锣鼓家伙敲得更欢，鼓手、铙钹手、铜锣手，一个比一个卖劲，一个比一个用心，一个比一个出彩，个个都变成了人来疯，个个都想把自己的绝活展示给新媳妇的娘家乡党，一会儿《秦王破阵》，一会儿《韩信点兵》，一会儿《凤求凰》，一会儿《百鸟朝凤》……锣鼓一曲又一曲。

同一个巷子，两三个迎回娘家的新媳妇若碰在一起，那就更热闹了。有一年初三，隔壁王伯家、斜对面本家大（叔父）家、巷子口大鼻子李叔家，三个女儿女婿来拜年。三个村子，三队锣鼓，南边村的叫鸡上架，西边村的叫鸭子拌嘴，北边村的叫回龙套。三个村的锣鼓在村口大槐树下竞相表演，各敲各的调，各展各的艺，谁也不服谁，简直就是一场锣鼓擂台赛，一顿锣鼓盛宴。我们村乡党，出门的亲戚，男的女的，老的少的，里三层外三层围在巷子里看热闹，那场面更是声势浩大。人们个个喜上眉梢，那高兴劲儿不亚于中了一千万福彩，掌声如春雷震醒了乡村的春天，春意涌动在村巷里和田野里。

迎新娘的锣鼓，敲出了农民的心声，敲出了乡情，敲出了春意……

送灯

初五为"破五"日，这天就可以打破年的有关禁忌，赶走穷神，喜迎财神。这天一般人家不出门，有女儿的，特别是女儿结婚第一年的，娘家爸可不能闲着，东颠西跑，四周八岔，十里八乡，镇上城里找着买灯笼。初六就开始回拜，也就是娘家给女儿、外孙追灯，送粽子。

俗话说，吃了包子还卷子。娘家给女儿回拜，也要四样大礼，还要送上一对大红灯笼；公公婆婆健在的还要提上点心，以示对亲家的尊重。再就是粽子、麻花和油塔馍，粽子、麻花意思是燃燃络络，油塔馍意思是一家人团团结结拧成一股。

送灯笼也有说道。对结婚第一年的女儿，娘家要追灯。一般是一对大红碌碡灯，外带一个莲花瓣彩纸糊成的盆盆灯，两个红塑料小看灯。莲花灯，寓意吉祥，预示早得贵子。如果生了小孩，还要送半大碌碡灯，这叫大灯套小灯，还要送上小孩能挑着的各式各样的小灯笼。追灯的大灯笼，早年时兴大红绸子圆碌碡灯，黄梭子；后来流行就是印花玻璃灯，黄吊坠；如今复古时尚的是大红绸子宫灯。追灯是先人们留下的习俗，龙头宫灯典雅大方，古色古香，更有古韵。

追灯是一件大事。娘家去上门的人数有讲究，必须是双数，国人常讲好事成双。大姐结婚第一年，我用一根竹棍子挑着大灯笼，二姐提着其他礼品，侄儿和老娘挑着小灯笼。到了大姐家村口，就点亮自制的带把的红蜡烛，放入大灯和莲花灯内，一路挑着，蜡烛火红的灯光跳跃着。到大姐家，大姐的婆婆和大姐夫急忙接过大灯来，搬上梯子挂到自己家的大门下。红彤彤的灯笼照得大姐家门口泻下一片吉祥的红云，把个农家小院照得红红火火。点亮的莲花灯和一对看灯则挂到大姐的房间，烛光映得莲花瓣光彩熠熠，为大姐送上了一双儿女。从追灯的这天晚上起到十五，大灯和莲花灯每晚都要点亮。十四的时候女儿则要回到娘家住一晚上，俗称"躲灯"，个中原因也有说道。

舅舅给外甥送的玩灯，各种形态的都有。小圆竹篾灯笼，十二生肖纸糊灯笼，各种样式的折叠纸灯笼，五颜六色花花绿绿，但以红色为主。随着时代的进步，各种塑料电子灯笼相继上市，除了十二生肖等传统样式，好多现代时尚的样式层出不穷，如飞机电子灯笼、小孩骑摩托电子灯笼、超人奥特曼电子灯笼、变形金刚电子灯笼……初六开始每天麻麻黑，侄子和村里的小孩子就搭着点亮的灯笼在巷子里转悠。三个一伙，五个一帮，八个一群，嬉嬉笑笑，在房前屋后路上游走，跳动的红色串成火线，远远望去犹如一条火龙，给寒冷的冬夜增添了一丝暖意。孩子们在一起比谁的灯笼漂亮，比谁舅舅给送的灯笼多。淘气调皮的二侄子用自己的灯笼碰撞邻居小女孩的灯笼，比看谁的灯笼会"睡觉"，呼啦啦，邻居小女孩的灯笼一下子着了起来，他们急得伸出小手齐扇，张开嘴齐吹，结果越扇火越旺，越吹火越大，瞬间化为灰烬。邻居的小女孩哇的一声哭起来，二侄子则在一旁坏笑，其他男孩则在一旁幸灾乐祸。小女孩哭着回了家，一会儿笑嘻嘻地搭着一盏灯笼又出来了。小时候由于兄弟姊妹年龄悬殊，舅舅家不再给我送灯笼，看着别的小孩挑着红灯笼在村巷里游走，我好失落，心里挠痒痒的，竟然抢起了侄儿们的灯笼，因此也挨了不少骂。

正月十五晚上，讲究要撞灯笼。这晚是最后一次搭灯笼，孩子们把灯笼一起碰撞。碰的过程中，有的灯笼就烧着了，顿时火红一团，映红了地上一大片月光。旧的不去，新的不来。年撂年撂，旧的灯笼撂了，明年舅舅会送上新的灯笼。撞灯，就是要撞出红红火火，撞出大运，撞出幸福，撞出欢乐。

挑灯笼的小孩们为年里乡村的夜晚，绘就了一道亮丽的风景线，给年里注入了童趣，注入了生命的活力。

闹元宵

正月十五闹元宵，也是农历新年的尾声。过了元宵节，年就算过完了，新年的各项活动就都将落下帷幕。元宵节之后，一切将又恢复平静，又开始了平平淡淡的一年。

元宵节是新年喜庆活动的高潮，对农民来说就是东方的狂欢节，在这年的最后的时间里，他们要把过年的兴奋、喜悦和快乐释放个底朝天。元宵节期间，这个村唱大戏、那个村耍社火，还有村子要放花，最差的村也要组织上一个秧歌队，村村社社都要有文娱活动，农民们要好好热闹热闹几天。

我们村的传统是唱大戏。请来省城的专业剧团，秦腔名流大腕云集，唱他个几天几夜。小学操场内平时沉寂的老戏楼，焕发出了热情，一下子成了村里最活跃、最热闹的地方。有一年，请来秦腔名角李爱琴的拿手戏《周仁回府》，须生名演丁良生的《龙凤呈祥》《忠报国》。尽管天气还很冷，但人们看戏的热情空前高涨，融化了冷空气，洋溢着浓浓暖意。吃过晚饭，太阳还未落山，我提着小凳子一路颠跑。但是，戏楼前空旷的操场已挤满了人，就连一圈围墙上、树上到处都爬的是看戏的。村里组织了几十名毛头小伙子维持秩序，面对兴奋的戏迷，他们也束手无策，只能干挠头。他们用棍抗，用条子抽，仍无济于事，人踏人，人拥人，哭爹的，喊娘的，丢鞋的，掉帽的，场面失控，面对疯狂的戏迷，就是如来现身，也只能望着人潮兴叹。李爱琴演出《周仁回府》的那一晚上，曾几次中断演出。

　　过了初十，一些村社就开始逗社火了。村子的名流或者绅士召集圆桌会议，组织起一个小型锣鼓队，相继到各社走一圈，邀请几个社共同耍社火。一圈下来响应者甚微，他们就变着法儿地逗，来上一个激将法，很快社火就组织起来了。十四、十五连耍两天，约上一个大场子，三五个村社火集中展示。锣鼓队欢快热烈，仪仗队浩浩荡荡，秧歌队扭得欢实，大头娃表演憨态可掬，旱船跑得晃悠晃悠如遇风浪，高高的高跷玩得揪心，马社火亦不落俗，芯子社火造型奇特让人竖指赞赏。师范毕业第一年，村里耍社火，我也屁颠屁颠地跟着跑龙套。各村各社，各有特色，各亮绝活，异彩纷呈。一桩桩高台芯子社火，奇妙玄绝，从另一个角度展示了秦腔的魅力。一出出戏曲，一个个人物，引人入胜。

　　远近闻名的烟花爆竹村白杨寨，也贴出了放花的海报。放焰火俗称放花，十六晚，白杨寨焰火那才叫绝。在还没解冻的麦地里，拉开场子。天刚麻麻黑，我们就随着大人们一起拥向焰火场。指挥台设在最高处，周围是各种造型的焰火，指挥台喇叭一发话，指挥炮嗖嗖地一声一声飞向不同方向的焰火架，瞬间绽开了满园鲜艳的牡丹，挂满了紫透亮晶的玛瑙般的一串串葡萄和满树的火晶柿子。接着远处夜幕上，上演美猴王拎着金箍棒大闹天宫和哪吒骑着东海龙太子挥拳痛扁的画面。随着焰火的绽放，不仅漆黑夜空火树银花，农民的心头也撑开了一片华光灿烂的天，人们惊呼、大笑，欢乐让夜晚兴奋得失眠了。同去的伙伴小强看得入神，像醉汉脚底乱踩，竟然掉进了枯井。小强吓得在枯井里又是哭又是喊，小强爸爸气得哭笑不得，和同巷子两个叔叔一起搭着人梯，把他救了上来。可惜错过了最精彩的一幕焰火。

　　唱大戏、耍社火、放花炮，人们尽情地乐，肆意地唱，恣情地耍。农民把过去一年中的苦与乐、酸与甜、忧与喜，尽情地一点不剩地加以释放。

　　正月是欢乐的，正月是喜庆的，也是脱胎换骨的日子。正月之后，人们轻轻松松开始新的一年的生活。

　　正月夏朝建寅，汉武帝恢复，一直沿用到今，已有三千多年了。正月既是一岁之元，也是一岁之朝。岁月从正月轮回，历史从正月书写，乡愁从正月记忆。

年的记忆

过年

　　岳母从乡下带来了新剥的黄亮亮的腊八豆。这年腊八节适逢周末。那天，妻子早早起来煮上一锅黄豆花生腊八粥，满屋子飘香。我炒上些大葱、豆腐、白菜、红萝卜烩在一起，美美吃了一顿调和腊八粥，既吃到儿时的腊八味，还吃出了民族的历史风情。

　　当今生活节奏真快。每日忙忙碌碌，匆匆上班，急急回家。日子飞快流淌，岁月飞速流逝。眼看着又要过年了。

　　年，年年过；年年，过年。不同的人，不同的年龄，年的过法也不一样，过年的心境也不一样。小时候盼过年，喜欢热热闹闹过年，为的是能穿新衣，吃好的，还能收到压岁钱，盼着自己早日长大，也能像大人一样。青年时爱过年，为的是和亲朋好友相聚狂欢豪饮，图的是个热闹。人到中年，盼过年又怕过年，爱过年又愁过年。盼的是全家老少团聚；怕的是忙坏喝醉，身体吃不消；爱的是在家过年的感觉；愁的是要照顾老小。老年人，喜过年又恨过年，乐过年又逊过年。喜的是儿孙一天天长大，人丁兴旺后继有人；恨的是自己在世时日不多；乐的是一家人团团圆圆，其乐融融；逊的是年后儿女又要各奔东西，自己又要孤苦独守。感叹惋惜之余又勾起了关于年的记忆。

那时候，日子跨上腊月，乡村就飘起了淡淡的年味，农村人就开始为过年忙活起来了。"过了腊八就是年，糊里糊涂过新年"。男人在外工作的还在挣钱，回来的就骑着自行车带着女人开始四里八乡去赶集购年货，大孩子周末去拉白土准备帮大人刷屋子。初中时腊月初的周末，我和本组的几个同学搭伴到邻村浐河畔一起拉过几次白土。女人们这时最辛苦，也最操心，又是淘麦子磨白面，又是给全家大小买衣服，还要将顺春节的门户和吃食。

越到年根前年味越浓。腊月二十三过小年，吃𰻝𰻝（biangbiang）面，家家烙糖饦饦馍祭灶神，贿赂灶王爷、灶婆，用糖粘了他们的嘴，让他们上天甜言蜜语言好事，回到人间给一家人带来一年的吉祥如意。腊月二十四除尘，家家户户就开始打扫屋子，翻箱倒柜，缸瓮罐盆统统搬到院里，旮旯拐角都打扫得干干净净，墙刷得白白的，家具擦得亮亮的，剔除所有污秽和霉运，整洁地迎接幸运如意的一年。

腊月二十五、二十六，村口大槐树下就支起了一口大铁锅，锅口冒着雾腾腾的一大团热气，屠夫随娃哥一手提着屠刀，一手用铁钩拖着猪的脖颈，和几个小伙子把捅倒的年猪往热水锅里放，烫猪拔毛。乡亲们围着看热闹，中青年男人嘴角叼着纸烟，老汉们嘴里嚼着旱烟袋，不时地交头接耳地议论着肉的肥瘦、争执膘的薄厚，估摸着两扇猪肉的分量，那场面十分壮观。随娃哥憋足劲把那个猪尿脬吹成一个气球，男孩子们争着抢着要，一个大个子的男孩抢到后，其他小孩前呼后拥耍起了猪尿脬气球。村口的杀猪场子还没收拾零干，北头十字口又支一口大铁锅准备宰猪。一街两巷的乡党出出进进，来割肉的割肉，去端豆腐端豆腐，上镇上买菜的买菜。

腊月二十七杀鸡、杀鱼；二十八蒸枣糕馍、油塔馍，包包子，炸馓子，请门神、龙王神、土地神，买年画，写春联；二十九煮肉，卤猪头、猪蹄和肥肠。满巷子都弥漫着淡淡的麦香，飘荡着诱人的肉香，整个村子都泛着汪汪的油。

到了大年三十，一切齐备，只等着过年。吃过午饭，男人们就开始挂起大红灯笼，贴春联、喜字，贴门神、龙王神、土地神。请出祖宗神轴，设香案，摆上鲜红的香蜡和各色各样平时舍不得吃的水果。男孩子跑前跑后，拉下手跑龙套，扶梯子，端凳子，递糨糊。女人们准备年夜饭，端起筛子，拿起菜刀，又是洗，又是切，锅碗瓢盆合奏着新年交响乐。女孩子贴完窗花、年画，贴喜字和福字，给老娘帮厨。虽还是冬日，农家小院却打扮得红红火火，花枝招展，春意盎然，一片喜庆。

春联、年画和窗花

贴春联、年画和窗花是农村过年必不可少的。无论家庭穷富，无论家人文化程度高低，家家都要贴。春联、年画和窗花既有避凶纳吉之意，又可装扮营造喜庆的气氛，也是对美好生活的愿望和期盼。

十里乡村，风俗却有不同，过年的习俗也不同，就拿我的家乡来说，西沣路东西过年的讲究也不一样。

贴春联，一般人家贴的是大红春联，内容非常丰富，因家庭喜好各异。早年自己带上红纸，到本村小学，那里有几位老师义务为村民书写春联。我们小学的张致辉老师每年腊月二十九、三十为村民写对联，两天忙得不亦乐乎，常常弄得满手墨、满手红，顾不上吃饭、喝水。后来集镇上有了专门写对联的，村民们不好意思再麻烦学校里的老师了，索性到集镇上去写或者买。红纸黑墨，墨香满院；红纸金字，金光灿烂；红纸花边，印字熠熠生辉。有描绘春色春景的，有祝福祈福的，有颂党恩歌盛世的，有言志抒怀的。有点学问的或者读书人家，则自撰春联，让卖春联的现场挥毫，把春联作为家风家教，教育激励子孙。家里父母仙逝未满三载，过年时就贴绿纸春联，内容大多是佳节思亲、缅怀父母、感恩戴德之类的。我则拿上小本子，一家一户收集春联。师范毕业第一年，一时兴起，我提笔自拟自写了一副春联，贴在了自家的大门上。写春联、贴春联这一民俗，一代一代传承着，陪着农民们度过了一个又一个欢乐祥和的新年。春联越写越排场，越写越讲究，春联文化得到了进一步提升，贴春联似乎也成为一种艺术。

关于贴年画和窗花，我的家乡就有腊月二十八九给第一年出嫁的女儿送年画、窗花和肉包子的习俗。家里有女儿新出嫁的，老娘自己手巧的，则自己动手剪窗花、窗门梭子，或者请本村剪纸艺人剪窗花，有的图省事，干脆到集上买窗花。过年前农村的集市、超市就像一个大的百宝盒，或者是一个魔箱，要啥有啥，想买什么东西，就有卖什么东西的。彩光纸剪出春闹枝头、鹊梅报喜、龙凤呈祥、喜庆有余等诸多创意；剪出莲花、牡丹、金鱼、玉兔等吉祥的花草和动物；也剪出了胖娃娃、小公主，剪出了老娘的美好心愿。起初年画多是戏曲故事，京剧《铁弓缘》《甘露寺》、秦腔《忠报国》《大登殿》、连环画《将相和》《文昭关》《吕布戏貂蝉》《火烧赤壁》《群英会》，彩画年年有余、大丰收、福禄寿三星图，再就是风景画。年轻人时尚，房间里的年画多是港台影星、歌星的艺术照片。我最喜欢的还是三国故事年画，贴满了自己的小房子。

春联、年画、窗花把年装扮得更红火，更喜庆，更五彩缤纷，让传统的节日既传统又时尚。

祭祖与祭神

祭祖祭神是大年三十傍晚的重头戏。

腊月三十，遇上农历小月就是腊月二十九的下午要上坟，恭请祖先、逝去的亲人灵魂回家一起过年，民间俗称接爷。

追宗思源，这是中华民族的优良传统。农民们虽然没喝过几滴墨水，没有多少文化，但是都很重视这一传统。婚丧嫁娶，建房搬家，先一天都要上坟请祖先，设香案供奉祖先牌位，同喜同乐同庆，餐餐献饭，顿顿焚香燃烛，庄重虔诚无与伦比。

祭祖和祭神自然是男人们的事。下午两三点，同宗长门长房大哥就召集本家户族的兄弟和子侄，带上冥币一起上坟。三五成群，一绺一串，去的男人越多，说明这个家族人丁兴旺。父母相继去世后的第一个春节前上坟的时候，当我深深地向父母坟头鞠了三个躬以后，眼泪簌簌落下，在父母坟头脚下站了好久好久，此时此刻我知道自己是"孤儿"了，觉得自己是"大人"了。我恭请父母的灵魂回家过年，但我知道父母再也不会和我一起过年了。回到家门口，大门早已敞开，遂鞭炮齐鸣，祖先的魂灵飘过弥漫着火药味的烟雾回到家里。厅堂里祭品齐备。简单洗漱整装理容，恭恭敬敬地站到神轴香案前。长门长房男人站在最前面，其他人稍后排开。他先发（点燃）蜡，接着在跳跃的烛火中焚香，再把闪烁着星火的香高高举过头顶，连作三个长揖，然后插入香炉。最后领着本家男人们一起庄重地向祖先们行跪拜大礼，肃穆之感油然而起。香烟袅袅，红光熠熠，灯火通明，蜡烛的烛光把整个厅堂装扮得金碧辉煌，祖先们享受着供品与子孙们共度新年。三十晚上年夜饭起到初五，一日三餐，餐餐献饭，顿顿烛红香袅。初六开始只要家里待亲戚同样要礼祭，元宵佳节也是如此。正月十六还要携香蜡鞭炮，将祖先送回坟园。百事孝为先，春节祭祖是中华民族孝文化的传承，孝薪薪相传，让中华民族生生不息，屹立世界民族之林。

祭奠罢祖宗，接着祭神。祭祖是家族集体祭奠，祭神则是各家单祭。农家人所祭的神很多，有一家之主的灶王爷灶王婆、看家护院的门神、管水井的龙王爷、掌五谷的土地神、掌钱财的财神、保六畜兴旺的马王神等等，这些神几千年来与农民的生活生产息息相关。祭神先从灶房的灶王爷、灶王婆祭起，富态的他们身着肥大的衣帽，和蔼可亲，正襟而坐，笑眯眯地目睹着农家的一切。点起两支红蜡烛，燃起三根紫香，他们在淡淡的烟雾中怡然乐然。门神多是秦琼和敬德，偶有关羽张飞，起初多是版画，后来多是印刷的彩画。秦琼敬德身披战袍，手持金锏和钢鞭，守护在头门的两边，阻止妖魔鬼怪入内。两人略显臃肿，也许正是体现了唐代以肥为美的审美观念。青面獠牙、黑发红须的龙王，凶神恶煞地守在水井旁。手持龙头拐杖、慈眉善目、胸前长须飘飘的矮个土地神站在土地堂里。手握金鞭，身骑金麒麟，头戴如意翅金冠的财神赵公明……祭拜下来，我的双腿和胳膊虽有些小困，但心却很庄重。

一一燃烛，一一叩拜，一路下来，心里滋生了许多敬畏，滋长了好多虔诚。祭神既是农民们对自然的敬畏，也是人神和谐共生的表现，更是中国传统的人与自然和谐、天人合一思想的体现。

守岁拜年压岁钱

吃过年夜饭下来就是守岁，小辈给长辈磕头拜年，长辈给小孩发压岁钱。这是新年的压轴戏。

吃过年夜饭，一家人围坐在农家的热炕头，一边吃着瓜子、花生、核桃、大枣和其他水果，一边闲聊，或者打扑克，做游戏，猜谜语，急切地等待着爆竹声中旧岁的辞去，期盼着子夜晨钟里新年的到来。屋外寒气袭人，甚或大雪纷纷，屋里却欢声笑语，欢天喜地，春意浓浓。

守岁的中间，小孩给长辈逐一磕头拜年。磕头当然只是形式，其实给长辈的是一片孝心，一份敬重，一缕感恩，一腔谢意。头也不是白磕的，长辈也少不了表示，赏五块十块压岁钱，既有压邪祟、让儿孙新的一年平平安安、健康成长、福禄皆至之意，也有让孩子用这些压岁钱贿赂妖魔鬼怪和怪兽年，从而不受伤害，逢凶化吉遇难呈祥的意思。更多的是关心、爱护、希冀和厚望。胆大不怕冷的小孩，晚上踏着年夜火红的灯火到分房另住的爷爷奶奶伯父叔父那里去拜年，道上新年的问候和祝福，讨上几个压岁钱和糖果。胆小怕冷的小孩，初一早早起床，唱着"大树大树你不要长，我先长来你后长"的儿歌，抱着院中最高的树，期盼着自己也能像大树一样长一个高个子。小时候我年年都抱树，然而并没有长个大个子。抱过树之后，补上年夜没有给分房而居的长辈拜年这一课。

随着社会的发展，观看春节晚会成了守岁的一项重要活动，也是年夜一顿文化大餐、精神大餐。每当春晚进入高潮，电视镜头里新年的钟声响起时，村内鞭炮齐鸣，此起彼伏，此落彼升，鞭炮声一浪高过一浪，响彻夜空，震醒乡村，激活整个村庄。院里的狗也兴奋地叫起来，架上的鸡也激动地唱起来，圈里的黑猪也高兴地哼哧哼哧个不停。牲口、村庄、草木、人，就连神都在此刻得到重生，以崭新的面貌开始新的一年。

后来住进城市的高楼大厦，住上水泥洋房，祭祖祭神守岁拜年等年俗愈来愈淡薄了，年也索然无味。

城市的水泥地是长不出乡愁的，就连乡村的泥土里长出来的乡愁也逐渐黄干蜡瘦的。

如今越来越多的人觉得过年越来越没有意思了。年俗文化淡化，年味越来越淡，我们心灵的故乡在一天天萧索颓废，精神的家园在一天天荒芜，怎能不让人焦虑？怎能不让人伤感？

让我们在城镇化进程中，加快构建与时俱进的乡愁，重筑民族心灵的故乡和精神的家园。

我不禁问自己，啥时候年味会越来越浓？子孙们还会记得这些年俗吗？他们还会过年吗？

祖坟的古柏说，会的，一定会的……

何家营鼓乐

　　一场大雨过后天气骤然放晴，持续了一周的雾霾一扫而光，古都西安的空气格外清新，晴空如洗。巍巍终南山伴着《诗经·南山》一路走来，满山披翠近在眼前。傍晚西边霞光万丈，祥云瑞兆。"朝霞不出门，晚霞行千里"。看来明天是一个大晴天，也一定是一个黄道吉日。

　　"走，今晚逛庙会去。"同楼的大哥热情相邀。

　　"噢！"我猛然想起明天农历六月初一，是素有终南神秀的南五台过庙会的日子。南五台是观音菩萨的道场，这里的庙会是长安境内最大最热闹最有名的庙会，西安城周边远近几个县来逛庙会的人很多，秦都咸阳的也不少。我约上几个朋友，遂欣然驱车前往。

　　盛夏的夜晚，天空格外得明净，群星耀眼，众多汉代的星星捧着秦时的明月。蝉在树上不知疲倦地歌唱，唱了一整天，晚上也不休息；蟋蟀拨动起琴弦，展示着祖传的技艺，演奏着美妙的乐章；叫上名的叫不上名的野虫在嫩绿的玉米地里的麦茬丛中举行着盛大的演唱会，一个一个争相登台献艺一展歌喉；演唱了一天的鸟儿，累得栖息在树梢巢窝里，为明天的演唱积蓄着力量。周代刮来的夏风一阵一阵，秦汉的山风如涛，树影婆娑。顺着唐代诗人祖咏的目光，远远望见峻拔凌霄的大台上的圆光寺，灯火通明，如同璨璨的夜明珠格外引人注目。文殊台、清凉台、舍身台、灵应台等诸台，明灭可见，五颗明珠和大唐芙蓉园里紫云楼的五彩的灯光让古城的夜晚格外辉煌。

圆光寺里烛火闪烁，香烟缭绕，香客熙熙攘攘。大雄宝殿里几位身着褐黄色僧袍的僧人们敲打着木鱼，伴着响亮了一千多年的木鱼声有滋有味地诵念着经文。十方居士和八方善男信女潜心焚香叩头许愿，虔诚地礼佛拜佛，真的进入了佛国梵界。大雄宝殿香炉前，二十几名身着唐代乐服、头戴唐代乐帽的何家营鼓乐社的乐工摆开阵势，正演奏着他们最拿手的坐乐《群英宴》。佛音渺渺，唐乐声声，佛俗乐雅，相得益彰，美妙天成。

何家营古乐是长安古乐三大流派之一的俗乐的重要一支。说来话长。据说长安古乐出身贵族，诞生于唐代宫廷，距今少说已有 1300 多年，被音乐界称为"音乐活化石"。安史之乱后藩镇割据，地方军阀势力一天天坐大，唐王朝分崩离析，随着大唐帝国大厦的倾覆，"唐大曲"一下子由贵族流落为乡间贫民。成为贫民的唐大曲在民间发展传承，遂产生了僧、道、俗三个流派。虽是一母同胞，但三个派别演奏风格各异，犹如离别天涯的同胞兄弟，因生活成长环境的不同，自然长相生活习性素养就小有差异，正所谓龙生九子，各不一般。这僧派系流入寺庙一部分乐工，每逢寺庙做法事拜佛礼佛等活动演奏，鼓乐烘托气氛，后来代代相传。演奏者有僧人，也有居士和佛教徒，风格悠扬敞亮，颇有佛家空灵的禅意。那道派系流落的一部分乐工到城隍庙做了道士，城隍庙里道教法事活动时演奏，其演奏风格平和雅静，体现了道家道法自然无为的思想。

流落民间的一部分乐工和在寺庙里参演的农民不断吸收民间音乐精华，形成了俗派，即俗乐，其演奏风格热烈浓郁。按照演奏方式分为行乐和坐乐，顾名思义，行乐为行走间演奏，坐乐乃坐着演奏。俗乐一般在农耕时代农闲时参加民俗性活动仪式，如祭年、迎神赛会、朝山进香、收获后庆贺丰收等活动中演出，多有神人震撼、山川荡气的热烈质朴。最热闹的当数农历六月初一的终南山南五台古会期间的鼓乐表演。其间，西安城内外的各鼓乐社纷纷前往演出，观众人山人海，摩肩接踵。每年这个时候，简直成了长安鼓乐的盛宴。时常出现好几个鼓乐社"同坛"的现象，各鼓乐社把各自的绝技都亮了出来，使出了看家本领，用上了吃奶的劲，这下可让民众美美地饱餐了一顿鼓乐大餐，好像吃了一碗同盛祥的羊肉泡，咥上一碗▨▨面，嫽扎了。明清时期，西安周围的鼓乐社众多，鼓乐演出十分活跃。那时西安有庙上百座，而每个庙几乎都有围绕其活动的鼓乐社。庙会一个接一个，鼓乐演出一场接着一场，长安古城内鼓乐声不绝于耳，至今在城南回荡，护城河里漂满了鼓乐的碎片，在明城墙上、在钟楼上、在鼓楼上，随手可以捡起鼓乐余音。

一

何家营的鼓乐更有说头。

何家营，据说是唐代名将郭子仪的偏将何昌期将军屯兵的地方。安史之乱发生后，郭子仪、李光弼奉命勤王平叛，挽救风雨之中摇摇欲坠的大唐王朝。郭子仪率军在今长安区神禾原上香积寺善导塔旁与叛军大战一场。凭着郭将军满腹的韬略，官军一举消灭了叛军主力。叛军溃不成军，仓皇逃遁，不久安史之乱就被平息了。何昌期治军有方，战功赫赫，官封"千牛卫上将军"，成为京师长安的近卫军首领。何将军曾在神禾原北畔潏河南岸驻军，归隐之后在此修建山林居住，诗圣杜甫曾作《陪郑广文游何将军山林十首》。何将军的后人们在此地繁衍生活，世代相守，为纪念何将军驻军该村，即命名何家营，如今该村仍以何姓人家为主。

漫步潏河北岸的鼓乐广场，脚踏着青色的石板，抬头仰望四面巨大的石鼓，仿佛回到了秦汉。走在风雨廊桥之上，望着桥下的流水，大唐鼓音由远而近，愈来愈清晰。站在柳青广场，顺着柳青的目光凝神西望，神禾原畔何家营村农家小楼高高低低错落有致。我仿佛看到广文馆博士郑虔郑广文诗、书、画俱佳，被玄宗誉为"三绝"，看到他和杜陵野老杜甫，在何昌期将军陪同下打马游览着的山林。

据说这位何将军爱好非常广泛。杜公诗曰"将军不好武，稚子总能文"，足见其儒雅。他谙熟音律，朋友聚会常常"银甲弹筝用，金鱼换酒来"，和杜工部一起"灯前舞，醉后歌"。安史之乱平息之后不久他退居山林，四处召集流落民间的宫廷乐师，组织他们在自己的山林里习歌舞练宫廷宴乐。每逢友人到访，群贤相聚，品茗饮酒之间歌舞相伴，宫廷宴乐奏起。何将军的宫廷宴乐在周围传开来，民间纷纷效仿，在长安城南流行起来。于是唐代宫廷宴乐这一珍贵的文化遗产便在"何将军营"得以世代传承，从唐代一直流传直至今日，形成了独具特色的"何家营鼓乐"。

走进古朴的何家营鼓乐陈列馆，旧展室门前廊柱上的楹联"西安鼓乐溯隋唐元明传至今日可称大备，民间音乐岂铙钹鼓板欲观厥成其在于兹"虽在风雨侵蚀下颜色淡了许多，但依然灿烂夺目。"当年旧调翻新调，此处无声胜有声"吸引住我的眼球，看着一张张泛黄的照片，目睹一件件陈旧的实物和满墙诸多名人题字，我的心被震撼着。新建的演奏厅和陈列厅是五间上下两层大气的仿唐朱红的水泥建筑，青砖红门红柱，红色镂空的门窗，金黄的雕花，颇有盛唐的气韵。一层是演奏厅和接待厅，刚刚搬进去，还未完全布置到位。一边是演奏厅，一个小舞台，靠墙的一面绣着"长安何家营鼓乐社"黑字红底黄边的鼓乐社社旗傲然居中，两边是"笛笙音奏自然是河清海晏，鼓乐声中能令人心旷神怡"的竖旗和黄红杏色的龙旗，台口两边是"古谱传千载，清音震五洲"的楹联，台下几十张椅子。一边是接待厅，还没来得及挂起的"终南山舞神禾塬歌潏河水涌将军古营吹笙鼓簧而乐绘成一幅美丽图景，五彩旗飘八音乐奏四方宾至扶老携幼轻歌曼舞以迎永祝长基富贵中华"楹联牌，以及中国作协前副主席、著名作家陈忠实题联"绝响贯古今，妙乐传中外"和中国音协主席、著名音乐家赵季平题联"笙管奏唐韵，鼓乐传友情"，足以证明了鼓乐的国宝价值。一些还未来得及整理的器物散放在各处。二楼是展室，墙上是一幅幅关于鼓乐介绍的图片、一组组鼓乐演出的照片，墙边玻璃柜子里摆放着一件件老旧的乐器，展厅中心展出古董般的旧的华丽的万民伞、鼓乐社的社旗、几色龙旗和几面有些年代的旧鼓。一种厚重的历史感弥漫着五间展室，我自己也仿佛变成了一件文物、一段历史。我想，看到眼前的一切，何将军会很开心的，杜甫老人家也会开怀大笑。

我的思绪又回到了一千多年前的唐代。眼前，归隐的何将军，在园内假山前流泉旁的小亭内与来访的友人小饮，庭前空地上几十名乐工正饶有兴趣地演奏《霓裳羽衣曲》。耳旁笛声悠扬，笙音绵长，何将军与客人酒已酣，鼓乐兴致正浓。何家营鼓乐，以打击乐器鼓、铜器以及吹奏乐器笙和笛为主要乐器，是打击乐和吹奏乐合奏的大型音乐，鼓多为指挥乐器，是主导者，因而亦称鼓乐。匈牙利音协主席沙波尔奇班在欣赏了何家营鼓乐社的演奏后说："这就是中国古代的交响乐。"何家营鼓乐虽属俗乐，但脱胎于唐代宫廷宴乐，因而有不同于周至集贤镇东村鼓乐社、集贤镇西村鼓乐社、城内东仓鼓乐社、大吉昌鼓乐社等其他民间俗乐，热烈雄浑中不失皇家的大气高雅。美国华裔学者梁铭越教授曾言："唐代音乐未亡，还保存在今日的长安。"

何家营鼓乐之所以被称为音乐的活化石，一个重要的原因是它使用的依然是古代的半字谱。何家营鼓乐的谱子既不同于现代的简谱，也不同于五线谱，又不同于其他民间乐谱，被称为俗字谱，一千多年来全部是手抄，如今依然是这样，这也恰恰是何家营鼓乐不同于一般民间音乐的独特之处。何家营鼓乐社老艺人何永贞家保存了一本大唐开元五年（717）的手抄乐谱，1952年，被前来西安考察的我国著名音乐专家杨荫浏先生发现，认定其具有极高的研究价值。老艺人当即无偿把它捐献给国家，这份古乐谱现保存于中央音乐学院民族音乐研究所内。经国内外专家认真考证分析，一致认为从其乐谱字符、曲式结构和曲目可以看到唐宋音乐的元素和痕迹，认为它是现存的世界上最古老的乐谱。

何家营鼓乐的乐曲有 1000 多首，且年代久远，内容丰富，来源广泛。古乐社演奏的乐曲名称不少具有唐、宋、元、明、清各代曲牌。从曲目看，既有见于唐宋大曲的《小梁州》《曲破》《游声》《后庭花》等，也有见于唐宋杂曲的《料峭》《十八拍》《南薄春》《格尺》等，然而更多的则是宋元时期的宫调曲如《入梨园》《出梨园》等。见于元朝杂剧的那就更多了，这些大都在"套词"的正宫、黄钟、仙吕、仲吕、越调、双调等各宫调中所属。另外，在数以百计的耍曲中，虽多不曾见于古代文献记载，但在民间的其他乐种中，亦不鲜于流行，如《俸金杯》《华阴庙求妻》等，专家推测可能是一些较古老的民歌。此外还有历代民间艺人加工整理自己创作的《文王登殿》《黄觉寺》《普天乐》等。这些曲子真实地反映出唐以来不同历史时代的社会文化生活，对研究中国音乐史有着非常重要的意义。

每年农历六月初一终南山南五台举行鼓乐盛会，各路鼓乐队云集一处，笙管齐鸣，连续三天，昼夜不停，盛况空前。时常出现"同坛"（音），即斗乐、赛乐，两支鼓乐队你一曲我一曲、你一段我一段地比赛，看谁演的曲目多，演得好，获得观众的掌声多。何家营鼓乐社是南五台庙会的台柱子，没有它的参与，南五台庙会就少了神气。正是依托南五台庙会，何家营鼓乐一路走来，从唐代到明清，直到今天，生生不息，代代相传。

二

何家营鼓乐可以说就是中国古代的一种大型交响乐。

说起来，长安鼓乐还许可以追溯到西周时代。遥想当年凤鸣岐山，一群神农氏后裔走下周塬，在东方沣水之滨这片神圣的土地上建立起西周奴隶制政权，由沣迁镐后，周公就开始制礼乐。那时贵族们祭祀祖先的时候就要演奏音乐，从那时起中国就有了打击乐，即交响乐队。经历了秦汉到盛唐，中国的鼓乐已经相当发达。此时的长安鼓乐作为中国古乐的奇葩，一棵常青树，则不断地成长。

同时在地球的另一边的希腊，西方的交响乐也破壳而出。西方交响乐不同于中国鼓乐以打击乐器和吹奏乐器为主的音乐，它是以管弦乐器为主的演奏音乐，它起源于古希腊时期，它的产生就像古希腊神话的小爱神一样，一手拿着里拉琴，一手拿着阿乌洛斯管，它一开始就是管和弦的结合体。

一个长安鼓乐队人数少说有十几个人，多的达数十人、上百人。鼓乐的乐器分为旋律乐器和节奏乐器，旋律乐器有笛、笙、管、方匣子、双云锣五种，笛为主奏乐器，"众笙群和、以和笛声"。鼓乐的乐器种类件数很多，十分复杂，单节奏乐器鼓就有六种：座鼓、战鼓、乐鼓、独鼓、单面鼓、高把鼓；铙钹也有六种，同是铙钹却有大铙、小铙、川铰、小钹、苏铙、苏铰之分；锣则有七种之多，大锣、钩锣、马锣、供锣、小吊锣、单云锣、三星锣；另外还有大小木梆、木鱼、摔子等20余种小的打击乐器。

交响乐队也大致如此，人数自数十至百余人不等。近代大型交响乐队，按规模大小，可以分为双管、三管、四管，即小、中、大等编制。通常由弦乐器、木管乐器、铜管乐器和打击乐器等各组乐器组成，即小提琴队、大提琴队、铜管乐队、木管乐队、打击乐队以及钢琴和竖琴。交响乐队伍虽然庞大，但是相对鼓乐乐器就少得多了，简单得多了。两者演奏起来却又有同工异曲之妙。

何家营鼓乐队，阵形比较讲究，一般吹奏乐队在左，打击乐队在右，座鼓处于指挥地位。吹奏乐器演奏者占鼓乐队百分之七十；革类打击乐器不足打击乐器的百分之二十，铜类打击乐器要占到打击乐器的百分之八十。演奏者均身着黄色为主色调的唐式乐工服帽，穿着唐式靴子。演奏者身后布置中心位置是鼓乐社社旗，令旗、万民伞和高照斗子分别排列两边，错落有致。红黄杏色的龙旗依次飘飘，左右对称，颇有秦风唐韵。

西方交响乐乐队的布阵与鼓乐队讲究有所不同，虽形不同却神一致。小提琴队一般在舞台的最左边，人数最多，相当于乐团的心脏；指挥者在舞台的正前方做一个小台子，是整个乐团的灵魂；大提琴队人数相对少一点，一般在舞台的最右边，相当于乐团的肺；弦乐器的演奏者占整个乐团的百分之六七十，人数众多；管乐器和打击乐器的演奏者人数少，各占整个乐队的10%左右，处于舞台的后部一字排开，左右分列；钢琴和竖琴更少，一个乐团中一般只有一架钢琴和一台竖琴。它们的排列更符合西方人的思维方式。

何家营鼓乐乐曲分为单曲和套曲。套曲，分为"六、尺、上、五"四个宫调，总称"四调坐乐"。大乐、"套词"、鼓段曲、别子、赞、耍曲，以及构成四调坐乐中的四调《引令》、四调《宦门子》、四调《磊鼓》、四调《撼动山》、四调《玉抱肚》、四调《下水泉》《扑灯蛾》《曲破》、四调念词、俗派坐乐的前扎子。何家营鼓乐多表现一个小故事，每一节表现故事的不同场景。

交响乐通常一般分四个章节。第一乐章，快板，奏鸣曲式，音乐活跃，充满戏剧性，第二乐章，慢板，三段体或变奏曲，曲调缓慢如歌，第三乐章，常用小步舞曲或谐谑曲，较为轻松、欢快，第四乐章，多采用舞曲性格的急板如回旋曲式、奏鸣曲式或回旋奏鸣曲式。

曲江音乐厅正举行着一场柴可夫斯基的《悲怆》音乐会。由世界著名指挥家、德国钢琴家艾森巴赫指挥，德国石荷州节日交响乐团演奏。音乐厅里上下三层1200多个座位爆满，没有买到票的音乐迷急得团团转，又不得不悻悻离去。艾森巴赫潇洒自如，神采飞扬，指挥棒在他手里流畅地舞动，让人真正领略了音乐的风采，体会到了音乐的真谛。整个乐团的演奏，是那样的默契，音乐如同德国啤酒微苦而又意味悠长，让人真正懂得了音乐的魅力。

听，何家营鼓乐社正在接待外宾演出呢。古朴的陈列馆小院里来了一群金发碧眼的西方人，随着鼓点敲起，古乐演奏开始了。《登口》《坐帐》《将军令》再现了古代将军登上关口、升帐坐帐、行令的过程和气势恢宏的场面。《打棍》《哭长城》用鼓乐表现了将士遭受军法处置的悲壮和哭长城的凄惨哀怨。这些马可·波罗的后人们听得如痴如醉，个个竖起拇指，用生硬的汉语不断地重复着"非——常——棒"。

一场交响乐，一场何家营鼓乐，两种不同形式的音乐，两种不同的文化，两种不同的思想，两种不同的精神，在世界的两端同时绽放，让世界五彩缤纷。

三

何将军的后人，无论经商或务农，始终没有丢弃鼓乐，并且代代相传，成为何家后人的一门"手艺"。村里何氏鼓乐艺人辈出。新中国成立初期的何永贞，改革开放初期的老艺人何生乾、何生贵、何生建、何生俊、何应秀、何永顺以其高超的技艺被誉为"长安鼓乐七杰"。1978 年，何家营鼓乐社原社长、老艺人何生哲被接纳为中国音乐家协会会员。现任社长何忠信被文化部命名为"国家级非物质文化遗产代表性传承人"。

大型鼓乐乐器由鼓乐社置办，小的笙笛铙锣由鼓乐艺人们自己购买，平时放在家中方便自己练习，排练的时候带上。每每雨雪天，人们倒在热炕上，美美地睡上一觉，好好解解乏气，还可以下下棋，丢丢方，打打麻将。鼓乐艺人们却一时也闲不下，利用大好时间，或者一个人在家练习鼓乐，或者集体到鼓乐陈列馆合成鼓乐。农商闲暇时节，村民们要么三五成群在房檐底下聊天谝闲传，要么几个一堆在谁家耍花花牌，要么在墙根晒晒太阳；鼓乐艺人们则要么集中起来排练，要么出去承接演出。

何家营鼓乐社的艺人们文化程度并不高。现在的艺人大多只是初中毕业，个别学历高的也就是高中毕业，老艺人们的文化程度就可想而知了。他们虽然文化程度不高，更谈不上乐理知识，但是对鼓乐非常有悟性。不知是遗传的原因，还是村子的风水，抑或潏河的灵气，何氏后人对音乐非常敏感，也许是冥冥之中有祖先在点化。他们学习鼓乐的方法很笨，甚至有些原始。他们至今仍靠的是祖传下来的秘诀"口传心授",一代一代口口相传,一辈一辈心心感知。好多民间地方戏曲上个世纪前半期都已经从乐理入手,给学习者教授,但他们仍然顽固地用祖先留下来的土办法,但这土办法对他们非常受用。鼓乐艺人们非常重视哼哈音韵的运用,通过哼哈音韵来体会鼓乐的节奏和韵律。

何家营的鼓乐艺人们熟知古代音乐礼仪。演出时非常讲究坐相和站姿,坐相端庄,站姿挺拔,举止有礼,言谈高雅,颇有唐人的儒雅之气。不要看他们穿着土气,却也是经过大世面的,有着大视野,出过国留过洋。他们中许多人曾多次赴国内外演出。南下上海、广州、香港、台湾,北上首都北京;组团东渡东瀛岛国日本奈良,西飞《匈牙利狂想曲》的作者、著名音乐家李斯特的故乡匈牙利,南往澳大利亚堪培拉举办鼓乐演出,展现中华音乐活化石,为华人在音乐方面赢得了不少名声。

说起来,每一个鼓乐艺人都有一大堆故事。现任社长何忠信就有说不完的故事。1968 年,正值上个世纪中国那场政治浩劫初起时,"家有良田万顷,不如薄技在身",年仅 15 岁的何忠信初中毕业,父亲便让他跟着村里的老木匠学起木工,在农村一辈子可以吃上一碗轻省饭。然而他自己却迷上了鼓乐,背着家人他和一位族兄长一起跟随上一辈传承人何生哲开始了鼓乐学习。白天在木工厂里他和木匠师傅学习木工,晚上偷偷学习鼓乐。白天,木工厂的桌台上就多了一本手抄的鼓乐谱子,他边干活边背谱子,为此没少受木匠师傅的训斥。背谱子可是苦差事,没有好办法,必须死记硬背。学习一部曲,往往师傅先唱两遍,然后他自己开始练习,每唱错一个音就前功尽弃,必须从头再来。常常起鸡啼熬半夜,熟背一部曲谱子,要花上十天半个月时间。谁知何社长的父亲有心插花花不成,无心栽柳柳成荫,没有培养出一位出名木匠,"歪打正着"却成就了一名何家营鼓乐的传承人。

可惜的是乐艺精湛的老艺人相继作古。他们的绝活还没有完全传承给下一代,带着一身技艺,带着无限的遗憾,带着无尽的愧疚,黄土之下去拜见他们的祖先何昌期将军。这不仅仅是这些老艺人的遗憾和愧疚，也是我们这个时代的遗憾和愧疚，更是我们这个民族的遗憾和愧疚。

上世纪 80 年代，何家营鼓乐在内的长安鼓乐进入发展的辉煌期。1985 年，在陕西省文化厅的支持下，何家营村建立了全国第一家民间"鼓乐陈列馆"。在鼓乐研究专家李石根等人主持下，对多年来搜集的鼓乐资料进行了系统的整理分类，编写了《西安鼓乐曲集》八卷九册、《陕西鼓乐译谱汇编》五部。陕西省艺术研究所成立了以何家营人何均先生为主任的鼓乐研究中心，西安音乐学院也成立了长安古乐学社等研究机构，加强了对西安鼓乐的理论研究。更为可喜的是，一大批中青年研究人员加入到鼓乐的理论研究行列，让何家营鼓乐艺人们感受到了鼓乐的宝贵，看到了鼓乐振兴的希望。并引起国内外学者的重视，英国人钟思第、意大利拉发埃拉曾专门到中国学习鼓乐，拉发埃拉还在她所著的《中国古代音乐》一书里，专题大篇幅介绍了长安何家营鼓乐。这些聊以慰藉那些逝去的老艺人，他们可以姑且闭实眼睛了。

中国民间文艺家协会主席冯骥才先生参观了何家营鼓乐社后，非常动情地称赞说："你们几十年以前就有了保护非物质文化遗产的意识，很难得。"

正是由于这些土气的民间鼓乐艺人们孤独地坚守，执着地传承，我们民族高雅的鼓乐才得以传承和弘扬。

四

然而好景不长。

时间来到了上世纪 90 年代，何家营鼓乐遭遇了滑铁卢，进入了寒冷的冬天，开始了一个相对沉寂的阶段。鼓乐社的情况更糟，更令人担忧。在农村，以土地承包责任制为主的改革大大地解放了劳动生产力，促进了农村经济的大发展。但却对古老的鼓乐发展带来不利影响，产生了巨大的冲击，严重影响了何家营鼓乐的发展。过去艺人们主要利用农闲时间进行学习排练，而现在为了养家糊口，不少鼓乐艺人农闲时不得不外出打工，乐社的排练难以正常进行。随着对外开放的深入和现代化进程的推进，西方现代音乐走进了人们的生活，越来越多的年轻人开始喜爱西方交响乐、现代音乐和流行歌曲，戏曲也受到冷落，更不要说鼓乐了，一下子跌进凉水盆子里，凉到底了。鼓乐市场越来越冷清，几乎无人问津，每年演出场次寥寥无几，鼓乐艺人的收入更难以养家糊口，生活明显比村里其他人家清苦。看着别人家的日行，再看看自己家的恓惶样子，一些鼓乐艺人受不住了，不得不狠心放下乐器藏起来，打上背包，踏上外出打工赚钱的路。

何家营乐社的训练从此难以保证。每次训练勉强能到五六人，何忠信常常站在名为"南塘轩"演奏室门前沮丧地看着，十分失望，却又万般无奈。后来情况越来越差，只剩下何忠信独自一人。他有气无力地坐在演奏室，独自叹息。一个雨天，望着阴郁的天空，听着绵绵的秋雨，社长何忠信拿起前任社长交给自己的笛子，深情地吹起来，笛声是那样的凄惨，那样的恓惶。最后他干脆抱头放声大哭，长长地跪在演奏室里，"列祖列宗、历代社长，我何忠信无能，愧对列祖列宗和历代社长，咱们何家营的鼓乐要在我手里失传了。"他一边祷告，一边自己用拳头捶打着自己的头，然后像一堆烂泥瘫坐在地上。门外淫雨霏霏，烟霏云敛。何社长一脸惨淡，满目无光，呆呆地坐了整整一个下午，最后灰溜溜地锁了鼓乐陈列馆的大门，深一脚浅一脚恍恍惚惚地回到家里，睡了几天几夜，滴水不沾，滴饭不食，大病一场。然而身体刚缓过来，他不由得又走进了鼓乐陈列馆。每天一个人进，一个人出，照样把陈列馆从院子到演奏厅再到展室干干净净打扫一遍。天天如此，月月如此。他像一位孤独僧，独自守着一座空寺庙；又像一位耐得住寂寞的守墓人，默默地守卫着主人的坟墓，一坚持就是几年。

随后好几年，何家营鼓乐社几乎陷入瘫痪，未承接过一次演出，更不要说训练了。后来村里干脆就连鼓乐陈列馆也出租给了木工厂，鼓乐的阵地丢失了，何家营鼓乐社彻彻底底瘫痪了。随着西京大学的入驻，何家营村村民分到了一大笔征地款，家家户户一下子成了富户。何姓人家，家家也都比以前有钱了。然而他们在村里却抬不起头来，村里其他姓氏的村民都说何姓人家把祖先们传下来的鼓乐丢了，对不起祖宗。

对于何忠信来说选择了鼓乐，就意味着选择了坚守；担任了鼓乐社的社长，就意味着选择了传承。当然，他同时也就选择了孤独、清贫。

进入21世纪，何家营鼓乐迎来了又一个阳光灿烂的春天。随着近几年来国家民族民间文化工程的启动，陕西省和西安市分别成立了由主要领导挂帅的鼓乐抢救保护领导小组，加大了抢救保护工作的力度。省文化厅为何家营乐社赠送了一大批乐器，市上拨专款对乐社现状进行了一次详细的搜集普查，并对老艺人给予一定的经济补助；又为何家营鼓乐社建起了新的二层排练厅、陈列室和资料室，鼓乐社一下子鸟枪换炮，条件好得多了。

穷则变，变则通，通则久。

2002年，何家营鼓乐社社长何忠信为了把老祖宗留下的鼓乐传下去，和几个骨干乐手商量，毅然决然打破老祖宗立下的传男不传女和不传外姓人的规矩，开始接收女性和其他姓氏的男子。那时村里的女人在家的居多，在外打工收入并不高，参加鼓乐社既能照顾家，又能传承鼓乐，还可有些微薄的收入贴补家用，同时鼓乐队伍也壮大了，岂不几全其美。一个黄道吉日，他们在陈列室挂起祖宗和历任社长的遗像，摆上猪头和各样水果等祭品，燃起红红的大蜡烛，点上长长的三根香，众乐手在社长的带领下三叩九拜，跪在列祖列宗和历任社长面前，举行了一个隆重的仪式，告诉祖宗开始招收女乐工。几年下来，他们培养了一批女乐手，如今能参加演出的少说也有二十几人。

2009年，何家营鼓乐作为西安鼓乐的组成被联合国教科文组织列入"人类口头和非物质文化遗产名录"，中央电视台、香港亚洲电视台等多家新闻媒体均拍摄了专题片。

如今，何家营鼓乐社有五六十个艺人，平时基本上都能坚持训练，随时都可以承接演出。社长何忠信也可以告慰祖宗和历任社长在天之灵，何家营的鼓乐在他的手里不会失传了。

五

越是民族的，才越是世界的。如何让世界音乐瑰宝——何家营鼓乐发扬光大、后继有人，这不仅是社长何忠信常常萦绕心怀的问题，也是好多音乐界人士最为关注和焦虑的事。

2001 年何家营小学来了一位姓张的校长，这位张校长从小喜欢鼓乐，逢年过节，慰问军烈属、村内搞活动常常加入锣鼓家伙队伍。担任了何家营小学校长后因学校事务和村子的联系多了，开始对何家营鼓乐也就有所了解。工作闲暇之际，他就跑到鼓乐陈列馆观看鼓乐艺人练习鼓乐，久而久之产生了浓厚的兴趣。张校长和何社长商议，把鼓乐引进本村学校，搬上小学生的音乐课堂。

学校聘请何家营鼓乐社社长何忠信为鼓乐教师，在音乐课堂上向四至六年级的学生传授工尺谱的吟唱和乐器的演奏技艺。孩子们对鼓乐特别喜爱，上鼓乐课是他们最开心的事。鼓乐课堂上，他们哨笛、吹笙、击鼓、敲锣、鸣铙，一个比一个学得认真，一个比一个专心。从一开始会演奏单个乐器，到后来演奏简单曲子，再到后来集体能够演奏套曲，每一步都浸透着孩子们的汗水，每一步都洋溢着孩子们的快乐。

学校还成立了鼓乐队，每天下午文娱活动时坚持进行训练。一学期后，举行了首场演出。那一天，神禾原上天蓝云白，潏河流水声也格外清脆。小小的何家营小学挤满了人，男的女的老的少的，抱小孩的，牵孙子的，拄拐杖的，好不热闹。上班的家长请了假，就连在外打工的家长也放弃了赚钱的机会，早早到学校观看自己孩子的演出。孩子们稚嫩的演奏迎来了潮水般的掌声，家长高兴地合不拢嘴，老人们激动地说不出话来，何忠信社长满眼含泪欣慰地微笑着。何家营的鼓乐后继有人了。相信这一刻，何昌期将军也许正在用心观看，他定会颔首微笑；历代社长们也在仔细聆听，交头接耳窃窃私语，指指点点，今天他们一定最高兴。

何家营小学的鼓乐社先后参加了西安市、陕西省和教育部的艺术展演，一路过关斩将旗开得胜，一举夺得表演一等奖。正如专家所说，孩子们的演奏还很稚嫩，技法还不娴熟，对鼓乐的理解还很肤浅，但是他们毕竟继承了我们民族传统音乐的精华，让我们看到民族音乐的未来。专家们为何家营小学的鼓乐队点了一个大大的赞。

卸任校长的张老师和何忠信社长四处游说，相继在长安二中也成立了师生鼓乐社。在老艺人们的精心指导下，师生刻苦训练，鼓乐社的演奏水平越来越高。依托何家营鼓乐社，长安二中师生鼓乐社的名气越来越大，先后参加市、省、教育部组织的艺术展演，2015 年 10 月，上海全国音乐教育大会开幕式上，长安二中学生鼓乐社演奏的番调《将军令》一举成功。全场为之倾倒，音乐教育的巨头们被深深地震撼了，鼓乐声漂满黄浦江，回荡在上海滩上。据说长安区几所小学和初中有意向与何家营鼓乐社合作，要成立小学生、初中生鼓乐社，届时何家营鼓乐之花将开满长安，满园飘香。

在今年十三朝古都西安承办的全国艺术节期间，文化部部长雒树刚本要亲临何家营鼓乐社指导，遗憾的是副社长去世，雒部长未能成行，何家营鼓乐错过了一个千载难逢的机遇。不过是金子总会发光的，土里是埋不住夜明珠的。何家营鼓乐一定会迎来又一个辉煌的时期。

去年张老师又担任了西安城隍庙鼓乐社的社长，他把西安的几家鼓乐社联合起来，让长安鼓乐不断地发扬光大。如今他们正利用"一带一路"积极地把何家营鼓乐推出国门，走向世界。相信不远的将来，世界将又要刮起一场长安鼓乐风。

离开何家营鼓乐陈列馆，西天边彩虹飞度，红红的落日迟迟不肯离去。南五台远去，香积寺的鼓声悠悠，潏河寂寂无声地流淌。不一会儿风雨桥上华灯齐放，河畔鼓乐广场灯火辉煌，锻炼的人们陆陆续续涌入广场。

我一下子穿越到了盛唐。何昌期将军家的晚宴开始了，风尘仆仆而来的杜陵野老撩衣而坐，主客之间推杯换盏，话诗赏乐，一旁五六十名乐工正演奏着宫廷宴乐……

乡村交流会

许多往事被岁月淹没得越久，反而记忆会越清晰。如同埋在地下的文物，年代愈久远就会愈值钱，就会更有价值。

年前回了趟老家，乡下集贸市场熙熙攘攘，商贩云集，兴旺发达。勾起了我沉寂多年的关于乡村交流会的记忆。恍惚间听到了"走，逛交流会去"，那是隔壁徐婶扯着感冒似的沙哑嗓子在叫我呢。

提起乡村交流会，也有年头了。交流会其实是农耕时代乡村的一种特殊的集贸市场，但是又别于传统的有着固定时间、固定地点的集市。时间一般短则五天，长则一个星期，不仅有近处有固定字号、门面的坐商来到交流会，还有好多外县甚至外省的行商也来赶会，小商小贩是交流会的主力军。商品物资也比平时丰富得多，并常常有秦腔、歌舞、杂技等演出助兴，十分繁华，非常热闹。有的是由传统的庙会演化而来，有的是乡村有意组织起来的。传统的庙会形成的交流会每年有着固定的日期，农历二月八王曲城隍庙就有交流会。乡村有意组织起来的交流会多在秋夏两忙前后，日期不固定，随缘布施，每年根据具体情况而定。

上世纪八九十年代，农村改革激活了僵化几十年的乡村，农村经济如雪后的土地一下子松软膨胀开来了，像雨后的春笋，迅猛发展。农民的生产积极性似汛期的沣河水空前高涨。虽然农村的物质生活得到了较大地改善，但是交通还不够便利，商品流通仍然出现了"肠梗阻"，手里有了钱的农民需要的日常生产生活用品买不到，自己土地里生产出的农产品又卖不出去。如同迷路的驴友，找不到出山的路，而搜救队也找不到驴友。那时候，乡村交流会发挥了很好的平台作用，点燃农村经济发动机引擎，助推农村经济的发展，在乡村十分活跃。

我的家乡及周围的乡镇那些年经常举行交流会。子午、黄良镇、秦镇这些秦岭北麓西安城南千年古镇，集市贸易非常活跃。农历每月逢二、五、八是子午集日，逢六、九乃黄良集日，一、三、五则是秦镇的集日。那时候滦镇、五星小城镇初具雏形，商家并不多，因此率先年年都举行交流会，子午、黄良、秦镇这些千年古镇也怕落伍，也年年竞相举办交流会，商品流通很火，形成了乡村一道亮丽的风景线。

乡村交流会，多由政府牵头，民间组织。乡镇政府早早搭建起一个民间能人班子，分成若干个小组，有组织的、有宣传的、有外联的、有管理的，还有治安的，各执其事。负责宣传的最早进入角色，十里八乡几十里地张贴海报；外联的跑了县里跑市里，甚至还要跑省里，请剧团、歌舞、杂技等专业演出团体，请不到省市大剧团就联系咸阳、渭南的秦腔剧团，那个时候，时兴的说法叫"文化搭台，经济唱戏"；组织的在街镇上辟出一大块空地，划分成若干个商业区域，客商到来按区域进行经营。交流会开始第一天，还要搞上一个隆重盛大的仪式，请县里、镇上领导剪彩。一时鞭炮齐鸣，锣鼓喧天，好气派，好热闹。

交流会是农村商品大卖场。你看，镢头、铁锨、锄头、铁镐，木杈、木锨、扫帚、簸箕，斧头、柴刀、筛子、笼子，从田间到麦场到家里的工具，样样都有。麦子、苞谷、黄豆、小豆，核桃、木耳、山药、山菌，平原的深山里的，啥啥都有。毛巾、香皂、搽脸的、皮鞋油，帽子、围巾、鞋、袜，洗的抹的戴的穿的，应有尽有。单的、夹的、内衣、外套，积压的、畅销的，土气的、时髦的，各种款式的衣服，简直就是乡村服装展。玻璃、刺绣、塑料、铁艺工艺品，琳琅满目。小吃区域肉夹馍、凉皮、粉汤羊血、油条、油饼、油糕，自不必说；长安臊子面、麻食，户县辣子疙瘩、摆汤面，周至的醪糟，蓝田的饸饹，山西的刀削面，河南的羊肉烩面，成都的担担面，重庆的小面，演绎着一场舌尖上的中国，香味飘飘，迅速弥散，挑逗着逛会人的味蕾，诱惑着他们的胃，让人欲罢不能，欲吃不饱。电喇叭声、人吆喝声，不同的方言、不同口音的叫卖声南腔北调，似一台曲艺杂坛。客商来自四面八方，本县的，周边外县的，还有邻省的；农户个体工商户，乡办企业，县办厂子，来自五湖四海的客商，共同奏响改革开放后商品流通的交响乐。

乡村交流会，也是一场乡村文化的盛宴。听，秦腔大戏唱开了，三意社的看家戏《火焰驹》，着实让农民过足了眼福和耳福。台上演员，入情入戏，唱艾谦的二花脸唱腔干散脆，刚劲有力；演黄桂英的旦角委婉细腻，如小鸟哀鸣，如泣如诉；扮李彦贵的小生唱腔亮脆婉转，文弱切切。台下挤满了中老年观众，坐的、站的、蹲的、靠的，戴着一顶顶草帽，吧嗒吧嗒抽着旱烟，有滋有味地看着秦腔，赛过神仙。演唱到精彩之处，掌声如潮水涌动，似雷声震耳欲聋。到高潮处，组织者就会上台为名演员搭上一条红绸子，俗称搭红，以示嘉奖，就像为明星献上鲜花一样。不远处的歌舞吸引着年轻观众的眼球，华丽的舞蹈，甜美的歌声，西洋打击乐热烈的气势震撼着台下穿着时尚的小青年。年轻人吹着响哨，打着响指，扭着腰肢，摆动着屁股，晃动着小腿，忘情地边唱边舞。台上演员的激情引燃台下小青年的热情，台上台下激情一片，似乎整个镇子也燃烧了起来。大布帐篷里，正在上演杂技气功，围满了爱好者，顶碟子、叠罗汉等杂技又险又惊，刀劈活人、头破巨石等气功气势撼人却有惊无险。外面一处空地上，头戴小毡帽的耍猴人，肩膀上站着一只小猴子，一只手上又牵着几只猴子。铜锣一响，猴王和耍猴人抱拳向观众深深地施一礼，"有钱的捧个钱场，没钱的捧个人场！"耍猴人一声开场白，猴群在猴王的率领下，开始了滑稽搞笑的表演。稍不听话，就要受到耍猴人的训斥，甚至挨打。一位猥琐的中年男子，顺手递给猴子一支点燃的金丝猴香烟，猴王扎在嘴角，烟熏得眼睛直流泪，逗得观众哈哈大笑，直笑得人仰马翻。人猴原本祖先同宗，人类何以虐猴！可怜的猴子，善良而残忍的人类。

乡村交流会也是农民人性大放送。不远处大棚里的艳舞表演场挤满了光棍汉和长期性禁锢下的农村男人。几个露点多多的妙龄女郎，又是抚摸馒头一样的大胸，又是扭动着白花花的肥臀，又是甩着胯，搔首弄姿，嗲声嗲气，做着各种下流的动作，挑动台下雄鹿一样的男人们的欲望。光棍汉们眼里放着狼眼般的绿光，恨不得把眼珠子丢到艳舞女的每一寸肌肤之上。有些男人眼睛直勾勾，嘴半张着，哈喇子几乎流下。有的男人浑身火烧火燎，像一堆干柴，遇到一丁点火星就会燃起。时尚放浪的音乐，刺激男人的性腺，激活了男人的性兴奋。圣人讲"食也，色也，性也"。长期性禁锢，在遭遇了性开放之后，让农民变得有些扭曲。

这边，七零八落围了一圈人，身着僧袍和道袍的卦师，戴着小圆帽和石头镜、留着八字胡的相师，在给求卦的人解释卦象。当了乡村孩子王教学一年后，父母就为我的婚事而操心，托七大姑，拜八大姨，四下里撒话。一年里倒也见过几个，总没有中意的，父母更心焦了。徐婶带我到交流会算了一卦，说得我心花怒放，但是这一卦并未应验，谎花是不结果的，我空欢喜一场。虽说人命天定，但更多的是命运掌握在自己手里。从此再也不算卦了。那边，草根棋手蹲在棋摊边，反复琢磨着残局，几次跃跃欲试，想伸手去摸棋子，又因没有十足的把握破解残局，怯怯地缩回了手。当一个棋手真的拿起了棋子，一旁的看客们"跳马、出车、飞象……"争论不休，有的看客竟然急得动起手，和下棋人抢起了棋子，早把观棋不语真君子的古训抛到了九霄云外。好吃懒做的赌汉，充当托儿为扑克牌主招揽着生意。我们村的几个经不起诱惑的年轻人，一开始赢了几把，沾沾自喜，可不一会儿就输了一大笔，把媳妇让买肥料和种子的钱都搭了进去，一时急红了眼，想捞回本钱，谁知最后输了个精光，像霜打了茄子，耷拉着脑袋，哭丧着脸溜走了，一路上心神不定，为如何编一个谎话哄过媳妇而犯难。赌徒啊，赌徒，记住：天上是不会掉馅饼的！

交流会也是农村男女青年恋爱和相亲的好去处。恋人们相约一起逛交流会，带着恋人吃着可心的小吃，买一件心爱的装饰品，选中一条漂亮时髦的花裙，再看上一场现代时尚的摇滚歌舞，幸福的一天比平日短了许多，手表的指针走得也太快了。太阳不忍恋人分离，一步一回头恋恋不舍地坠入西海。客商纷纷开始收摊，逛会的人们像潮水一样离去，在一片狼藉中，恋人们难分难舍。伶牙俐齿的媒婆领着女方，与小伙子相约趁秦腔戏未开演在戏台前见面。男女双方见上面以后，媒婆讨上几个跑路钱，笑眯眯地自顾自到小吃区域，先美美咥一顿炒凉粉、冒饸饹，然后再过一把秦腔戏瘾，再给小孙子买些小吃货和小耍货。俗话说"是媒不是媒，先吃他几回"，说不定还会混到一件媒衣或者一双媒鞋。一对年轻人，刚开始有些扭捏和羞涩，机灵的小伙一个调侃，打破了尴尬。之后他们像一对鸳鸯，并肩地在湖面上飞翔；像一对鱼儿，自由地在人海里畅游。

乡村交流会如今已不再举行了，我却常常想起。每每想起交流会，好像又闻到甜甜的泥土的芳香；每每想起交流会，好像又听到了醇醇的土气乡音；每每想起交流会，好像又吃到了家乡的燃面和油泼辣子。想到交流会，我的心里总涌动着潮水般的情，洋溢着满满的意。

如果说乡村是城市的根，那么城市就是乡村的树冠，城市是在乡村泥土里长出来的；如果说乡村是母亲，那么城市就是他们的子女，城市是在乡村的抚育下成长起来的。

让我们保护我们的根，让我们保护我们的乡村，让交流会不再成为一种记忆。

乡村货郎

"小货郎，挑个担，两个箱拨浪鼓，扑噔噔……"耳旁飘来幼儿园里一群孩子奶声奶气的《小货郎》，我仿佛又看到了久违的乡村货郎。想起乡村货郎，不只有伤感，更多的是回忆和怀念。

乡村货郎，古已有之。因为常常担着担子，挑着两个箱子，在乡村游走卖针线化妆品等小杂货，故又称货郎担。据说宋代就有了货郎这个职业，《水浒传》燕青打擂一节中，燕青听闻擎天柱任原在泰安州摆擂争跤，两年未遇敌手，便扮作山东货郎，与李逵潜入泰安州，在擂台上以"鹁鸽旋"之技扑倒任原。记得华县碗碗腔皮影就有一折《卖杂货》小戏，讲的是待嫁女桂姐之未婚夫，娶亲前扮作货郎偷窥新娘桂姐容貌的故事。一千多年的农耕时代，货郎在乡村很受欢迎，尤其受到小孩和少女的青睐。

儿时，恰是改革开放之初。先前"文革"那个特殊的年代，打击"投机倒把"，"割资本主义尾巴"，小货郎被迫弃商务农，老老实实被禁锢在土地上，不得不面朝黄土背朝天。改革开放后，"文革"被停了的货郎，又游走在村村寨寨的巷子里。村子里那些头脑精明却胆小的农民，做个大生意既怕赔本，又怕再挨批，看着别人经商发财心里怪痒痒的，重操起货郎担子。

那个时期农村商品贫乏，流通也慢，小杂货奇缺，货郎确实让农民方便多了。货郎肩挑着一根担子，两边两个货箱里放满各种小百货，一手摇着拨浪鼓，算走算摇，边摇边吆喝，"卖袜子、卖鞋子……卖梳子、卖卡子（发卡）……"，那声音充满了诱惑，巷子两边家里的女人一拥而上，又是看袜子鞋子，又是挑梳子卡子。年里节里，过会前，还有卖老糖、叮当之类小吃货小耍货的货郎担，"扑噔扑噔俩钱送命……"那叫卖声像磁铁，吸引了满巷子的小孩，孩子们前呼后拥围着货郎，众星捧月一般。

我们初中一同学的父亲就是一位货郎，虽然"文革"期间受到批判，但是初心不改，改革开放后又从事起货郎的旧业，买了一头毛驴，驾着一辆小车，走村串乡，卖起小百货来。他初中毕业，脑子活，思维敏捷，出口成章，吆喝起来，一套一套的，嘴一张就是顺口溜，舌头一抬就是干话。人还未进村，毛驴的清脆铃铛声，远远就传进巷子。"打纸阴票子，给先人扯料子"，"顶针、剪子、梳子，女人都爱"……一声声悠扬而又节奏明快的吆喝，细一声，粗一声，就像一唱三的秦腔演员一会儿唱旦角，一会儿唱小生，一会儿唱的是老生，有腔有调，有韵有味。引来了一街两行的人，男的女的，老的少的，有人不为买东西，专来听他吆喝叫卖。

同学的父亲外号胡番宝，阳性子。鼻梁上常常架着一副带色的石头眼镜，一年四季戴着一顶黑色的小毡帽，活脱脱一个秦腔戏里的小丑。虽然做个小生意，辛苦得东村游，西村转，没有闲的时候，但是老乐哈哈的，脸上总开满着微笑，从没见过他皱过眉毛，从没看到过他一丝愁容，从没听过他唉声叹气。走在村子与村子之间的路上，斜躺在车帮上，踏着毛驴蹄子的调，摇头晃脑地，随着车子晃悠的节奏，唱起了秦腔。秋叶泛着碎金的日子，唱上一段刘易平拿手须生戏《辕门斩子》，"见太娘跪倒地，吓得我杨延景……"，像喝了烈性西凤酒一样酣畅淋漓。夏日耀眼的阳光下，有时来上一段李正敏的正旦戏《探窑》，"老娘不必泪纷纷……"，似吃了燃面一样舒坦。春风拂面时，一时兴起，来上一段王天民的小旦戏《柜中缘》，"许翠莲来好羞惭，悔不该在门外做针线……"，那彩腔细腻婉转如黄莺，路旁的春柳都有些嫉妒。间或来上一段西北名丑阎振俗的《白先生教学》、王升堂的《看病》和几段陕西快板，笑得人前仰后合，眼泪直往下流，肚子疼得连腰都直不起来，有人因此岔出了一口气，腰背疼上好几天。

货郎胡番宝，还有一绝技——倒骑毛驴。毛驴行走在乡间的路上无聊的时候，他双脚勾在毛驴屁股上，双臂展开，一会儿凤凰点头，一会儿鹞子翻身，一会儿大鹏展翅，偶尔单脚站在毛驴屁股上，来上一个童子拜观音，耍上一套猴拳，自乐其间，引得鸟儿枝头驻足，蝉儿树间止鸣，路上行人停步观看。他则旁若无人，眼睛瞟（陕西方言，意为瞄、看）都不瞟一眼，兀自玩自己的。有一次，时在西安电影制片厂当导演的张艺谋到秦岭脚下拍摄电影外景，撞上了，邀他参加了电影《红高粱》的拍摄。拍完《红高粱》，货郎胡番宝又赶着毛驴，在乡村卖起小杂货，不仅继续唱秦腔，说快板，继续倒骑驴表演，还添了新艺门——只要谁问起拍电影的事，就给村民们谝上一通，说起张艺谋，谝起巩俐，说他们在一起的长，道在一起的短，说得绘声绘色，眉飞色舞，唾沫星子飞溅。围听的男女老少，伸长脖子，夋起耳朵，生怕漏了哪一个细节，听得入神入境，仿佛自己也一起拍电影了。

据说张大导演在西影的几年，拍摄的《秋菊打官司》《菊豆》《大红灯笼高高挂》等好几部电影，货郎胡番宝都参与了，当群众演员，扮吆毛驴的车夫，唱民间小调，吼秦腔。不仅落了个肚儿圆，又赚了钱，还享乐了。货郎胡番宝一时间成为乡间名人，他的小生意也越来越火了。多年来，每每回到老家，我都要打听有关货郎胡番宝的消息，每每得到的是，他还那样，我的心也乐哈哈的。

最后一次听到货郎胡番宝的消息，他病了，不再当货郎了，从此再也乐呵不起来了。

随着工业化、信息化的进程，胡番宝这些关中最后的货郎完成了他们的使命，带着无限的留恋，满眼无奈，最终退出了历史的舞台，货郎从此失业了，货郎这个行业消失了。怀念货郎，并不是要抗拒社会的发展，阻碍时代前进，而是提醒我们珍惜当下的生活。

"哎……打起鼓来，敲起锣来哎，推着小车来送货……"当孩子们唱起《小货郎》时，小货郎已渐行渐远，成为历史的记忆。

乡村老碗会

乡村老碗会，乡村的老碗会怎么没有了呢？

久居城市高楼林立的小区，即使住在同一楼层的人们都很少来往，相遇也只是微笑点头而已。住在同一单元，就更是形同路人，谁不理睬谁。住在同一栋楼里，更不用说了，出入竟如遇外星人一样陌生到视而不见的地步。

都市人之间的冷漠，令我心生寒意。周末我急急忙忙逃离喧嚣而又冷漠的水泥森林，回到了生我养我的乡村，小住两日，原本想好好品味久违的村头老碗会，温暖温暖自己冰冷的心。然而，我好失望，不知何时，村头的老碗会竟无踪无影了。我不得不在记忆里努力地搜索着乡村的老碗会，不得不到梦里去重温一下曾经的乡村老碗会。

每每回忆起童年，每每就会想到乡村的老碗会，有温馨，有笑声，有浓浓的人情，还有高亢激昂的秦腔……

关中人性格豪放，吃饭用的是大碗，俗称老碗。每天吃饭的时候，聚在村头街边或者巷口，边吃饭边聊天，像开会一样，俗称老碗会。

儿时记忆里的老碗会，不仅热闹，浸透着欢乐的笑声，而且处处弥漫着浓浓的乡情。每到三顿饭的饭口，家家户户的男人们不约而同端上饭碗、菜碟，聚集在村头或者巷口或者街边，圪蹴在房檐下的台阶上、大树根，或者坐在门墩上，或者屁股底下垫一块砖，一边吃着饭，一边海谝。不仅谈论自家的收成，交流耕作的经验，而且天南地北，古今中外，名人逸事，乡野趣闻，天文地理，政治历史，国内国际大事，都是山野村夫们谈论的话题。老碗会并不是男人们的专利，女人们收拾好锅灶，安排好全家的饭，也会尾随男人加入老碗会，女人间的话题更多的是家长里短的琐事。

早晨的老碗会往往最短，乡亲们吃罢饭还要下地干活，出外打工。中午的老碗会是男人们最爱显摆的时候。一边品着自己女人为自己做的可口的饭菜，一边炫耀着自家女人多么得能干，把家管理得多么井井有条，多么得手巧，面条擀得多么得光，多么得筋道，土豆丝切得多么细，一样的面粉、一样的菜能做出好多的花样。有人故意用筷子把面条挑得高高的，就像欣赏一件艺术品一样，那得意的神情，嘴角滑稽的微笑，招来其他男人嫉妒的眼光。他的女人则大献殷勤，百般热情，端汤送茶。其他人则在旁边不断开着他两口子的玩笑，愈是开玩笑，他们愈是高兴，真是其乐融融。

最热闹的还是晚上的老碗会。劳作了一天的乡亲们，利用老碗会充分地休息和放松。男人们在一起谝《三国》，说《水浒》，聊《杨家将》，讲《西游记》故事。女人们在一起唠嗑，时而东家长、西家短聊着家常，时而互相嬉闹。有时秦腔爱好者遇到一起，吼上几段秦腔，如"老杨业在山门，望儿不见自思量……"（《金沙滩》）、"后帐里转请来诸葛孔明……"（《葫芦峪》）、"祖籍陕西韩城县……"（《三滴血》）、"不孝的奴才听娘言……"（《三娘教子》）、"王朝传来，马汉禀……"（《铡美案》）等等，你一段，他一段，竞相献技，虽是清唱，倒也生旦净丑，行当齐全。慷慨的秦腔，凄婉的二胡声，回荡在村子的上空，余音袅袅笼罩着夜色里的村庄，引来阵阵喝彩声和此起彼伏的掌声，听众们则个个脸上洋溢着农家人的欢笑。春秋的夜晚，皎洁的月光像白银一样泼洒在地上，闪烁的星星调皮地眨闪着眼睛，简直就是一场充满诗意的月光晚会。夏季晚上的老碗会最长。吃罢饭，女人们洗刷碗筷，收拾锅案；男人们则继续纳凉，继续浪谝。收拾完毕的女人们，兴趣不减，返身回到老碗会上。反正天热，回去也无法安睡，直谝到暑去凉来，月亮偏西，星星昏昏欲睡之时，老碗会才落下帷幕。至于孩子们，有的在旁边捉迷藏，有的追逐嬉戏，有的在父母的膝上缠来绕去，有的小手托着下巴津津有味地听着大人讲故事，有的似懂非懂晃着头入神地听着秦腔。

随着改革开放的深入和人们生活节奏的加快，农民们除了秋夏两忙收获和耕作之外，更多的时间在外打工。年轻一点的，远走大城市，家里离不开的和年龄稍大的就在当地打工。昔日热闹的乡村，如今是那么冷清，听不到大人们的闲谝和秦腔自乐班的高喉咙大嗓子，也听不到孩子们的嬉闹和欢笑声，更听不到猪狗鸡鸭牛马驴骡嘶叫；看不到成年男人的身影，更看不到村头巷口的老碗会了。每天看到的只是稀少的匆匆忙忙的身影，多数是沉默的老人和寡言的小孩，还有好多家门上的铁将军。乡亲们物质生活越来越好，精神生活越来越贫乏，人情味越来越薄了。

我好怀念乡村老碗会，回来吧，乡村老碗会！

追糕

长安周边农村有民谚"不追九月九，亲戚两不去"。据说唐代就有重阳登高插茱萸吃米糕的习俗，王维就有诗句云"遥知兄弟登高处，遍插茱萸少一人"。不过长安农村追糕并不在农历九月，大多是农历十月古会。十月会有些地方也叫女婿外甥会，女儿家过会这天，娘家要给初出嫁女儿和新生外孙"追糕"——糕是长安花糕，属面糕，是麦面蒸制而成。

关于追糕的传说，众说纷纭，有稽可考的说法也有好几种。但无论怎么说，糕与高谐音，均取意于让人们越走越高，生活越过越好，从这个角度来说，也反映了农民对于至亲的一种深深的美好祝愿，同时也是对自己未来美好生活向往的愿望。

哪家有新出嫁的女儿，或者头生外孙、外孙女，娘家母亲早早就张罗着给女儿、外孙追糕，有时还会来上一个大糕套小糕。刚闪上农历十月，娘家母亲笑呵呵就开始收拾当年窝到的新麦子，淘麦子，磨白面，女儿家过会前几天，就发上几大盆面。先天，母亲请来同巷子手巧的老太太，帮着一起蒸花糕。花糕尺寸有大小之分，给女儿送是大糕，给外孙送是小糕。高低有三层六层之分，贫气人家是三层，爱好的人家就六层，取意三六九往上走。

几个老太太在厨房忙活起来。揉面的，擦篦子的，洗笼布的，烧火的，各执其事。待面碱放到位，揉到程，就开始做花糕。做最底层底座的，擀开一张一尺五寸左右的面饼，用竹篦在饼边精心地雕刻上龙爪。做第二层的，在面饼边，细细地描画着莲花瓣，两层间镶嵌一圈核桃。第三层面饼边沿，一笔一笔绘上鱼鳞，二三层之间点缀一圈栗子。第四层面饼像一尊柱顶石，上面一个大馒头，最顶是有百兽之王之称的面狮子或者老虎。把六层在铁篦子组合起来，放入水已烧开的大铁锅蒸起来。她们又开始做第二个。国人讲究对称，花糕是成双成对的，同时也应了那句古话——好事成双。大约四五十分钟，厨房里热气蒸腾，花糕香飘。老太太们把大花糕放到筛子里，晾起来，再把第二个花糕放进大铁锅里蒸。

第一个晾得差不多了，她们就开始给花糕贴花了。给花糕"化妆"的"化妆"，捏面花的捏面花，刻萝卜花的刻萝卜花。老太太们可精心了，就像为要出嫁的女儿梳妆一样。给花糕"化妆"的，反复调试颜色，反复对比，一笔一点，细描，慢画，精点，静涂。做面花的，在案板上又是揉，又是搓，又是扭，又是缠。不大一会儿工夫，造型各异的栩栩如生的面花，就活在案板上，涂上颜色好光鲜，有小白兔、小白鼠、小花公鸡、小花狗等十二生肖，还有色彩斑斓的菊花、喇叭、月季等。刻萝卜花的用叉、刀，又是刻，又是划，又是切，又是剁，又是染色，各种造型的色彩鲜艳的萝卜花开了一片。当一切就绪的时候，老太太们早就累得腰酸腿疼，站不稳脚跟，直不起腰了。但她们一个个仍乐呵呵的，脸上的花儿比案板上的花儿开得还灿烂。看着案板上的画糕，她们眉间洋溢着骄傲，眼角泛着欣慰，嘴边挂着微笑，骄傲的是花糕是她们一天的杰作；欣慰的是那是母亲对女儿、外孙的一片爱心；微笑的是希望女儿、外孙的生活就像花糕一样，一层比一层高。

吃过晚饭，老太太们在母亲的千恩万谢中离开，母亲还要继续折冬青枝，做面花和萝卜花的秆，还要找担子、络子和红布。

第二天，不辞辛劳的母亲又早早起来，收拾好早饭。吃毕，洗刷完，把红布铺在络子上，再把花糕放进去，把面花、萝卜花，以及在庭院里摘上的一些金黄的菊花和鲜红的大荔花，插到花糕上。由家里的男人挑着花糕，其他人前呼后拥，满面春风地走出家门。

最壮观的场面是，花糕进了女儿的村子。送花糕的相继走进村子，三五成群的孩子，蜜蜂似的嗡嗡就围上来。胆小的贪婪地看着花糕，几乎把眼珠子落在花糕上；胆大的伸手就摘花糕上的花儿，蛇一样地溜走了。一拨又一拨，拔了这家花糕上的花儿，又去抢那家花糕上的花儿。小孩拔的花越多，证明这家花糕做得漂亮，据说对于女儿家也最吉利，这是农村的老讲究。大人们一街两行，把眼球全抛到了过往花糕上，手上指指点点，嘴里嘟嘟囔囔，点评着街上的花糕。街上仿佛变成了花糕的海洋、花糕的世界，让人眼花缭乱，目不暇接。花糕不仅给女儿家带去了喜气，挣足了面子，也为整个村庄带来了美好的祝愿。

如今农村能做花糕的人少了，将来还会看到花糕吗？我不免为此隐隐担忧起来。好在近几年发展其专业户，可以买到花糕。能买到花糕，但是能买到追糕的那种情吗？

什么时间女儿、外孙又能吃上母亲、姥姥亲手蒸的花糕呢？

看，又有不少人挑着花糕进了村子……

过会

近日看到乡下有些村子，来来往往的人比平时多了好几成。男的女的老的少的，个个穿戴整齐，收拾得干净靓丽，最多的还是老人和小孩，提着大包小包各式各样的礼品和土特产。载人的蹦迪、出租车也活跃起来了，在村子里出出进进，趟趟爆满，煞是繁忙。小商小贩也如雨后春笋，随着人流纷至沓来，聚集在村口或者村内要道十字，形成了一个小市场。卖新鲜蔬菜的，卖西瓜、甜瓜、鲜桃等时令水果的，卖各种熟食干果山货的，极尽己能，电喇叭诱人的叫卖吆喝声一遍一遍重复播放着，此起彼伏，彼伏此起。吹糖人的、捏面人的、打棉花糖的、卖各种儿童玩具的也不想错过商机，不甘落后，那顺口溜吆喝词吸引了众多的孩子不断地涌来，像粉丝簇拥着影星歌星，把个货摊围得水泄不通。沉寂的小村，比往日活泛多了，人气旺了，商气浓了，有了欢声，有了笑语，热闹了许多。原来，这个村子在过会。进入6月份，长安农村古会就陆续拉开了，掐指数数，我们村也就要过会了。

我已有20多年没在老家过会了。老家最重视、最隆重、最热闹的要数七月会，对于农民来说这是一年中除了过年（春节）外最重要的一个节日。看着麦子收割、碾打、晾晒入库了，农民们沉浸在收获的喜悦之中。苞谷、谷子也种上了，而且节节往上蹿着长着，他们享受着丰收在望的憧憬。农民有了暂时的闲暇，可以缓一缓、歇一歇、乐一乐，放松放松，亲朋好友趁着过会聚在一起吃喝娱乐，庆贺丰收，交流沟通体验亲情。过会前十天，村里人就开始张罗，早早淘新麦子，磨面，把屋子里里外外打扫一遍，擦擦刷刷，洗洗涮涮，干干净净准备待亲戚。临过会前两天，压面，发面。先天前半天割肉买菜，家家户户蒸蛋蛋馍，蒸出的白生生、暄腾腾、香喷喷的蛋蛋馍，放到簸箕稍晾一会儿，然后和上一点红染料，或者倒一点点水，放入一片红纸，用一支筷子，轻轻蘸上红水，给每一个蛋蛋馍中心点上一个红点，蛋蛋馍一下子活了，像一个个胖小子煞是可爱，又像一群丰盈俊俏的少女，惹人喜欢。我们那一带就有这样的谚语："蛋蛋馍打红点，媳妇来了坐烧炕。"蛋蛋馍打红点既是对客人的尊重，也说明这家主妇人爱好。下半天家家炖肉，满街道都飘着肉香，香气在村子上空弥漫，久久不能散去。

长安是戏窝子，秦腔名流多，加之我们村在方圆几十里来说相对富裕，所以我们村子几乎每年农历七月会都要唱大戏。省、市著名秦腔演出团体都来我们村唱过戏，唱戏多是从过会先天晚上开始，往往一唱就是几天几夜，为四邻八乡农民提供了一场场秦腔盛宴，让农闲中的农民美美地过上一把秦腔瘾。因此我们村的七月会格外热闹，远近闻名。

过会的当日，家家户户早早切臊子、炒臊子，等亲戚来的时候，中午的臊子面基本上就准备好了。亲戚陆续来了，大人们在一起拉拉家常，民以食为天，农民自然要先问问麦子收成、苞谷的长势、半年收入、家里老人的身体状况、年轻人的婚姻状况、小孩的学习成绩。小孩们嘴馋，最喜欢吃，吃了水果，就开始玩耍。爱好的人家，吃臊子面前，炒上三两个小菜，取出一瓶长安老窖，小饮，然后端上来香喷喷油汪汪的臊子面。白生生的豆腐，青白相间的大葱，黑黝黝的木耳，褐黄黄的黄花菜，上面再漂上一层细碎黑红的肉末、绿生生的韭菜末和红艳艳的油泼辣子，香气四溢，每人连咥几碗，虽然大汗淋漓，但却爽极了。

吃了臊子面，大人们看戏的去看戏，串门子的串门子；小孩们要么到剧场看热闹，要么三三两两去村边嬉戏。三伏天，白天火辣辣的太阳，白花花地照在大地上，几乎要烤熟大地。看戏的人不很多，大多是铁杆戏迷，以老头老太太居多，当然还有秦腔名家的年轻粉丝。虽说观众不很多，但演出却未缩水，演员们一招一式，细腻传神；一字一板，字正腔圆。给酷夏增添了些许凉意。

午戏散场了，也就该吃下午饭。下午饭是过会的正餐，改革开放后农民生活水平也芝麻开花节节高，七月会的大餐也越来越丰富了，如今也不亚于城市的大饭店，不仅鸡鸭鱼虾应有尽有，跨季节蔬菜家家桌上屡见不鲜，做法、吃法也越来越讲究，不但讲究味、色、形，而且开始注重营养。男人们推杯换盏，猜拳行令，一杯杯白酒下肚；女人们、小孩们则喝起醪糟、饮料或者红豆稀饭，倒也有滋有味。席间谈笑风生，其乐融融。亲朋好友吃的是浓浓的乡情，喝的是醇醇的亲情，叙的是深深的友情，古会进入了高潮。

长安人的地铁时代

2014年6月16日，对于长安人来说，无疑是一个特殊的日子，更是一个具有划时代意义的日子，将永远铭刻在长安人历史的记忆里。这一天，千年古都西安南北地铁长安段开始试运营，标志着长安人也进入了地铁时代。唐朝先民们的子孙，唯恐被时代遗弃，成群结队潮水一般涌向地铁站，去体验舒适的现代地铁。他们踩着时尚的脚后跟，以包容开放的盛唐心态，迎接时代飞龙。有黄毛乳牙的小儿，有青春靓丽的妙龄女子，有充满活力朝气的阳刚少年，有成熟丰韵迷人的少妇，有深沉稳重的中年男人，也有饱经沧桑的佝偻老人……

作为土生土长的长安人，我也不由得凑了一趟热闹。这日下班后，我携妻子也加入了乘坐地铁的人流，去体验体验咱们长安人的地铁。走进韦曲南站，这里既宽敞、明亮、干净，又舒适、惬意、时尚，通过安检，刷过卡后，进入候车区。车站四周的橱窗布满了五颜六色的商业广告，令人眼花缭乱。偶尔能看到几幅公益广告和一些秦腔脸谱、陕西文化元素的影子，我的内心略略得到了些许安慰。几分钟后地铁进站，我随着人流拥进地铁，很快地选择了靠门的座位坐下。地铁平稳快速开启，听不到发动机的隆隆轰鸣，听不到铁轨铠铠的摩擦声，也没有公交车的颠簸。行驶间车外一片漆黑，看不到城市高大林立的建筑，看不到地面街上的浮世万象，也看不到都市的繁华。车内虽然乘客较多，但却安静、清爽，少了许多喧嚣、嘈杂和夏日炎炎的燥热。小孩们在窃窃私语，少女们忘我地在"织"着微博，小伙子则兀自刷着微信，上年纪的老人眼睛不断地瞅着，目光洒遍了车厢，却怎么也弄不清地铁为什么如此轻便快捷。我的心里难得一时的宁静，灵魂仿佛也一下子清静下来了，闭目、凝神，尽情享受着地铁的清静和快捷。

不免想起了第一次乘坐地铁的情景。那是 16 年前在繁华的东方都市大上海。那年五一长假，我和同校教师来到向往已久的大上海旅游。上海相对于西安，是一个年轻的城市，是一个开放的城市，也是中国当代最活跃、最繁华的城市。一下火车，满眼豪华辉煌，满目现代时尚，到处繁花似锦，目不暇接。我们像刘姥姥进了大观园一样，这瞅瞅，那瞧瞧，东转转，西逛逛，这也稀罕，那也新奇，总觉得看不完，转不够。有同事提议，来趟上海不容易，为了不枉此行，一定要登东方明珠，乘坐磁悬浮列车和地铁，欣赏黄浦江夜景。那时，上海是全国屈指可数的几个有地铁的城市。我们来到上海地铁站，换了一大堆硬币，快速通过了安检，笨拙地投了硬币后，在候车区域急切地等待地铁驶进站。上了地铁，我不仅很兴奋，而且很新奇。看看车厢，摸摸扶手，这一节坐一会儿，那一节坐一会儿，大有陈奂生进城住宾馆在高档沙发上坐来坐去，跳来跳去，否则的话就有一种白花钱，吃了大亏一般的感觉。我奢想什么时间西安也能建成地铁，长安也能通上地铁，那该多好……

地铁播音员提醒下站开往钟楼，我竟然没听到。一旁的妻子轻轻拉拉我的胳膊，告诉我该下车了，我的思绪才从东海之滨、十多年前飞回来了。掏出手机，看看时间，平时坐公交拥拥挤挤要用 1 个多小时的车程，现在只用了 28 分钟就到了钟楼。咱们西安的地铁真不赖，可谓长江后浪推前浪，其快捷、舒适、平稳、安静超过了北上广地铁。

生于斯，长于斯，工作于斯。作为地地道道的长安人，我不仅目睹了家乡点点滴滴的变化，感受到家乡日新月异的发展，也参与了家乡如火如荼的建设。即便身在其中，也是一次次被深深震撼着，一次次被感动着，一次次兴奋着。城区面积迅速扩张，绿化美化不断提升，亮化不断扩大，功能不断完善，一座座高层拔地而起，直插苍穹，一座座天桥凌空而起，飞架南北东西，一座座广场优雅大气，装扮着亮丽的城市。一座现代化新城，屹立在秦岭脚下。三纵四横主干道连接东西，贯通南北，蜘蛛网状公路，形成了便捷半小时交通圈。乡村干净、亮丽，绿树掩映村庄，鲜花簇拥小村，百姓安居乐业。秦岭植被茂盛，生态优美，山清水秀，山水相映成趣，既雄奇，又不失妩媚。各峪口景景各异，景景各趣，巧夺天工。您不得不折服大自然的神奇，不得不佩服上苍的精巧，引来无数市民竞相游览。每每周末假日，万千市民涌入长安，登山、览胜、洗浴、休闲，吃农家乐。

恍惚间，一人与我擦肩而过，潇洒飘逸，临风欲仙，风流倜傥，原来是大诗人诗仙李白。他也来乘坐地铁了，为长安巨变即席赋诗一首。一会儿，一位一身布衣、面目干瘪的老者与我撞了个满怀，这不是自称杜陵野老的诗圣杜甫吗？他因长安进入地铁时代，繁荣昌盛，兴奋不已，感慨连连。

原来这是我的幻觉。不过我还是像做梦一样，还没缓过神来。地处内陆西安郊区的长安，要不是西部大开发，要不是城乡一体化，曾经的汉唐京畿怎么能进入地铁时代，这确实是我未想到的。

今天，我大声自豪地对着世界说，我们长安也进入了地铁时代。

知青点

过去我们村西稻地沿，有一座三面稻地半抱、绿树掩映的小院。一座简单的小门楼，院内南北东三面是红砖、红瓦、白墙的庵间房，西面是一座旱厕，白杨高挺，绿柳低垂，树间红黄粉白各色花儿镶嵌，这就是我们村的知青院。在上世纪70年代，那可算是古城西安南郊农村最时尚的院落。当年来我们村下乡的知青——秦岭北麓205光学研究所的子弟就在这里吃，在这里住，在这里唱，在这里闹……

这小院最初是村里的水稻试验站，为了解决知青的食宿问题，后来村里集体出资经过一番翻天覆地的改造，就成了下乡知青们的家。

那是一个周末，一辆解放军绿的北京吉普车和两辆解放军绿的解放牌敞篷嘎子汽车缓缓地驶进村子南门，浩浩荡荡开向村大队部。车上载着一群穿着解放军军装和工人服、披红戴花一嘴普通话的城市小青年。"好热闹！"不知谁在街上吆喝了一声。一会儿巷子里一街两行涌满了老老少少男男女女，比过年、过会还热闹。大队部里人头攒动，彩旗飘飘，锣鼓喧天，墙上树上贴满了红红绿绿黄黄的欢迎标语，迎接着这群尊贵的客人。

知青起初是被派驻在农家。村队干部和各派驻知青的农家早已等候在一处。一个热烈的欢迎仪式之后，派驻的农家领着知青和知青的父母，提着大包小包，拎着一网兜脸盆毛巾牙缸牙刷香皂走出了大队部，迈进了一个个土墙布瓦的农家小院。

我家也曾住了一名陆姓的男知青。我的父亲在外工作，家境比纯粹的农民家庭要强多了，母亲又生性善良，因而我家也被派驻了知青。陆知青身子壮实，喜好锻炼，带来一副生铁铸就的哑铃和沉甸甸的杠铃。每天早晚，他都要举上半个多小时，二哥也跟着练起来。那哑铃和杠铃如今已锈迹斑斑，老态龙钟，差不多可以进博物馆了，但它们身上依然保留着知青的体温，记录着一个知青与农家子弟的友情。

知青的到来让农家又喜又愁。喜的是他们给世世代代面朝黄土背朝天的一身尘土和臭汗的我的乡亲们带来了城市人文明的卫生习惯。知青们每天早晚洗漱刷牙，满嘴的白色牙膏沫令农民们大惊小怪。慢慢地，派驻的农家也开始跟着漱口、刷牙，没有牙膏，就用淡盐水。也让井底之蛙的我们这些农家野孩子，有机会见识并尝到水果奶油糖、食品罐头，满足了牙祭。大方舍得的知青常常会把带来的糖果、水果和罐头等食品分给我们这些小孩儿一点点。那味道让我们终生不忘，想起来至今犹在舌尖上。那一刻，幼小的我为自己的农民出身而自卑，为命运的不公而不平，这也成为我脱掉农民这张皮和去掉农民这个标签最初的原动力。

愁的是日子长了，家里白面大米接不上。质朴的乡亲，像待过年、过会亲戚一样，经管着这群吃商品粮的城市娃的吃喝。尽管那个年代我们村子不像其他村子那样缺粮、缺吃，但日子长了，也经不起天天白面大米。知青的到来，让派驻的农家捉襟见肘，不得不东家赊西家借，又不好意思说出口。

最终熬不住了，驻户纷纷找小队和大队干部诉苦，大队遂将水稻试验站翻修，改作了知青点。派专门的炊事员为他们做饭，知青们轮流管灶，他们在知青点这天地里自成一体，过起独立王国的生活。他们在里面栽花种草臭美着，很是小资。

那时我们这些孩子是知青点常客。夏收之后，三面的水田里稻秧从嫩绿变成葱绿，一天天撒着欢儿长着，不断地分蘖。您瞧，横看成排，竖看成行，斜看顺看都是那样舒心，那样心疼。夏风里稻秧如同美丽的少女，撩起绿裙翩翩起舞。青蛙王子放开嘹亮的歌喉，一往情深地一遍一遍为她唱着千年不变的情歌。蜻蜓情不自禁，为她献上自己的初吻。花心的麻雀，也不断地撩拨着她俊秀的长发，这些都不能打动她的芳心。淘气的我们，在西边的小河游罢泳，提着小篮子穿梭在稻地畔，抓泥鳅，捉黄鳝。稻子成熟时，秋风吹，稻穗摆，金浪滚滚，稻香飘飘。我们挑着小桶，到知青点西边的小河里逮鱼、捉螃蟹。末了来到知青点玩，或许还能蹭上几粒水果糖、一个甜桃。

在我们村里插队的知青并没有做出一些偷鸡摸狗的勾当，也许他们家离我们村太近（离我们村只有七八里地），不好意思祸害农民，也许因为他们父母都是知识分子，家风正，"志士不饮盗泉之水"。"种瓜得瓜，种豆得豆"，乡亲们对知青的热情照管，换来了他们父母的热情回报。205所不仅帮村子里办起了翻砂厂，又给翻砂厂送来了一辆解放牌嘎子汽车，还给村子送了一台三十几吋日本大彩电。村里的劳动日值达到一块多钱，村民的日子一天天好起来。上小学一年级起，每每期中考试后，村里就用汽车拉着我们成绩前几名的学生，去大雁塔、动物园、植物园和西安八路军办事处参观，作为对我们的奖励。每天晚上我们早早就搬上凳子，来到村大队部收看电视。日本彩色电视机是我接触到的最早的家用电器，也成为我初中在同学们中的骄傲点，每每提起总有种小小的得意。

知青点在我幼小的心灵里留下了一个深深的烙印：工人就是高贵，就是骄傲；农民就是卑贱，就是自卑。在这里我开始思考自己的命运，关注农民的命运。我为我们的祖辈而愤愤不平，深感农民命运的不公。我发誓不再成为农民，并开始了个人命运的抗争。

随着村子的扩张，稻地消失了，知青点也被拆除了。欣喜的是新时期农民的命运也发生了天翻地覆的改变，我的乡亲父老也不再卑贱，不再自卑。但是好多次回老家，我都会去知青点看一看，转一转。

不知怎的，如今我心里依旧抹不掉知青点的影子。想起知青点，我就会想到我的乡亲父老，想到他们的命运。在我们的国度里，他们的命运就是国家的命运。

村口的三棵大槐树

我们村口，巍然屹立着三棵挺拔的历经风雨雪霜依旧枝繁叶茂的大槐树，据村里老人们口口相传，这三棵大槐树和我们村子同龄，已有六百多岁了。六百年来，三棵大槐树一直默默守卫着我们村庄，护佑着一代又一代村民。据县志记载，明洪武初年，有王氏婆婆举家四口，从山西洪洞大槐树迁徙至西安府涝河之南。那日天晴得格外净，蓝天白云没有一丝杂尘，远处终南山分外清晰，几乎可以看清一木一石，头顶的太阳也异常炙热，仿佛要烤熟大地。王氏婆婆一家口渴难耐，见路旁有一眼小清泉，饮之清醇甘甜，于是在此结庐而居，"种柿栽桑"，后续移民相继聚集于此，形成村落。明中叶，村民在"村南城壕，掘水出面，凤鸣龙吟"，得一甘泉，遂在泉南植槐树三棵，不仅可涵养水源，也好让后代记住他们来自山西大槐树。

儿时大槐树下是我的乐园。我家在南城门里，离村口很近，小学也在村口。夏天清晨我背着书包上学，大槐树上的鸟儿早早就起来了，亮出清脆的歌喉，唱着悠扬婉转的歌，迈开轻盈的舞步，扭动婀娜的身姿，或独舞或群舞。我驻足，仰起脖子，静静地听，默默地看，有几次若不是伙伴提醒差点迟到了。下午放学以后，学习小组活动结束，我们就来到大槐树下，玩捉迷藏、老鹰捉小鸡、蹦弹球、斗鸡，尽情地野，尽情地疯。有时兴起，也装模作样，演起戏来，最爱演的还是三国戏，大家争着抢着扮演诸葛亮，拿着破烂的蒲团扇当作羽毛扇，一手摇扇，一手捋须，学着戏曲舞台牛鼻子道人走路的架势，摇摇摆摆，口中念念有词"山人复姓诸葛，名亮，字孔明，道号卧龙"，演得有鼻子有眼。看到繁枝密叶间隐隐可见的鸟巢，手上就痒痒的，用力拉开弹弓，石子飞向窠臼，或举起长长的竹竿使劲一截，三棵大槐树的上空顿时乱作一团，雏鸟哀鸣，幼鸟疾飞，雌鸟扇动翅膀，竖起头上的羽毛，尖利地嘶叫，雄鸟猛振翅膀，像一朵乱花在巢的周围飞来飞去，我们在大槐树下得意地大笑。

夏夜，大槐树下是村里南半截村民纳凉最好的去处。傍晚，炙烤了一天的太阳无奈地潜入西海，大地万物开始尽情地吞吐白天吸入的热气，村子里热浪排空。酷暑难耐，村民们拿着蒲扇、毛巾、水杯纷纷来到村口大槐树下纳凉。大槐树阴凉蔽日，树冠下清凉许多，旁边凉水泉湿气送来阵阵凉爽，人们的细胞核都凉下来了，浮躁的心也立刻平静下来了。男人们天南地北海编：吕布辕门射戟，关云长千里走单骑，诸葛亮葫芦峪用火，杨继业碰死李陵碑，寇准南庭宫巧设阴曹，武松杀嫂，西哈努克亲王访华到小新村参观逸闻……女人们东家婆媳不和，西家姑嫂妯娌亲密，张家帮子长、李家底子短，拉起家常。王家婆婆搂着小孙子，一边轻轻摇动蒲扇为孙子驱赶蚊虫，一边小声地哼着古老的催眠曲。刘家奶奶则抱着孙女，一边慢悠悠地晃动，一边讲着老掉牙的"从前有座山，山上有座庙……"的故事。我们时而在人群中跑来跑去，时而静静地侧耳听大人们讲逸闻趣事、编三国、说水浒、聊杨家将，时而三三两两结伴嬉戏打闹。大槐树下，时不时还举行秦腔、眉户晚会。村民们纷纷上台亮相，吼上一段像炒熟的苞谷豆一样又干又脆的秦腔黑头（花脸）戏《打銮驾》，唱上一段高亢激昂的红生戏《斩李广》，哼上一段哀怨泣诉的青衣正旦戏《三娘教子》，有时还会来一段婉转的眉户《梁秋燕》，为酷热浮躁的夏夜增添了些许乐趣和凉意。

　　三棵大槐树已经成为我们村子的标志。那时，无论夕阳西下的白天，还是月落乌啼的漆漆黑夜，我们村的大人小孩无论从外面多远归来，只要看到村口的三棵大槐树，就觉得到村了，到家了，心里就踏实了。儿时我常常站在三棵大槐树下，听着喜鹊报喜，翘首盼望远在渭北工作的父亲能够突然回来，出现在大槐树下。日子一天一天流淌，我走出村子，去求学，去工作，一次次离开三棵大槐树，不管时间多久，只要回来，走到村口，第一眼看到的永远是三棵大槐树。多少个傍晚，白发苍苍的老娘，久久驻足三棵大槐树下，焦急地等待着我归来。三棵大槐树已经成了故乡的符号和标志，深深烙在我的心底，永远镌刻在我的记忆里。多年来，三棵大槐树不时出现在我的梦里，时时缠绕着我，令我牵肠挂肚，让我顶礼膜拜。

　　改革开放后，村子里青砖砌成的旧城门被拆了，残破的土城墙也被蚕食殆尽。村外的小河被填了，村边的涝池干涸了。整个村庄重新做了规划，一条条狭窄的土街道不仅改了方向、打上了水泥，而且加宽多了，并安上了漂亮的路灯。几十年的土坯房不见了，现代时尚的贴着白色瓷片的小楼比比皆是。整个村子全变了。几个月不回村，几乎不认识了。唯有那三棵大槐树依然静静伫立在那儿，不过已不在村口，而是被包围在村子里面了。三棵大槐树告诉我，这是我们祖祖辈辈生活的村子，这是我的家，这是我的根。

　　十多年前夏季的一场暴风雨，吹折了两棵大槐树，居住在槐树旁的村民认为两个光秃秃的树桩不吉祥，索性连根刨掉。树干被打成了家具，树根被劈成了柴，烧火了。剩下的那棵大槐树依然屹立在那里。每每逢年过节，回家走亲访友、上坟祭祖，我都要去看看那棵孤苦伶仃的大槐树，在大槐树下默默地站立良久，纪念逝去的两棵大槐树，宽慰那最后一棵大槐树，向大槐树诉说着自己的委屈，让大槐树分享自己的欢乐。

　　村口的大槐树，故乡的守护神，您将永远伫立在村中，永远屹立在世世代代村民的心里。

泉殇

我们村南门口小学门前有一眼泉水，村里人叫凉水泉。山南水北为阳为上，过去村子在泉水的北面，因而村名泉子头。

提起这凉水泉，的确有年头了。

据说这眼泉水已在村头汩汩流淌了六七百年，生生不息，哺育了村子里一辈又一辈人。民间有这样一种说法，树长过一百年就成精了，被尊为树神。照此说法，这凉水泉也可以称得上泉神了。

据长安县志记载，我们村建村初名王婆村。明代嘉靖年间，先祖们为避战乱，防匪患，在村南挖土修城壕，挖出了一眼泉水。饮之甘甜清凉，如天上琼浆，起名凉水泉。先祖们为之惊喜，视为神龙从天而降，乃吉兆。大家一致提议把凉水泉保护起来。遂用石条圈起一个石洞，泉水口凿出三尺见方的四方形池子，石条砌边。凉水泉远近闻名，被当作村里人的命根子，先祖们把它看作保护神。从此，祖祖辈辈就吃着泉水，一代一代生儿育女，辈辈相传。先祖们顺着泉脉，向西挖出一条数百米长、三四丈宽的小河。小河泉眼众多且旺，一路欢歌笑语奔向村西，滋养出村西数百亩水田，种起了大片水稻。七八月时蛙鼓齐鸣，稻花香气氤氲着整个村庄，四邻八乡的人们很是艳羡。

我们王婆村，遂更名泉子头村。先祖们又在泉边栽了三棵国槐以示纪念，那三棵槐树就日日夜夜守护着凉水泉。神树护神泉，神泉养神树。从明代一直到如今，一晃六七百年。

村子因泉而得名，泉水因村子而远近闻名。说到泉子头村，四邻八乡人就会问起凉水泉；提起凉水泉远近的人们就知道是泉子头村的。从此村子和凉水泉就紧紧地连在了一起，历经风雨沧桑，惯看朝代变换，静观历史兴亡，相依相伴，相依相惜，不离不弃。

我就是喝着凉水泉的水长大的。据老人们讲，我们这儿解放前全村人的吃喝都靠着凉水泉的水，洗衣服都是小河的水。解放后，村子水位浅，水又旺，挖井很方便，水质也不错，家家挖了井，从此就不再吃泉水了。凉水泉的水就用来洗菜、淘粮食，泉西边小河成了女人洗衣服的天地。近水楼台先得月，我家在南门里第二家，距凉水泉不过 50 米，我经常到凉水泉边玩。耍渴了，跑到凉水泉牛饮一肚子泉水，顿时口舌生津，渴意全无。夏天一堂体育课下来口干舌燥，就下到泉边掬起泉水喝一通，瞬间五脏六腑都是清凉的，爽极了。泉水清凉甘美如醴，那样得甜，冬天清爽温润如玉，那样得软。一年四季喝了，从不拉肚子。

母亲在泉水里淘麦子，我痴痴地看着泉边河景。母亲一手慢慢摇笼淘麦子，麦子翻浪，一手用笊篱轻轻捞滗麦粒，滗麦游弋。淘了一笼晾晒起来，又淘一笼。一眼望去，泉西的小河清澈见底，淤泥堆如精美的雕塑，鱼草如水中美人，小鱼嬉戏其间。砌岸石缝间水草丰茂，黑色的小蝌蚪撩拨水草。河边绿柳垂岸，清风徐来，杨柳依依，河面微波层层，燕飞蝶舞，蜻蜓草尖迎风而立。河岸人家的花鸭饱食小鱼之后，在阳光的影子里梳理着羽毛，像情侣相偎相依。大白鹅笨拙地用红掌拨着绿水，一边游来游去，一边"鹅、鹅、鹅"引颈高歌，偶尔会一头扎下水去，啄起一条大鱼。好一派水乡丰韵，不是江南胜似江南。

　　小时候，春秋之际凉水泉边是我们的乐园。下午放学后，凉水泉边大槐树下就成了我们的天堂。我们捉迷藏，上树掏鸟窝，斗鸡，漂黄瓜，追逐撕打，满脸泥巴，个个像敬德，浑身沾满黄土，人人像秦兵马俑。尽情地疯，尽情地野，满世界都是我们，我们就是整个世界。

　　夏夜凉水泉边是乡亲们的纳凉胜地。吃罢晚饭，大人们摇着蒲扇，提着凳子围在凉水泉边乘凉聊天。我们要么在人窝里窜来窜去，要么三五成群做游戏。轻悠悠的下山风，夹杂着凉水泉的带着甜味的凉气，漫过每一个人的心头，为人们消解了酷热的烦躁。这时村里曾经的文艺骨干老帅男，情不自禁地唱起了秦腔"刘彦昌哭得……"；曾经的"梁秋燕"不甘示弱，来了一段"阳春儿天，秋燕去田间……"；大鼻子三爷说上一段杨家将"话说八王爷赵德芳在南庭宫假设阴曹……"；瞎子万春爷来上一段"前世点了琉璃灯，今世生双好眼睛……"，那是在诵读因果经。

　　改革开放初期，乡亲们手里有些钱了，家家户户打算建房。建房、供子女读书、给儿子娶媳妇是农民一生最大的三件事。村干部顺应民意，重新调整了各家庄基，南北街道改为东西方向，家家都大兴土木，盖起了新房。乡亲们沉浸在建房的喜悦之中，但是城门、城墙、涝池、小河却惨遭厄运，流下了悲伤的泪水。久经岁月沧桑守护着村子几百年的老城门，一页砖一页砖被拆了，做了村民新房的地基。残留着最后一点村史记忆的夯土城墙，一架子车一架子车被拉回家中，垫了院子。有村以来就集着雨水的涝池被填了，成了村民家的院落。小河被用水泥和砖箍成了一条水渠，穿过十数家的院子，流向村西古柏下。没有了凉水泉，村子也就有其名无其实。在村里老人们的努力下，凉水泉幸免一劫，周围建起了一圈砖墙，被"保护"了起来。昔日喧嚣热闹的凉水泉，寂寞地流淌着，似乎已被乡亲们遗忘。只有不懂事理的小孩，偶尔到下边去涮涮拖把，凉水泉不仅不会生气，反而有了一丝生气。

　　一个新村建起了，一个旧村连同记忆和历史一起被毁了。

泉子头村子依然兴旺，凉水泉却已有其名无其实了。

90 年代初，由于厄尔尼诺现象，全球干旱变暖。风调雨顺的家乡长安也出现了历史上罕见的干旱，苞谷叶子几乎一揉就碎，地里裂开了一尺多长纵横交错的口子。村里和尚和居士老太太们就在凉水泉边搭起了法台，又是烧香，又是念经，又是做法事，一连半个多月，孤寂的凉水泉才热闹了一阵子。然而老天滴了几星雨，依然干旱，依然酷热，狗的舌头伸得更长，树枝抽搐起来。求雨的人悻悻悄悄离去，凉水泉又冷落了。

最近一次回老家，走近冷清的凉水泉，看到泉水里漂浮着柴草、腐烂的枯叶、污浊的泡沫，祖坟上的古柏沉重地哀叹，我的眼睛流下一行血泪。我听到了凉水泉的哭泣声，看到了凉水泉的心在汩汩流血。望着在凉水泉上空萦绕着的祖先们的灵魂，我羞愧地低下了头。

昔日圣洁的神泉，今日竟藏污纳垢。

也许有一天我们村第一代先祖的灵魂就找不到凉水泉了，就找不到自己的村子了，就会像游魂一样满世界地游荡。

但愿泉殇不再重演……

戏楼废墟

听说村里的戏楼拆了，不知道村里今后还会不会再唱秦腔戏，又在什么地方唱秦腔戏。

过去陕甘农村几乎村村都有戏楼。关中的戏楼更多，长安甚至一个自然村里有两三个戏楼。每年夏秋忙罢、过会、过年，村村都要唱上几天几夜秦腔戏。秦腔是大西北（陕甘宁青新）地区最主要的地方戏，农民们用秦腔歌唱丰收喜悦，用秦腔书写喜怒哀乐，用秦腔教化滋养，更重要的是在秦腔里得到一种灵魂的洗礼和精神的享受。

戏楼拆了，秦腔又到哪里去唱？

过去，我们村是方圆几十里比较富裕的村子，民风淳朴，从无鸡鸣狗盗之事。50年代末，村里在解放前的三官庙、如今的学校操场，建起了一座砖木胡基结构的五间宽、两三间深的戏楼。逢年过会村里就唱秦腔戏，周围十几里的人们非常羡慕我们村村民能常常享受到秦腔盛宴。每每我们村唱戏，四邻八村的戏迷们不辞辛苦徒步到我们村看秦腔戏，解解馋，过过秦腔瘾，那感觉和喝了西凤酒一样舒坦。

据村里的老人讲，老戏楼五间宽台口，三间入深，正面四根木柱，四条青龙绕柱腾飞，青砖面墙耳墙古色古香。台口木质门楣上镂花雕刻，上层两条青龙凸目撩须戏耍着一颗巨大的珍珠，下层两只凤凰振翅抖羽相向竞舞，龙凤呈祥一片祥瑞之气。它们见证着才子佳人的美好爱情，目睹着忠臣侠女的义举，看着台上演绎人间的人情冷暖，听着市井悲欢离合的诉说。青砖墙面上方的六边形镂刻鹊舞梅枝、花开富贵和秦腔脸谱，花窗里飘溢着秦声秦韵，余音洒落了一地。遗憾的是这些艺术精品在"四清"中被作为牛鬼蛇神清扫掉了。仅剩下的一点，"文革"中也被红卫兵破坏殆尽。戏楼被扯下古装换上红装，有点卓别林式的滑稽，犹如光着膀子扎领带，让人啼笑皆非。不过戏楼里还是没闲着，唱着秦腔《沙家浜》《红灯记》等革命样板戏和《血泪仇》《三世仇》等现代戏。

20 世纪 80 年代初，农村改革犹如春风，把僵如寒冬冰冻的土地的农村经济唤醒，冰消雪融，土崩块散，暗潮涌动。村里的翻砂厂红红火火，集体有了钱，村民口袋开始鼓起来了。村里有头有脸的"乡绅"和干部提议重建戏楼，一座崭新的戏楼拔地而起。

新建的戏楼台口七间宽，入深九间，水泥砖混墙体，木架顶子，机制的大红瓦，大气宽敞得多了。还有了专门的化妆室，又请本村在省卫校供职的教授题写了"艺苑飞花"几个大字，倒是阔气多了，但也呆板了，尽失神韵。毕竟粗布换成了料子，村民们还是很高兴，新戏楼落成后，村里请来西安市秦腔三团唱了几天几夜戏。秦腔名家李爱琴的《周仁回府》连唱了三个晚上，不到一千平方米的露天操场，拥了近两万人，这还不算围墙上坐的、外边的树杈上爬的、麦垛上躺的。连皎皎的明月、灿烂的群星也沉醉在秦腔里了。《夜逃》一折，"见嫂嫂直哭得悲哀伤痛……"，李爱琴唱得声情并茂，看戏的人无不流泪。"李兰英秉忠烈人神共鉴"悲壮的唱腔几十年来一直感动着我，至今犹在耳边回荡。

有一年村里过会请来了秦腔红生陈仁义唱《下河东》，白天唱晚上唱，陈老的嗓子都快沙了，观众的热情不减如同起风的潮水，给陈老又是披红又是戴花又是放炮。那荡气回肠、苍凉悲壮的"三十六哭",响彻云霄,惊天地泣鬼神。有一次海报贴出去,结果陈仁义生病了,观众非要见他一面,发生了一场退票风波。剧团找了一辆小车把陈老接来,陈老挣扎着唱了《斩李广》一段,才收了场。那段慷慨激昂的"再不能头戴三王纽……"在戏楼的瓦片、墙面和橼檩上徜徉。

慢慢地电视机普及了,黑白的换成彩色的,小彩电换成大彩电,电视台24小时播出,影视节目精彩纷呈,年轻人喜欢流行歌曲、现代音乐和电视剧,看秦腔戏的人越来越少。戏楼也冷清多了,在寂寞中一天天老去。

前些年村里还偶尔唱戏,不过台下都是弓背驼腰的老大爷和满脸老树皮的老太太。这几年已不演戏了,戏楼越发落寞。学校门口明代的三棵大槐树看着戏楼,空自感叹。戏楼"尚能饭否",但却像老将廉颇一样空无用武之地。在孤独破败之中一天天消沉,一天天颓废。年久失修,如同一位生病无人救治的老人,身体一天不如一天,一步一步走向死亡。戏楼成了一座危房,严重地威胁着学校里花朵般少年的生命。

学校出于安全考虑,向上级三番五次要求加固或拆除戏楼。以老干部树新叔为代表的老人坚持加固维修戏楼,少壮派青年人则要求拆除戏楼,双方相持不下,弄得村干部进退维谷。东风压倒了西风,青年人的意见占了上风,最终村里决定拆除戏楼。

拆除戏楼的那天,树新叔等几个80多岁的老人起来得很早,在戏楼前后里外转来转去,最后老人们在戏楼前站了许久,如同告别逝去的亲人,甚至比送别自己老伴还难受。挖掘机挖下第一铲的时候,他们竟失声痛哭,老泪纵横,在场的人无不潸然泪下。

一座戏楼,满含着村里人老几辈的秦腔情缘,蕴含着秦人世代的文化血脉,孕育着亲人精神和信仰。一座戏楼,一段历史;一座戏楼,一尊文化丰碑;一座戏楼,一眼精神的源泉。

站在戏楼的废墟之上,我感觉自己的灵魂没有了依靠,游离于身体,在空中漫无目的地游荡。

　　站在戏楼的废墟上，失落、虚空、悲怆、惆怅……五味杂陈，我如同行走在太空里，一下子飘了起来。

　　戏楼拆了，我的父老的精神将在哪里安放？

搅团

苞谷面搅团是秦岭以北，中西部种苞谷地区农民的一种家常饭。农民祖祖辈辈就是吃着搅团长大的，一年四季百吃不厌，一辈子也吃不腻。

我刚开始吃饭吃的就是搅团，我也是吃着搅团长大的。

"文革"后期，中国农村生活还很苦。地处西安南郊的长安相对较好，特别是我们村地平土肥，水利灌溉设施不错，各家粗粮细粮搭配着，麦子苞谷倒间吃，基本能解决吃饭问题。那时，家里几乎周周都要吃两三顿苞谷面搅团。搅团是比较稠的流食，稍微晾凉，加上醋水水或者浆水水，一筷子一筷子拨着吃。见吃就饱，稍一吃多，胃满了就胀胀的。吃过以后，时间不长就又饿了。搅团很不耐饥，农民打趣叫"哄上坡"。干重体力活的男人一般不吃搅团。家里吃搅团时，男人要受优待，先给他们下干面，女人和小孩再吃搅团。

小时候，我最不喜欢吃搅团。家里每每打搅团时，我是无缘吃面条的。看着干体力活的哥哥们吃着燃面的时候，我像馋猫一样急得抓耳挠腮，喉咙里好像有一只手一下子就伸了出来，馋虫抓得我心里痒痒的。实在馋得难受，偶尔母亲会稍稍多下一点面条，满足一下我这条小馋虫。不过每次都没有吃饱，每次都不过瘾。我天天盼着自己早点儿长大，长大了我也就像哥哥们一样干体力活，也就能吃上一大碗面条了，不用再吃搅团了。

有这样一个关于搅团的故事。一帮上海知青上山下乡，到干旱荒凉的甘肃西部农村插队，吃了上顿没下顿，经常吃野菜。农民们看着大城市里来的年轻人很恓惶，就用自己舍不得吃的仅有的一点苞谷面，给知青们做了一顿搅团，知青们吃光了搅团，喝干了浆水水，就连锅巴也吃得干干净净，如同猫狗舔过一样，真正饱饱地吃了一顿，美美地吃了个舒坦。这一顿搅团，令他们刻骨铭心，让他们终生难忘。知青们返城多年之后，在上海灯红酒绿的大都市里，吃着山珍海味，心里老惦记着那顿搅团。聚在一起时，老怀念那顿搅团。提起那顿搅团，人人记忆犹新。那搅团味仿佛几十年绕口不绝，搅团情好像几千里也扯不断。

参加工作多年后，我却喜欢吃搅团了。也许是多年不吃搅团了，也许是好东西吃得多了，也许我原本就长着一个搅团胃，也许是我有一个搅团情结。现在我常常想吃搅团。好多次梦里吃着母亲亲手打的搅团，吃得我大汗淋漓，头上直冒热气，肚子撑得圆圆的，有些直不起腰，却还是舍不得丢下碗。可惜母亲已作古多年，我再也吃不上她做的搅团了，每每想到此，我不禁潸然泪下。如今农村生活条件好了，搅团吃得少了，成了插饭，成了穷困时的白面大米，让人稀罕。记不清什么时候起，我的搅团情结却越来越浓，一个月如果不吃上一顿搅团，就像吃了大烟，虽然不是鼻泣邋遢，但也浑身没劲，病恹恹的。

物以稀为贵。如今搅团也登上了城市饭店的大雅之堂，搅团馆也开了一家又一家，门庭若市，客流如织，常常爆满，有时还要排队等候。搅团像大麦进城，也换了一个时尚的名字，美其名曰"水围城"。经过一番包装打扮，搅团花样口味五花八门，让人眼花缭乱。热的、凉的，浆水水的、醋水水的，麻辣的、五香的，受到好多城市人的青睐。周末一家人或者邀上三朋四友到农家乐小酌，大家几乎都要点上一份搅团。不过搅团馆里、农家乐里的搅团，像乞丐穿着西服和皮鞋，总有些不伦不类的感觉。我总觉得不过瘾，总吃不出感觉。我还是喜欢在乡下老家吃搅团。

搅团，如今是我回老家必吃的固定饭食了。每次回到乡下老家前，妻子早早就给岳母打电话，安排午饭吃搅团。我们踏进门，岳母就把剥好的大蒜和切碎的生姜末捣成泥，把自家磨碎的红艳艳的辣椒面倒进瓷盒里，用筷子刨上一个小坑。打开煤气灶，待黄亮的菜籽油烧得滚烫，冒着热气时，分别倒进盛着蒜泥的碗和辣子盒里。顿时辣面和蒜泥嗞嗞作响，满屋子飘着辣子、蒜和生姜的辛辣呛人的香味，我连连打着喷嚏，眼角淌着泪花，却又不由得深深地呼吸。

妻子烧火，岳母和面糊，我则在一旁炝浆水水。水烧开了，岳母先将面糊倒进水里，然后用铁勺子使劲地顺时针搅动。搅团搅团，靠的就是搅动，搅动得越多，搅团越匀溜，又不起核，也不至于糊，更有韧性。搅动时，如果不坚持一个方向，而是来回搅动，打出的搅团就不上筋。岳母一圈一圈地搅动，时不时舀起一勺子倒下看看稀稠。妻子则少加些柴火，控制火苗，用文火慢烧。一会儿搅团就熟了。这时，我这边蒜苗或者韭菜也炒好了，香菜末也切停当了。我急不可待盛了一碗，美滋滋地吃起来。岳母和妻子拿起筛子，又流起凉鱼。

黄澄澄的搅团，细软匀溜的凉鱼，红红的辣子，绿绿的香菜和蒜苗，油汪汪的菜籽油，酸溜溜的浆水水，十分诱人。那种视觉效果，那种口感，即使不吃，看上一眼浑身也是舒坦的，肯定也会流下哈喇子。我吃得满舌生香，满嘴红辣子油，一头大汗，真正吃出了搅团味。搅团水水里映着一张张熟悉的泥土色的脸，那是我的父老乡亲，那是我的农民兄弟，那是我的农民姐妹。我一口气吃了几大碗，妻子笑我是瓜（陕西方言，意为傻、笨）女婿。

也许我原本就是长着吃搅团的嘴，吃搅团的胃，吃搅团的肠。我的嘴、我的胃、我的肠，就是为搅团而生的。也许我是吃搅团的命，搅团养大了

我，我因搅团而生。

吃搅团，其实吃的是一种农民情结，吃的是一种乡情。之所以爱吃搅团，因为我是农民的儿子，我是泥土里走出来的，我是乡村里长大的，我今生也许离不开泥土。

搅团将伴我一生。

酿皮

关中人对于面食情有独钟，世世代代吃不厌，吃不烦、吃不腻、一天不吃面就好像没吃饭，不仅腹内空空，心里也空落落的，痒痒的，像犯了烟瘾一样难受，人没精神，浑身没力气。对于关中人来说，吃一碗▓▓面，喝一碗面汤，那是最滋润的事。如果再喝上一碗自家酿的事酒或一盅简装的西凤酒或普通的太白酒，吼上一段秦腔桄桄乱弹，冬春阳光灿烂的日子，再晒上一会儿暖暖，那是最美的事。那种感觉赛过了神仙，给个皇帝都不一定当。

驰名关中的面食不胜枚举，西有岐山臊子面，东有合阳页面，南有户县摆汤面、杨凌蘸水面，北有耀州咸汤面、三原拨刀面、礼泉烙面、乾县浇汤面。一方水土养一方人，一方人做一方面。然而，久负盛名、最大众化的还是▓▓面，无论西府、东府，还是古都西安周边，无论金碧辉煌的大型饭店，还是沿街简陋一间房的小餐馆，无论达官贵人，还是寻常百姓人家，都会做，老少妇幼个个爱吃。

然而关中人并不满足，还历经世代打造出了另外一种面食——凉皮。凉皮，有大米面皮子和麦面皮子之分。麦面皮子有擀面皮、洗面皮和酿（音rang）皮之别。如果说米皮是阳春白雪，那面皮就是下里巴人，是大众饭。

擀面皮、洗面皮做起来相对麻烦些，费时费工，因而无论城市乡村，居家常吃的还是酿皮。

做酿皮需要一定的技巧，关键在于和面水。先舀上部分温水将面粉撒入，不断地顺着一个方向搅拌，直至均匀，不能有一粒面疙瘩，哪怕是细小的一个。然后加入适量的温水稀释，水温不要太高，免得烫熟面水。水太凉，蒸出的皮子硬邦邦；水温合适，蒸出的皮子软软的、柔柔的、筋筋的。面水也不可太稀，否则蒸出的皮子太薄，容易扯烂；面水太稠，蒸出的皮子又厚墩墩，嚼起来没味。

蒸皮子的过程是最费时的。将屉布漫湿，铺在铁篦子上，涂抹些许菜油，然后舀上适量面水，倒入铁篦子中部，慢慢晃动铁篦子，面水从中间向四周缓缓铺开，轻轻攒动，均匀躺在屉布上。放入铁锅，大火烧至起蒸汽在锅口形成圆柱，几分钟后，面皮鼓起几个大或小的圆面泡，即可出锅。稍稍凉上几分钟，两手提住屉布边，轻轻一扣，酿皮平展展地躺在案板上，洒上些许食用油，食用油在冒着热腾腾蒸汽的酿皮上扩散，香气迅速散发出来，厨房里到处弥散着酿皮香。

泼辣子、和酿皮水水、切酿皮，是最后几道工序。油泼辣子在关中也算一道菜，泼辣子不仅有技巧也有讲究。先将辣面倒入瓷碗，用筷子在中间刨上一个小坑，把油烧至八成熟，放上一两分钟后倒入盛辣面的瓷碗里，边倒边用筷子搅动，直至成稀糊。这样泼出的辣子，颜色红艳艳的，味道辣得过瘾，感觉油汪汪，很是诱人。油温高了，辣面易焦，颜色发黑，味不够辣；油温低了，泼出的辣子缺少辣香；油少了，干滋滋的。再剥上几瓣蒜，在石臼里捣成蒜泥。几种大料熬成调和汤，加入适量的醋，吃酿皮的水水就和好了。通常酿皮切一韭菜叶宽，一尺多长。但是萝卜青菜各有所爱，各人的口味不同，有人认为窄的吃着顺口，有人觉得宽的唠口（陕西方言，意为可口、适口），有人吃方的过瘾，切酿皮尽量满足每一个人的口味。

记得小时候，母亲做酿皮时，我在一边做小工，帮母亲做些诸如剥蒜、倒辣面、洗豆芽这一类小事。看着香喷喷的酿皮，馋得心里挠挠，哈喇子在嘴里直打转转，不由得想去撕绺酿皮。常常趁母亲不注意的时候，偷偷撕上一绺酿皮，当母亲发现时，那绺酿皮已进肚子了。母亲一边吓唬着打几下我的小手，一边嘟囔"馋嘴猫"。

　　端上一碗酿皮，来到老碗会上，圪蹴在房檐下的台阶上，一边海谝，一边海吃。白白的酿酿的凉皮，红红的油汪汪的辣子，配上胖胖的大豆，撒点绿绿的芹菜叶，挑起一筷子就像一个白里透红充满朝气的青春少女，引来众多帅气的小伙子羡慕的目光，不吃看着都是舒坦。吃上一口，那才叫爽。酿皮的酿活劲，大料水的清香，油泼辣子和蒜泥的辛辣，芹菜的鲜味，真是五味盈口，回绕不绝。吃毕，满嘴红红的辣子油，再喝上一碗小米粥或者红豆米粥，甭提多滋润了。

祖坟的古柏

泉子头村我们王氏家族的祖坟沿有一棵桧柏，虽然历经沧桑，老干瘦骨，表皮龟裂，满身一道道深深的褶皱，但仍然郁郁葱葱，苍翠欲滴，依然保持着旺盛的生命力。村里人谁也说不清这棵桧柏的年龄，小时候听村里最有学问的寿星、耄耋之年的中医王忠爷爷和旧社会曾经当过私塾先生的焕先生爷爷讲，他们小时候桧柏就是现在那个样子。

说是祖坟，我的记忆里从未有人到那里祭祖。也许是岁月太遥远了，谁也弄不清祖宗的渊源。倒是村里人对这棵古柏非常膜拜，像神仙一样敬重，一根枝枝叶叶都碰不得，不信你试试，看老人们不骂死你个狗日的。树长过千年就成仙了。不要说我们王姓，就是村里其他几家大姓和杂姓也把这棵古柏当祖宗一样供着、敬着。

这棵桧柏高 16 米，直径 3.77 米，树冠 104 平方米。据《西安古树名木》（陕西科学技术出版社，1996 年版）记载，他已 1000 多岁了。西安市第三次名贵古树普查，又说他已 1700 多年了。不管怎么说这棵桧柏也可以称得上西安市境内古树的长者之一。他一直静静地矗立在村西几辈人不曾见过坟堆的老坟沿坡坎上，任凭风吹雨打，任由日晒雪压，却淡看城头变幻大王旗，目睹人间悲欢离合，静观世间血雨腥风，满目自然界万物荣枯。

关于这棵桧柏有两种传说。一种传说，先有树后有人家，逐渐形成村落。据县志记载，明洪武年间王氏婆婆一家母子四人，从山西洪洞大槐树下迁徙至此。王氏婆婆辞世后两个儿子将母亲葬在这棵桧柏下，日后便于祭祀。第二种说法，王氏婆婆驾鹤西去，两个儿子将其母埋在坡坎边，在坟头植一桧柏，以示纪念，以保佑王氏后人。没有文字记载，人们说不清树的年龄，树靠着一圈圈年轮却能说清自己的树龄。人会忘记过去，树却记着历史。走访林业、民政等部门，查阅古今县志均无确切记载，两种说法孰真孰假，亦难考证。人常说"人老称寿星，树老成精"，这棵桧柏更老，早已超越时空，早已成仙。乡亲们已把他当作平安树、平安神，祈求他保佑子孙后代世代平安，家丁兴旺。上世纪 80 年代末 90 年代初有一年天大旱。麦收以后几个月不曾下雨，村口的涝池见了底，渴得裂了一道道几尺长的口子，好多家的井也干了，手压泵压不出水了，村里的泉水也只剩下尻蛋子大一坨。狗渴得整天哼哧哼哧卧在墙根，鸡几乎脱光了羽毛。地里苞谷叶子拧成了绳，耐旱的谷子叶也轻轻一揉就成了碎末。村里的巫婆神汉、善男信女又是在近五百年常涌不息的凉水泉旁设坛求雨，又是在桧柏下焚香燃烛。黄表纸烧了一沓又一沓，神符燃了一张又一张。泉水旁、桧柏下连续几天香烟缭绕，巫婆神汉、善男信女口中念念有词。不知真是神泉、神树显灵，还是上苍被人们的虔诚感动，怜悯众生，竟然下了一场小雨。但是还是止不住炎渴，求雨的人们失去了耐心，一个个无趣地悄悄溜走了，那一年秋苗几乎绝收了。

这棵桧柏也曾两度险遭厄运。一次是 90 年代初差一点被一场大火烧成灰烬。那时农村机械化程度还不高，夏忙收割碾打晾晒好麦子，还要用场种些白菜萝卜。勤快的人家，将麦秆拉回家堆在房前屋后，偏偏的桧柏南边六队一家人懒收拾，把麦秆就近码在了这棵桧柏下。冬天不知是干燥，还是哪家小孩淘气玩火，寒冷的冬夜，树下麦秆垛着火了。转眼间火光冲天，熊熊大火映红夜空，月亮也黯淡了许多。桧柏周围几户人家被大火从梦中惊醒，来不及穿戴整齐，不顾寒冷，提着水桶，拎着脸盆冲出家门，边跑边扯着嗓子大喊"救火了，救火了"。几乎半个村子的人都出动了，大火很快被扑灭了。可怜的桧柏北边的一大枝被烧焦了，上边的绿叶被烤黄了。烧焦了的枝干被截掉，桧柏折了半只胳膊，树顶北边焦黄的叶子还零星地挂在上面，一年又一年。桧柏从此就成了一位残疾老人，但却一如既往地厮守着村庄，厮守着乡亲。好在南边枝繁叶茂，常年碧玉满枝。

另一次，桧柏险些被挖走。据说本世纪初土豪们建豪宅，造高档会所，移植古树名木成为一种时尚。一开发商按图索骥慕名而来，不惜重金要买这棵桧柏。村干部一时犯糊涂，准备高价卖了为村里修路。村里老人不答应，天天坐在树下守着、护着。村干部迷途知返，土豪望着树悻悻而去。这棵桧柏才得以留在故园，免受背井离乡、孤独寂寞之苦。人挪活，树挪死。人离开故土还可以活下去，树离开原土往往就会死掉。

这棵桧柏是乡亲们的根，是乡亲们的魂，是我们村的根，是我们村的魂。树不能没有根，人不能没有魂。人什么时候也不能丢掉自己的根，忘记自己的祖宗。否则当我们死了以后，我们的灵魂将在满世界游荡，没有什么可以依附，无处落脚，无处安身。

让我们把根留住，好好保护这棵桧柏，精心赡养他，细心服侍他。

祖坟的古桧柏，我的根，我的魂。

年夜饭

腊八节刚过，上大一的在家休寒假的儿子毛遂自荐，主动请缨要做今年的年夜饭。我和妻子欣喜不已，家有儿子初长成的那种高兴劲，甭提心里多舒坦了，浑身血液、每一个细胞、每一条神经抑制不住地高兴。舌尖的欲望一下子也调动起来，盼望着享受儿子为我们做的一顿丰盛可口的年夜饭。

过了农历腊月二十三小年，眼看着春节就要到了。城市里大到商场、超市，小到沿街的店铺不约而同地火起来了，购物潮一浪高过一浪，人们发了疯似的席卷着各类商品，大包小包源源不断地拎回家。一夜之间繁华地段街道两旁到处挂满了大大小小的红红的碌碡灯笼、宫灯和各式各样的现代时尚的电子灯笼。卖春联的也一夜之间冒出来了，印制春联光彩照人，手写春联的墨香弥漫着整个大街。农村集市也火起来了，老人小孩、男人女人，欲望高涨，纷纷抢购新衣和年货，小商小贩使出浑身解数推销着自己的商品，想挣上满满的一桶金，过一个红红火火的年。年味越来越浓了。

儿子早早就开始谋划年夜饭了。先是三番五次征求我和妻子年夜饭的菜单，接着上网查菜谱，把年夜饭的菜的做法一一详细记录下来，连续几天一个人反复琢磨，不断地比画。腊月二十八，儿子催促妻子一起上超市买菜和各种佐料，忙得不亦乐乎。

关于年夜饭最早的记忆是上世纪 70 年代初。那时农村生活条件还很差，年夜饭是奢侈消费。腊月二十八九家家户户都要蒸上好几锅包子，给舅舅或者老丈人拜年。三十煮肉、切臊子，中午一顿██面。下午男人们上坟烧纸，请祖先回家过年，女人在家准备初一饺子或者臊子面。大年三十晚上，家家点起香蜡，祭祀祖先。条件好的家庭准备上几个简单小菜，算是年夜饭，一家人边吃边聊，一起守岁。条件差的家庭是没有年夜饭的，三十晚上一家人围坐在土炕上，吃着自制糖果，等待新年的到来。然后是小孩给长辈磕头拜年，长辈给小孩发压岁钱。再穷压岁钱还是要发的，有钱的发上一两块，没钱的发上一两毛，图的是个喜庆和吉祥。

我家第一次年夜饭也是改革开放以后 80 年代的事。改革开放后，经济发展了，物质丰富了，农民的生活好了，也就讲究起来了，吃年夜饭的也就多起来了。在外工作的父亲，大年三十下午风尘仆仆赶回家，母亲早早就准备好八个菜，那是我第一次吃年夜饭。随着社会经济的发展，家家的年夜饭菜品越来越丰富，也越来越上档次了。也许正应了我们的老祖宗管子的那句话"仓廪实而知礼节"。

三十下午从老家上坟归来的儿子，细细洗过手之后，请出爷爷奶奶的遗像，恭恭敬敬地放在桌案，供上精挑细选的几盘比较高档的水果，虔诚地点上红红的蜡烛，燃起三炷紫红的香，让爷爷奶奶在蜡和香的烟雾缭绕中在家里过大年。

儿子开始做年夜饭。往年的年夜饭一直是我亲自下厨，今年儿子非要自己一个人做年夜饭。他先将莲菜切成段，然后左手按住，右手持刀，一下一下地切。尽管有点笨手笨脚，但是切得那样认真，那样仔细，仿佛在加工一件精密的零件，又好像在创作一件艺术品，那自我欣赏、自我陶醉的神情全部洋溢在脸上，好像喝了蜜似的甜蜜得很。

儿子的最得意之作是清蒸鲈鱼。他早早将鲈鱼用盐和调料涂抹一遍，敷上姜片，腌制 20 分钟。再配上姜丝、葱丝，然后上锅蒸。15 分钟后，满屋飘着鱼香，大有三日绕梁，余香不绝之感。

压轴大菜是回锅肉。油沸腾后，只见他将切好的煮成七八成熟的五花肉片倒进炒锅，用铲子来回翻转，五花肉中榨出的油嗞嗞作响，演奏起新年圆舞曲。儿子将榨出的油盛出来，待肉瘦黄时，加入蒜苗段和姜丝，最后加入回锅肉专用料，一份香喷喷的回锅肉做成了。

尽管儿子烹饪技术有些生疏，动作僵硬，不那么灵巧，速度也不快，但是一个多小时后一桌丰盛的年夜饭摆在了餐桌上。看那雪白的莲菜，配上深红色的辣椒和青绿的豆角，夹上一口，香喷喷的，色香味俱全。那绿里透黄的苦菊，撒上点点红红的辣椒丝，是那样的诱人。喝着红酒，吃着儿子做的年夜饭，看着春晚，享受着天伦之乐，我觉得自己是世界上最幸福的人。

窗外小区里各家灯火通明，街上金碧辉煌，霓虹灯闪烁，远处鞭炮声此起彼伏，新年的钟声即将敲响。家家户户都在吃年夜饭。年夜饭不在于吃什么，吃的是一份浓浓的亲情，吃的是一份深深的亲人之爱，吃的是一种厚厚的孝道文化，吃的是一种重重的民族传承。

每逢佳节倍思亲。吃着儿子做的年夜饭，想起了作古多年长眠于故土九泉之下的父母。一方面有工作忙的借口，另外有了小家以后，很少花费时间陪父母，陪父母吃年夜饭的次数也屈指可数，就不要说亲手为父母做一顿年夜饭了。这将成为我终生的遗憾，这遗憾将和我一起回归大地。我想，当自己的灵魂再次和父母在另外的世界团聚时，我一定会亲手为父母做一顿年夜饭。

第二辑

秦腔情缘

二月二龙抬头，听乡党说我们村里这几天唱大戏。

乡党口中的大戏，即为秦腔。作为中国梆子戏鼻祖的秦腔，发源于陕西（或说同发源于甘肃），活跃于甘肃、宁夏、青海和新疆，广泛流传于大西北。也许是陕西，说准确一点，是关中独特的地貌、独特的历史、独特的人文、独特的区位，孕育了秦腔，其地理构造、秦人形象、秦人风俗滋养着秦腔。在关中大地，不论大村小村，不论穷村富村，不论平原上山脚下，几乎村村都有或大或小或豪华或简陋的古色古香的戏楼；都有或大或小的戏班。逢年、过庙会、过古会都要唱上几天几夜大戏，至少村里的大喇叭要放上一天或者半天秦腔，对农民来说就是一场秦腔盛宴。村头巷尾、田间地头、工厂工地处处都能听到或高亢激昂或婉转低媚或哀怨泣诉的秦腔。闲聊的老人、耕作的农夫、房上提着瓦刀砌墙的瓦工、地上锯木的木匠，都能唱上一段脍炙人口的桄桄乱弹。走村游街串巷的小商小贩，吆喝的间隙，悠悠闲闲地哼上几声秦腔，品得像太上皇。夜行的人，吼上一段像炒熟的苞谷豆一样又干又脆的黑头（花脸）戏不仅给自己壮胆，而且排解路途的孤寂。

秦腔不仅是秦人的文化娱乐，更是秦人的血脉，是秦人的灵魂，也是秦人的精神支柱。

作为一个地地道道的秦人，冥冥之中我与秦腔结下了不解之缘。不知是上天有意的安排，还是命运之神的眷注，我出生在一个秦腔艺人之家。抗日战争全面爆发的 1937 年，14 岁的父亲迫于生计，跟着回乡的陕籍秦腔老艺人远赴甘肃平凉平乐社学习秦腔，主攻须生。兰州解放后，他参加了西北野战军十二师文工团，后来辗转转业到陕西，在渭北小县创办起秦腔剧团。因唱得一口好须生戏，担任业务团长，驰名于渭北及陕甘交界诸县。

是福也是祸。因演得一手好须生戏，"文革"之初，父亲被作为"白专路线"的典型，屡遭批斗，饱受摧残，后又下放到农村劳动改造，接受贫下中农再教育。其间他的个别同事因不堪折磨精神崩溃，选择了上吊自杀，早早结束了自己的生命。在风雨如晦的日子，父亲与秦腔相依为命，硬是靠着秦腔支撑，度过了一生中最苦难最阴郁的岁月，逃过了一劫，迎来了柳暗花明的日子。尽管"文革"中后期父亲得以平反，恢复了工作，但遗憾的是他再也没有回到自己钟爱着的秦腔舞台。

有一年我们村子过会唱大戏，探亲在家的父亲在同行和乡亲的再三邀请之下，演唱了自己拿手的《烙碗计》和《苏武牧羊》两折戏。父亲的一招一式，甩袖、抖袍、吹须和声情并茂的浑厚苍凉唱腔，把善良仁慈的刘子明、凛凛正气的苏武，演绎得活灵活现，赢得了满堂彩，观众的掌声雷动，连绵不绝，经久不息。我家至今还保存着父亲戴过的一副头罩和一副乌纱帽翅。

"龙生龙，凤生凤"。受父亲的影响，从小我就迷上了秦腔。小学时每每暑假我都是在父亲单位，伴着秦腔声度过的。每天早晨早早就听到剧团的学员"咿咿呀呀"的叫嗓子声，看到他们蹲马步、高踢腿、练身段的身影。他们演出闲暇或者推出新的剧目排练时，我作为唯一的观众，从头看到尾，往往一个剧目看过无数遍，剧情、人物、唱词几乎烂熟于心。

村上过会唱大戏那可是农民们的文化大餐，我也美美地过了一把秦腔瘾。记忆最深的一次看戏是秦腔名家李爱琴在我们村演《周仁回府》。海报早早贴出去后，四邻八乡的人们，就开始省吃省穿，节约几块钱想目睹一下省城来的秦腔名家的风采，听听正宗的秦腔，那种滋润感觉赛过吃上一老碗燃面，比喝上一瓶西凤酒或者太白酒还要爽辣。演出的当日下午，人潮如海水一般涌入我村的露天剧场。我在晚霞犹抱琵琶半遮面即将烧起黄昏的时候，早早搬上小凳子，占据了一个离台口不远的十分有利的位置，既能听仔细，又能看清楚文武场面，急切地等待着太阳落下地平线。然而太阳像一位难产的孕妇，艰难努力地生产，迟迟不能坠入西海。终于天黑了。好家伙，偌大的一个露天剧场，足足容纳了上万人，人挤人，人挨人，几乎透不过风。锣鼓一响，二胡吱吱呀呀奏起，台下人头攒动，上万双眼睛齐刷刷射向舞台口。前面演的什么折子戏，早已经淡忘了。只记着《悔路》一折刚开始，露天剧场里已水泄不通，外面的人挤破头往里钻，人群骚动似五月芦苇地里的芦苇随风东一倒、西一歪。喊声、骂声、哭声、吼声响成一片，有豁出命往里挤的，有无奈使劲往外退的，有丢了鞋的，有挂了彩的。维持秩序的民兵拿着柳条和镢头把，人往哪里挤，就往哪里抽，人往里边拥，就往外边掀。尽管他们凶神恶煞，然而人们仿佛疯了，柳条好像打在别人身上，推的不是自己，仍不肯退去。万般无奈演唱只好中断。台上喇叭不断吼着叫着，维持秩序，足足整顿了半个小时，李爱琴再次出场了。尽管父亲领着我去过被称为世界三大古老剧社之一的易俗社，去过陕西省戏曲研究院、三意社、尚友社，欣赏过秦腔大师刘毓钟，秦腔名家刘易平、阎更平、张新华等精彩的演出，见过许许多多看戏的热闹场面，但那次是我见到看戏最为壮观，也是最热烈的场面。李爱琴的《周仁回府》连演三天，场场爆满，我幼小的身体在人群中被挤得几乎成了肉夹馍，我忍受着疼痛，连看了三个晚上，边看边品，边摇头晃脑跟着演员小声地哼着。

秦腔成为我生活的一部分，生命的一部分。秦腔戏里铁面无私的包公，赤胆忠心的杨继业，舍妻救嫂的周仁，舍己救孤的公孙杵臼、卜凤和程婴，这些忠臣义士、侠女烈女种在了我心里，我成了他们忠实的粉丝。中学时代直至刚刚步入教坛，当同龄人哼着流行歌，蹦着迪斯科时，我却酷爱着自己的秦腔。曾经有同学讥笑我落伍找不到时代的调，有同事嘲讽我老土像刚出土的兵马俑。我也曾经动摇过，迷茫过，一度只能像套中人一样将秦腔深深地藏在自己心底，只有独自一人时，把自己封闭起来欣赏秦腔。

每当生活或者工作中不如意时，听上一段雄浑高亢、大气磅礴的秦腔红生戏，我像吃了一大口油泼辣子，大汗淋漓的舒畅，人立即变得淡定；每当遇到悲伤时，听上一段哀怨凄楚、荡气回肠、如泣如诉的秦腔苦情戏，我五脏六腑的苦情绪全部彻底释放出来，不禁浑身飘飘然的轻松，心也飘起来；每当生活中快乐或工作中成功之时，听上一段欢快活泼的秦腔快板戏，那种高兴劲犹如燃放的花炮，火焰尽情地向四周飞溅。工作闲暇之际，或者周末，看书学习累了或者干完家务，午后暖暖的阳光照进书房，一边品着茶，一边听着秦腔。一时兴起，唱上一段，浑身从脚到脖子到头，从心底到血液到皮肤，都是受活的。

秦腔的粗犷豪放，造就了我的豁达和豪迈；秦腔的气势磅礴，成就了我的大气和高远；秦腔原生态的吼唱，铸就了我的正直和率真；秦腔的凄婉，塑造了我的仁慈和悲悯。

秦腔将与我相伴一生。

秦腔皮影

好多年没有看到皮影秦腔戏了。

一个偶然的机会，在古城夜晚的华光溢彩缝隙间邂逅了皮影秦腔戏。我的眼睛一亮，心头豁然开朗，闪现一丝耀眼的光芒，心底尘封的记忆被打开，一下子活泛起来了，泛起一圈一圈涟漪。

皮影，俗称灯影子，在北方农村广泛流传，秦腔、眉户、河北梆子、晋剧、吕剧都有，是旧时活跃在乡下的小戏，虽然登不了台子，但是农人们喜闻乐见。

那时，关中农村逢庙会、村会、祈神求雨、婚丧寿诞，皮影秦腔演出十分活跃。乡下谁家老人做寿，或仙逝，或三周年纪念，都要热闹一番，过得排排场场，办得轰轰烈烈。家庭经济殷实的人家，就请上一家秦腔剧团，或者邀上一个秦腔班社，要么来上一个堂会，要么搭台子唱上几场大戏。家庭经济一般的，请不起大戏，就请上几个乐人和一个自乐班（俗称坐台戏），抑或一个木偶班子或皮影班子。一个皮影班子少则三五人，多则七八个人。人少，花费小，好招呼，少了许多麻烦。不用搭台子，也不用那么大的摊场，省了好多事。天刚擦黑，随便在街道上找一块平地，几条凳子，几根竿子，搭上一条白布帘子，摆上锣鼓家伙、编鼓，七八个人就耍起来，随着一声老薛保"见三娘跪倒地……"刚劲苍凉的须生唱腔，一出《三娘教子》就唱起来了。耍皮影的，每个人都要身兼数职，既能敲，又能吹，又能拉；还能耍，还能唱。唱的时候，生旦净末丑啥行当都能来，人人都是"八角身子"。人一生也是这样，不同的时期要扮演不同的角色，不同的环境承担不同的角色，不同的角度有不同的角色担当。祝寿多唱《大拜寿》《五女拜寿》等喜庆戏，办丧事多唱《刘备祭灵》《朱春登放饭》等祭拜类悲情戏，过三年多演《二进宫》《三娘教子》等忠义孝悌教化戏。

改革开放初，禁锢多年的农村文化生活又活跃起来，皮影戏也迎来了一个小春天。一年中的腊月时光、春二三月、秋夏忙罢，过事的人家多，也是皮影最火的日子，演出稠得像豆子一样，皮影人连歇的时间都没有。东家事还没完，西家就来请；这个村的事未毕，那个村就有人雇。那些皮影人忙得像龟子（陕西方言，即为龟兹队乐人），闯小镇，游乡村，红火得不行。遇到腊月过事多，有时连自家年货也没有时间准备，一直唱到年根根。

看，村口张家老父亲又过三年了。傍晚，红红的夕阳灿烂回眸的那一刻，皮影的架子就支在了村口的三棵大槐树下。天刚麻麻黑，明快的锣鼓就敲起来，悠扬的二胡也拉起来。村口凉水泉边就呼啦啦围上一大群老人和孩子。皮影开始叫板，烘场子了。人越来越多，村口被围得水泄不通。执事的简单几句开场白，说明主家的心意，就把场子的大灯关了，演出开始了。这时，只有白布帘子后的小灯泡还亮着，随着一声"请——"，刚烈浓郁的一声秦腔花脸张派唱腔"五更时三点月昏黄……"响起，秦腔第一折《二进宫》开始了。

皮影班老班主，一边双手挥舞皮影，一边嘴里慷慨激昂地唱着。皮影又是撩袍又是抖袖。别看他年龄大，手指粗糙，舞起皮影却十分灵活。手挥皮影，舞随着剧情和唱腔，时而轻踩慢舞，时而急行劲舞，时而轻舞徐唱，时而重舞高歌。班主的皮影舞动得出神入化。一会儿扮的是大花脸徐彦昭，一会儿扮的是须生杨侍郎，一会儿扮的是二花脸李太尉。无论大花脸还是须生，还是二花脸，都唱得一板一眼，声情并茂，秦韵悠长。年轻点的汉子，一会儿唱正旦李艳妃，一会儿唱小旦徐小姐。女声虽有些伪娘矫情，倒也有腔有调。这些皮影艺人，虽不是专业演员，唱起秦腔倒也字正腔圆，唱花脸像花脸，唱须生似须生，唱旦是旦，什么行当，什么声，什么调，什么韵，恰如其分，天然而成，韵味醇厚。人活在世上也是这样，装啥就要像啥，"装贼就要像溜娃子"。到什么环境下就要适应什么环境，民谚不是也说"到河里脱鞋，到山里打柴""到什么山，唱什么歌"吗？一个民族、一个国家也是如此，不同的历史阶段有不同的作为，不同的国际环境有不同的担当。

唱罢《二进宫》，又是一折《放饭》，一折又一折……老人们听得如醉如痴，情不自禁轻轻点头跟着腔调小声哼唱起来。看热闹的小孩，在人群里窜来窜去，跑进跑出，你追我打，大人们并不嫌弃。不爱听戏的几个小伙子，连连打着响哨，响哨像导火索点燃满场子的热情。皮影人舞得更欢了，唱得更卖劲了。观众的掌声潮、叫好声潮，一浪高过一浪，一声盖过一声。整个乡村的夜晚，到处都舞动着美丽的皮影，洋溢着慷慨激昂的秦腔，渗透着浓浓的秦韵，流淌着醇醇的亲情和乡情。

人，也像皮影人一样，有时活在自己的影子里，但人又不能一直总活在影子里。民族、国家也需要走出影子，走出传统，开拓新路子，创造新的生活。

夜色很浓了，行人已经稀少。独自走在都市金碧辉煌的大街，踩着光怪陆离的霓虹灯影子，我沉醉在秦腔皮影戏里，仿佛又回到了农耕时代。

秦腔木偶

秦腔不仅是秦人的文化传承，更是秦人的血液，秦人的灵魂，秦人的信仰。

秦人对秦腔情有独钟。在乡下，逢年过节、过会、老人去世三年、小孩满月，都要唱秦腔助兴。田间地头、村头巷尾、灶间院里，随处都能听到秦腔乱弹。夜行的人们来上一段秦腔，不仅消除寂寞，还可以给自己壮胆；干活的男女都会哼上一段秦腔，以解除疲劳；烦闷的人儿唱上一段秦腔，能消解心中的愁苦。秦人男女老少都能唱上一段脍炙人口的秦腔，因而外地人调侃"八百里秦川尘土飞扬，三千万儿女齐唱秦腔"。"八百里秦川尘土飞扬"并非事实，确是调侃，不过"三千万儿女齐唱秦腔"倒是真的。

乡间，人们把演员挂衣唱秦腔叫作大戏，把木偶、皮影秦腔戏叫小戏。过去西安周围乡间就有"白天跑台子，晚上灯影子"的说法。木偶戏学名"傀儡戏"，流行很广，大江南北，长城内外，各个地方剧种都有。按照操纵手法，木偶大致可分为布袋木偶、提线木偶、杖头木偶、铁线木偶等。陕西提线木偶，主要流行在合阳、富平一带，是以手提线来操纵木偶的动作进行表演的，当地人称其为"线胡戏"，以秦腔和阿宫腔为主。杖头木偶流行于西安、宝鸡周围，是以手执木杖操纵木偶，进行表演，俗称"跑台子"，以秦腔和眉户为主。

说起木偶，既有来头，也有年头了。据说木偶和皮影均诞生于汉武帝时代的宫廷。汉武帝宠爱的李夫人去世后，他朝思暮想，就命画匠刻画出李夫人像，制作了李夫人的皮影和木偶，夜间思念之时拿出来仔细端详如同真人，解除了汉武帝的相思之苦。这个传说为木偶添上了惊天地、泣鬼神的爱情色彩。后来木偶皮影又走出宫廷，传到民间，经过民间草根艺人的不断改进创新，到了清末，已发展得相当繁荣。还有另一种说法，传说木偶诞生于距今3000余年的西周时期，即当时的俑。奴隶制末期殉葬制的人殉改为俑殉，这也是时代进步的一大表现。传说毕竟是传说。确有考古文物佐证的是木偶诞生于公元前24—前25年，陕西扶风出土的木偶即为物证。如此一来，木偶至少也有2000多年的历史，真正可以称得上艺术的寿星了。

秦腔木偶戏旧时在乡下很活跃。解放前西安周围的木偶秦腔班社很多，长期在乡下演出，深受老百姓的喜爱，最有名的就数秦腔名家、长安斗门袁旗寨人袁克勤领衔的西安乐育社木偶班。据说上世纪40年代，袁克勤在西安钟鼓楼广场社会路口，世界三大古老剧社之一的西安易俗社的对面搭台唱戏，以秦腔红生戏一炮唱红，每次演出，北大街、西大街总是人山人海水泄不通。他的拿手戏"三斩"《斩李广》《斩黄袍》《斩荆堂》、"一打"《打镇台》久演不衰，唱红了西北大地，一直红了几十年。传说，50年代初，在西安的西大街，坊上的回民们只要一听到高音喇叭里播放袁克勤的《斩李广》，脚跟就像用锡给焊到那儿一样动也不动，直到听完李广慷慨悲愤的"七十二个再不能"。然后到羊肉泡馆子里美美哐上一顿，就觉得那一天的日子就像神仙过的日子，别提多舒坦了，竟然有些飘飘然。袁克勤和他的木偶演剧社还曾赴朝鲜战场慰问演出，让西北的志愿军战士在异国他乡听到了具有浓厚秦风秦韵的家乡戏。改革开放后，秦腔木偶戏也曾红极一时，可惜昙花一现，短暂的繁荣之后，受到现代影视的影响，从此陷入了尴尬的境地。

村北头没嘴唇爷过三年，请来了秦腔木偶班演出。在街道口搭起了戏棚，正演出《朱春登放饭》。"朱春登跪席棚泪如泉涌……"须生苍凉悲情的唱腔，响彻整个村庄，感动着台下的大爷大妈、大叔大婶。大脚三婆，不断地用衣襟抹着眼角，"孝子呀，大孝子"。潮水般的掌声，经久不息，在街道泛起一阵阵涟漪。

虽说这秦腔木偶戏是小戏，却也行当齐全。不仅文（二胡、板胡等乐器部分）武（棒子、板子、边鼓、铜锣、铜铙）场面齐备，而且演员生旦净丑样样都有，除了主要演员外，大部分演员既要能唱还要能操纵木偶，往往还要变换角色变换声腔，一个人扮演几个角色。木偶戏的"表演"是双重的，表面当众演出的是木偶，木偶造型既是由人雕绘成的戏剧角色，又是为人操纵的戏具，真正幕后表演的却是操纵木偶的演员，演员不仅通过自己声情并茂的说唱，还要通过操纵木偶活灵活现的一举一动、一招一式，展现人物生动的情感和丰富的内心世界，打动感染着观众。对于一个人来说，肉体其实就是一具木偶，精神信仰就是操纵木偶的人。没有了灵魂，没有了精神，人与木偶也就没有什么两样了。作为一个人，就要做到肉体和灵魂、精神高度统一，表里如一，知行合一。

听，我们村小学老戏楼里，杨红梅的秦腔木偶戏《孙膑坐洞》开始演出了，"孙柏灵打坐在玉莲洞……"。戏楼底下大操场满满都是看戏的，上至耄耋老人，下到黄毛小儿。风清月朗，天黑星稀，村里的大爷大妈们、大叔大婶们坐在露天地里，却个个看得专注，听得入神，自得其乐，那种感觉不亚于城市剧场的享受。

秦腔木偶戏艺人是民间的高手。单说操纵木偶，除了一定的功夫技巧，更需要聪明才智。操纵木偶的演员要做到一心二用，既要舞木偶，还要唱，两者还要默契，人和木偶的表情要一致，相得益彰。为了让呆板的木偶活起来，操纵木偶的演员动了不少脑子，采用了拉线让木偶的眼珠会转动，用拨棍方法让木偶的嘴巴能张合。他们潜心琢磨，反复尝试，让木偶像活人一样，会"吸烟""喝酒""饮茶"，甚至两个木偶在舞台上能接递灯笼等道具。陕西省民间艺术剧院的艺术家们学习借鉴川剧艺术，在秦腔木偶《钟馗嫁妹》中，让红脸红须獠牙的鬼脸变成英俊儒雅的小白脸。

我们那儿还有一个秦腔木偶姻缘的故事。从前村里的一位张姓姑娘从小喜爱秦腔木偶，每有秦腔木偶班子到村里或者周围演出，她总是穆桂英阵阵到，从不落一场，而且是铁杆木偶迷，从头看到尾。后来不知不觉地喜欢上木偶班的唱旦的一个小伙，每每演出结束后，两人就到村外的麦场，在月下麦草垛间偷偷约会。有一天两人卿卿我我的时候，被尾随的姑娘的父亲抓了一个正着。姑娘的父兄觉得颜面扫尽，一怒之下姑娘的哥哥将木偶班的小伙暴打了一顿，可怜小伙卧床半月有余，姑娘也被在家老老实实关了几天。一个多月后，一天姑娘忽然失踪了，父兄四处寻找，多方打听竟无一点踪迹。姑娘的老娘一年间流干了眼泪，哭坏了身子，天天夕阳下倚门望女。

谁知道第三年的正月初二，姑娘和唱木偶的抱着一对双胞胎，回来给父母拜年了。这下乐坏了老娘，搂着女儿左看看，右瞅瞅，抱着白白胖胖的小外孙，亲不够，乐得合不拢嘴。姑娘的父兄一见之下，怒气消了大半，也只好默认了他们的婚事。他们的爱情故事在乡间成为美谈，人们戏称木偶姻缘。

乡村一天天在萧条，甚至在消逝，秦腔木偶戏，也在衰败。会不会有一天木偶戏也会销声匿迹，只能在博物馆里看到、听到。我常常这样想。

也许不会吧，但愿不会……

"抹去泪痕思胞妹，骨肉难隔一缕情"，一声慷慨悲壮的唱腔，《钟馗嫁妹》开唱了……

秦腔自乐班

秦腔是三秦大地不可或缺的精神食粮。

秦腔里有秦人的爱，有秦人的恨；有秦人的喜，有秦人的悲；有秦人的魂，有秦人的神；有秦人的文脉，有秦人的信仰。

渭河两岸，三秦大地，稍微上了岁数的人个个都能唱上几句，吼上一段。在秦人眼中，秦腔才是大戏。板胡响处，锣鼓起时，高亢的唱腔响遏行云，激昂的唱腔大气磅礴，苍凉的唱腔慷慨悲壮，那种豪情，那种气势，与软语呢喃的剧种相比简直是两重天，不可同日而语。

秦腔自乐班是有文武乐器伴奏的清唱形式，七八个人就能组成一个班子，自己伴奏，自己清唱，自娱自乐，故名"自乐班"。自乐班唱秦腔戏时，大多时候是坐着，民间俗称"坐台戏"。

秦腔自乐班也可称得上关中一景。过去几乎村村都有自乐班，村村都有戏楼。逢年过节过会，忙罢农闲，自乐班就自发地唱起来了。虽说不是挂衣的大戏，没有动作，更没有名角大腕，但是村民也还可以过过秦腔瘾，好好乐和乐和。如今秦腔自乐班更多了，就连城市小区、广场、工厂，大学的校园里的秦腔自乐班也比比皆是，周末随处都可以听到秦腔自乐班的声音，真应了那句"三千万儿女齐唱秦腔"。

长安是秦腔戏窝子。长安不仅是秦腔的发源地，而且秦腔名流数不胜数，民间自乐班众多。20 世纪 50 年代兴盛时期，全县的自乐班达到近百个，戏楼 120 余座，各村的秦腔自乐班不断发展壮大，购置戏箱，请导演，培养了一批业余演员，成为村队集体的秦腔业余剧团，全县多达 100 多个，风靡一时。"破四旧"以后，秦腔自乐班就不多了。"文革"期间，秦腔自乐班已所剩无几，仅保留下来的业余剧团也改演秦腔《红灯记》《沙家浜》《智取威虎山》等"革命样板戏"。"文革"后期，秦腔自乐班几乎被戕杀，几乎要绝迹了。改革开放后，秦腔自乐班也迎来了又一个春天。老树开花，秦腔自乐班犹如雨后春笋活跃在乡村，再次红火起来了。如今，不仅丧葬、三周年纪念，平日的村头巷尾，就连城市的小区、广场的早晚，秦腔自乐班到处唱着，点燃了整个三秦大地。

村口大槐树下凉水泉旁，自乐班唱起来了。"儿三拜九叩九叩三拜参娘来……"杨四郎一声苍凉动情的须生唱腔响起，那是秦腔《四郎探母》。原来是秃子三爷过三年呢。周围七零八落的围了一圈老头老太太和几个帮忙的人。大头九爷一边晃动着脑袋，一边随着梆子声有节奏地用旱烟锅敲击着板凳腿，闭着眼睛旁若无人地听着秦腔戏。隔壁偻叔牵着小孙子，也来听戏了，一时入了神，小孙子跑了也没发现，别人一提醒，失急慌忙地，勾鞋顾不得拾帽子，就去找孙子了。

秦腔自乐班的艺人们，个个都是能人。秦腔自乐班人手少，但是个个多才多艺，能文又能武，能唱又能打板敲边鼓，能拉二胡、板胡，也能敲锣和铙，伴奏唱戏两不误，有时一个人要唱几个配角。一个商业性秦腔自乐班虽人少，但是生旦净丑行当齐全，自乐班唱的个个都是多面手，常常生旦净丑互相反串，事主的爱好不同，点的戏也不同，为了今后雇主多、生意好，就不能扫了主人的兴；再说点上一折戏，也就有一折戏的赏钱。自娱自乐的秦腔自乐班，不为挣钱，大家图个高兴，因而人员多，伴奏的伴奏，唱戏的唱戏，都是自觉自愿，争着登台亮嗓。

周末早晨，长安广场树荫下，两个秦腔自乐班摆起了擂台赛。清晨，晨练的人很多，打太极拳的、舞剑的、甩鞭子的、散步的……和谐亭里的自乐班唱的是秦腔红生戏《下河东》，樱花林下唱的是秦腔红生戏《斩李广》；这边唱《斩单童》，那边唱《苟家滩》；这边唱《三娘教子》，那边唱《四贤册》。你唱红生戏，我也唱红生戏，兵对兵来，将对将，谁也不服谁。好戏连连，高潮迭起，吸引来了不少听众。人越围越多，一会儿就人头攒动，演员越唱越有劲，听众的掌声潮起，如同给火浇了一桶汽油，场子一下子火苗蹿了几丈高。演员们的激情更高了，甩字、拖腔拿捏得非常到位。这可乐坏了听众，戏迷们饱了耳福，美美地过了一个"秦腔节"。

秦腔自乐班扎根于民间，茁壮成长于民间，在民间不断发展壮大，成了关中的一张亮丽的名片。

秦腔自乐班带着三秦大地的泥土的芳香，带着秦地浓重的口音，带着秦人浓郁的风情，彰显了关中汉子倔强豪爽大气的个性。

我与秦腔更有着不解的因缘，因而无论在何时，无论在何地，每每听到秦腔自乐班唱起来，我就会驻足品听。

愿秦腔自乐班枝繁叶茂，永远常青。

社火

元宵节前，当大多数人还沉浸在红红火火的大年之中的时候，乡下老家周围几个村子爱热闹的头面人物就迫不及待开始逗社火了。发起的村社的锣鼓家伙敲得震天响，鞭炮声此起彼伏，一阵高过一阵，火药燃烧后的浓浓的烟雾袅袅升起，伴着火药荃荃的香味在村子上空缭绕盘旋，久久不肯散去。

关中社火是以秦腔戏曲故事为主要内容，以芯子、马社火、地社火、背社火、旱船、踩高跷、秧歌等为主要形式，精彩纷呈。其中芯子又以险、奇、悬吸引观众的眼球，展示了社火艺术的精髓。在元宵节、正月二十三蒸干节、二月二前后，农民们还在新年的余庆之中，这段时间也是农闲时节，地里没活，耍上一场社火，正好放松放松，狂欢狂欢。也许是生命基因里有秦腔元素，也许是血管中流着秦腔汁液，也许是骨子里淌着秦腔髓汁，我从小对社火有着浓厚的兴趣和特殊的亲近感情。社火一装扮好，我第一眼就能认出该组合的戏曲剧目，第一时间就能说出人物的名字，立马就能讲出剧情和故事梗概。《闯宫抱斗》《黄鹤楼》《下河东》……殷纣王、妲己、梅伯、周瑜、鲁肃、刘备、赵云、赵匡胤、呼延赞……梅伯闯宫进谏被妲己炮烙，周瑜黄鹤楼设宴逼刘备还荆州，赵匡胤御驾亲征下河东灭白龙误中奸计错斩忠臣……竹筒倒豆子一口气就能说全剧目和人物名字，情节一出一出，娓娓道来，讲得头头是道。不仅赢得小伙伴们的赞许和崇拜，也令大人们瞠目结舌，不得不刮目相看。

第一次看社火的情景，依然很清晰，至今历历在目。那时我上小学，正月十五元宵节，到十余里外的滦村留堡看社火。改革开放才几年光景，刚刚踏上富裕之路的农民们就按捺不住内心的喜悦，急于庆祝改革开放，展现新生活，要好好热闹热闹，举办一场轰轰烈烈的社火大赛。耍社火的海报先几天就贴到周围十里八村。耍社火的当天，穿着各种款式红红绿绿的新年礼服的人们，做着不同发型，老老少少、男男女女潮水一样涌向设在公路边麦地的社火场。人群一波又一波，一波比一波多，恰似浪花，一浪高过一浪。小商小贩们一举两得，既能美美看一场社火，又能足足赚一桶金子，早早就占据了场子内有利的位置，支起了生意摊。炸油条、油饼的，卖甘蔗、棉花糖的，捏糖人、吹叮当的，氢气球、小喇叭，各种各样的玩具，各具特色的小吃应有尽有。吃货馋得小孩直流口水，耍货馋得小孩手痒痒。商贩们的叫卖声一声接一声，一声比一声有诱惑力，仿佛要把大人们口袋里的辛苦钱和孩子的压岁钱掏光掏净。主席台设在场子南边搭起的棚子内。大约11点，各村的社火相继出村，先后进入场子。据说八个村子都想在社火大赛中夺魁，谁也不愿输给谁，因此在社火设计时保密程度很高，谁也不让别村事先知道自己村的创意。各个村都是锣鼓开道，彩旗方阵紧跟，大头娃秧歌旱船高跷随后，高台芯子压阵。八个村的社火各有特色，各有千秋，不差上下。这个村的秧歌舞姿优美，舞步轻盈；那个村的大头娃鬼头鬼脑，笨手笨脚，憨态可掬。这个村的旱船活灵活现，妙趣横生；那个村的高跷花样幻化无穷，动作惊险。这个村的芯子造型新颖，凌空而起，恰似飞天；那个村的芯子层层叠起，层层妙接，险象环生。观众们的惊叹声、叫好声、掌声响彻天空。观众们着实吃了一顿民间文化大餐，着实享受了一次民间艺术的盛宴。

最难忘的还是我也参与了一次耍社火。上师范那年的正月二十二、二十三，我们村耍社火。退休在家的父亲曾是专业秦腔演员，又兼过导演，自然被邀请指导社火装扮者化装和着装。恰好有一天是周日，我也凑热闹一起帮把手，跑个龙套。那是改革开放后我们村第一次耍社火，乡亲们不亚于中了六合彩，那个高兴劲无以言表，热情像火一样，张罗得像燕子一样，不仅自己争着帮忙，而且抢着让自家小孩参加社火表演，早早捎话让社火巡游经过的村子的小孩的舅家、姑家，要给自己小孩挂红。那天装扮社火的、表演的早早就来到村委会。扎芯子的、抬社火的、组织协调的，各执其事，忙而不乱。紧张繁忙的几个小时后社火装扮好了，其他也都准备就绪，社火开始出村巡游。社火队伍浩浩荡荡，每到一村，村民倾家而出，夹道观看。村干部、村里有头脸的鸣炮祝贺。小孩的舅舅、姑姑纷纷给外甥、侄子送来好吃货，挂上条条红绸子或者红被面，以示对他们的褒奖。高空中芯子上社火表演的小孩，有的摇头晃脑，东看看，西瞅瞅，像个小精灵；有的乐呵呵，笑嘻嘻，像一朵灿烂的花朵；有的一边吃着小食品，一边做着各种鬼脸；胆小的则吓得哭起来，尿在裤子里，尿水从裤管流下，洒到观众的身上，逗得观众笑得前仰后合。社火队伍游了几个村，赚足了眼球，赢满掌声，收到好多小礼品。尽管我累得腰酸腿疼，但内心有一种从未有过的快乐，毕竟自己参与了一次耍社火。

耍完社火，农民们又要开始新的一年辛勤劳作。毕竟生活是实在的，有起有落，有喜有忧，我们不能总沉浸在耍社火的狂欢和热闹之中，日子还要向前过。

听说今年又有好些村耍社火了，走，看社火去，再过一把社火瘾。

村庙

庙宇文化是中国农村民间的一大传统，也是一个特色，折射出农民们的本真纯朴的民间信仰。有村，必有庙。自古以来，建庙、架桥、筑路、修学堂被人们认为是最大的善事，也是好多达官贵人、乡绅财主造福桑梓或沽名钓誉主要义举之一。

解放前，村村社社都有不少庙，供着不同的神灵。就说我们村，村南头有三官庙和马王庙，三官庙解放后推倒神像办起了小学。村西有无量庙，村北有关老爷庙，村东有药王庙和二郎庙。三官庙供着天官赐福紫微大帝（一说尧帝）、地官赦罪清虚大帝（一说舜帝）、水官解厄洞阴大帝（一说禹帝），保佑村民风调雨顺，人寿年丰，多福、少罪、少厄运；马王庙供着马王爷，祈求六畜兴旺；无量庙里供的是无量寿佛，呵护村里小孩平安成年；关老爷庙供的是武财神关羽，祈求村民财源广进；药王庙供的是药师佛；二郎庙供的是二郎神，护佑村民不生病不生灾。"破四旧"和"文革"时，村里的庙宇全被毁，无量庙仅存三间前殿，关老爷庙也只保存下来三间大殿。上世纪 70 年代末，无量庙仍香火不断，关老爷庙则做了生产队的仓库。

无量庙在村子西南小河的南沿，离村小学很近，也就 100 多米。庙门向南，绿柳白杨环绕，榆树桑树掩映，树下灌木杂生，绿草点缀，庙后小河水流潺潺，一片空灵的禅意。庙旁边住着一户王姓人家，家中的小脚老太太解放前就皈依佛教成了居士，老头仙逝，无儿招赘一女婿。老太太慈眉善目长着一副菩萨相，怜爱热心怀着一颗慈悲心，掌管着庙务。平常谁家小孩头疼脑热感冒拉肚子，在村医疗所吃药十天半个月不见效的话，就把小孩带到无量庙。居士老太太打开庙门，小孩的奶奶或者妈妈献上供品，燃起一支蜡烛，焚上三炷香。婆孙虔诚地撅着屁股，重重地磕上三个响头，深深地作上三个揖。老太太用三张黄表，在孩子头上左转三圈，右转三圈，然后让小孩深呼吸后对着黄表，长长地吹一口气，最后在无量佛前一烧。老人讲小孩受惊吓，三魂六魄不全了，这叫"收惊"，把小孩丢掉的魂魄收回来，魂魄健全就无病无灾了。也许是巧合，也许是偶然，不管怎么说小孩久治不愈的病竟然好了。这个办法屡试不爽，因而隔三岔五到无量庙"收惊"的越来越多。

农历三月三无量庙过会，这天村里可热闹了。居士老太太们早早就把无量庙收拾得干干净净，门、窗、供桌、烛台、香炉，该擦洗的擦洗，该刷新的刷新；爷像该补妆的补妆，该重着色的重着色。庙门框贴上黄纸对联，门脑挂上黄红绿纸剪成的门梭，一片喜庆。无量寿佛也笑眯眯的。先天晚上就点上红红的、长长的大蜡烛，上满一炉紫红色散发着浓郁香味的檀香，化了无数黄表，嘴里念念有词。霎时间，庙内香烟缭绕，梵音渺渺。一切仪式结束之后，手巧的居士就开始用红毛线像大姑娘盘辫子一样编上好多绳，再准备一些小铜锁系上红毛线，准备着第二天给来庙里的小孩戴。过会的当日，一拨一拨的老太太，带着精心准备的供果和香蜡，要么抱着牙牙学语亦爬亦走乳臭未干的孙子，要么牵着垂髫总角欢蹦乱跳的孙子，要么后面跟着半大小子，满面春风、喜眉带笑来到无量庙。有的是给孙子们"戴绳"和"戴锁"的，把孙子"锁"在无量寿佛处，让无量寿佛保佑孙子成年。有的是来"卸绳"和"卸锁"的，一来，孩子12岁或者15岁即将要成年，卸掉无量佛前戴的绳和锁；二来，感谢无量寿佛多年的护佑，还个愿，以表谢意和敬意。据说无量寿佛很灵验，因而前来"戴绳"和"卸绳"的人很多，不仅有本村的，而且邻近几个村慕名而来的人也不少。无量庙前，人来人往，熙熙攘攘。做小生意的小商小贩早早在无量庙周围支起摊点，卖甘蔗的、卖老糖的，卖小耍活子的、吹叮当的，卖各种小吃的……孩子们要什么，就有卖什么的。今天小孩待遇最高，不仅能戴上红绳或者金锁，而且还可以借机吃上一顿，买上平时想也不敢想的耍活子。

80 年初村里重新划分庄基，无量庙和关老爷庙也被拆了。村里有几个小孩病夭，居士老太太们说是有邪气，于是先后又建起了无量庙、关老爷庙、药王庙和二郎庙，只是规模再也没有从前那么宏大了。

农民建庙、塑神像，只是为了实现自己一点卑微的愿望，搭建一个祈祷的场所。烧香拜佛叩神，也不过是对未来一点美好的期望和祈祷。如果说这也算是一种信仰，那么正是这一点信仰，是他们努力活下去的希望、动力和精神寄托。生活无论多么艰辛，无论多么困苦，他们祖祖辈辈依然充满了希望，充满了信心，坚强地一代一代活下去。

村内残破的城墙

听村里老人们讲，关中自古乃兵家必争之地，秦国就是得关中而统一天下，汉高祖刘邦当年明修栈道，暗度陈仓，一举夺下关中，奠定了大汉四百多年的基业，因而关中自古多战事。关中也是最早的天府之国，地肥物丰，故而常常闹匪患。过去关中几乎村村寨寨都有城墙、城门和城壕，我们村也不例外，明嘉靖年间挖城壕时，挖出了一眼清泉和一条小河。解放后，村子的城墙、城门失去了防御功能，村民也不再愿意耗资修葺，因而渐渐地衰败。最后在几场"运动"中被作为拆除的对象，人为毁坏了。70 年代末，黄毛孩提的我和小伙伴们常常在南北城门根玩耍，在仅存的一段几丈长的残破的夯土城墙上爬上爬下。

在我的记忆里，南北城门是老式人工大青砖砌成的，门墙、门柱一丈多高，二尺厚，甚是威严，一般人是无法轻易跃过的。门墙上"抓革命促生产"几个白灰刷写的大字依然依稀可见，书写着村民们一段历史的记忆。没门洞，没门扇，是因为当年没有修门洞顶还是遭到破坏已不得而知，门扇据说"破四旧"时被拆除了。城门门柱、门墙、夯土城墙却免过一劫，得以保留下来，令我们有幸看到。南城门东西两边各有两三丈长、三四尺厚、丈许高的夯土城墙，历经风雨剥蚀，日晒月销，饱经岁月沧桑，春秋洗涤，墙体残破不堪，伤痕道道，残迹斑斑，一片颓败。其顶上杂草丛生，满目荒凉。它孤独地静静地站在城壕边，呵护着村庄，一年，一年，又一年，一站就是几百年。麻雀、喜鹊、乌鸦欢快悠闲地在杂草丛中一会儿低头觅虫，一会儿互相衔着羽毛嬉戏追闹，一会儿又闭目凝神小息，这里成了鸟的王国，为老城墙增添了些许生气。城墙旁边堆着麦秆垛和苞谷秆堆，芦花鸡、来航鸡、公鸡、母鸡在其间来来回回刨食。粗心的母鸡偶尔在麦垛边产下蛋，"咯嗒、咯嗒……"炫耀一番。发骚的公鸡前后追着母鸡，踏蛋之后一边得意地鸣叫。平常这里人迹罕至，只有做饭时女人们匆匆忙忙去抱柴火。

我们家的老宅在南城门里路西第二家。近水楼台先得月，城门口、城墙、凉水泉、大槐树下是我们常去的玩处，也是我儿时的乐园。下午放学后，南门城墙边就成了我们的天下，麻雀、喜鹊、乌鸦只得不情愿地飞到了河边城壕上的杨树、柳树的枝头，叹息不已。我们掏鸟蛋，捣鸟巢，捉迷藏，打土仗，赛投掷，漂黄瓜（打水漂），尽情地野，尽情地疯，尽情地狂。有时也玩一些文绉绉的游戏，如猜谜语、说快板，演戏（演秦腔）等。一把破蒲扇被当成了诸葛亮的羽毛扇，抢来抢去，轮流着个个拿在手上摇来摆去，口中振振有词"山人，复姓诸葛，名亮，字孔明，道号卧龙……"。常常玩起来就忘了时间，直到天黑严。不知什么时候，一轮清月已悄悄爬上树梢，洒下片片清辉，繁星已布满夜空，不停地眨着眼睛，和城墙絮絮叨叨地交谈着。这时，街道上传来母亲的吆喝声。我们拍拍身上的黄土，擦擦额头的汗水，抹抹满脸的灰土，像秦腔舞台上的小丑一样，背着书包，失急慌忙跑回家。

城门、城墙作为我们村的一处景观，四乡八村远近闻名。我们住在正街的人家也因此引以为荣，它们也成为我们小朋友闲聊时的谈资，为我挣足了面子。改革开放前，我们村集体经济挺好，水利设施好，有灌溉条件，粮食连年丰收，大队的仓库里陈粮压陈粮。又办起翻砂厂等村办企业，劳动日值高时达到两块钱。二三月，秋夏不接，二三十里外的好些村子，成群结队的马拉车，驶进南城门，来我们村借粮，度春荒。他们看到城门和城墙，无不竖指赞叹，夸我们村人有眼光，把城墙、城门保护下来了。几十年过去了，今天在外遇到邻村的乡党，常常还会有人说起我们村的城门和城墙。

上世纪 80 年代初，村民手头有钱了，家家要建新房。村干部顺应民意来了个庄基排队，家家重新划了庄基，拆旧房，建新居。城门、城墙、庙宇统统被拆，小河、涝池被填，树林被砍，全成了村民的院落。祖先们精心修建成的几百年的城门、城墙，几十天工夫，眼巴巴就被毁了。大青砖不知铺在了谁家房檐，让人踏，风吹，雨溅。夯土也不知填到哪家院子，还是当农家肥上到了谁家地里。村里的几个"文化人"和好些老人很惋惜，但不能影响大家建房，只好无奈地捶胸顿足、叹息连连。

城墙和城门，是村子的一段历史。看到它们，就引起了村民对历史回溯的种种想象，以及诸多的感慨。如今拆掉它们，无疑是抹掉了一段历史。历史需要传承，一位伟人说过，"忘记历史就意味着背叛"。看来我们真要落下一个背叛祖宗的坏名声了。

逝去的稻田蛙鸣

吃过晚饭，信手翻开一本宋词，再读稼轩"稻花香里说丰年，听取蛙声一片"词句，思绪一下子飞回几十里外的故乡。故乡稻田的蛙鸣，再次在耳旁响起，依然那么动听，依旧那样熟悉，依旧那样亲切。久违的蛙鼓，难觅的精灵合唱，淡淡的稻花香，我仿佛又回到了三四十年前那个天蓝蓝的，云淡淡的，稻花飘香，蛙鸣阵阵，肥鱼跃跃，白鹭翔飞的故乡。

我们村头有一眼凉水泉，泉在村南城门外 50 米的大槐树下。清凉的泉水汩汩西流，西边是一条 200 多米长、十多米宽的小河，据村志讲是明嘉靖年间修城壕挖出来的。200 米外小河瘦身成了一条小溪，一路欢歌笑语流向村西、村西北一眼望不到边的稻田，滋养着几百亩肥美稻地，有点江南的味道。

芒种前后，村民们开始精心收拾出一小块稻地，一畦一畦，秧床捯饬得平平整整，像梳子梳过一样。撒下从几百里外换来的稻种，外围蓄上一圈清汪汪的泉水养着。待到秧苗吐出绿嘴，在每畦上插上一根木杆，或者扎上一个稻草人，给稻草人胡乱披上一件旧的破衫子。木杆上拴着、稻草人手上拿着一绺布条或者塑料纸，守护着秧苗免遭鸟袭。风吹布条、塑料纸哗啦啦作响，还没来得及啄食秧苗，麻雀们就吓得扑棱棱全飞起来了，几只胆大的麻雀试了几次屡屡没有得手，偶尔衔得一口，不免担惊受怕。稻秧一天天长高，一日日更绿。其他村民也开始整饬稻地，套着老黄牛深犁一遍或者用铁锨深翻一下，趁天气好晾晒几天，然后蓄水。再接着套上老黄牛遭透或者锄膰（遭透、锄膰，陕西方言，耕地用语）一次，一切齐备，只等着插秧。

割完麦子，稻秧长到了一拃高，绿绿油油的。村民们来不及缓一口气，就开始插秧。男人们弯腰蹚着水插秧，女人、小孩在田埂上来来回回运秧苗。几个要强的女汉子或者男人少的人家妇人也卷起裤管，下到水里和男人一起似凤凰点头重复着一个动作，一次插三四行，一会儿工夫眼前就一片稻秧。把式硬的男人插过的秧苗，横看是行行，竖看是道道，撮撮笔挺，撮撮精神，看着爽心悦目，如同欣赏一件艺术品。那些手嫩的插的秧，有些歪歪扭扭，有些旁逸斜出，看着就不怎么顺眼。那些仔细的男人，则绷起一道道绳子，顺着绳子插秧，自然整齐划一。

稻秧缓过苗后开始猛长，不断分蘖，撮撮越来越粗。青蛙、蟾蜍不知什么时候游进稻丛间，在里面安了家。黄鳝、泥鳅、小鱼也来凑热闹，把稻地当成了伊甸园。白鹭、鹬子、麻雀，还有不知名的鸟儿，在稻田上空时而低飞，时而高翔，偶尔俯冲下去啄食小鱼、小虫。青蛙、蟾蜍、黄鳝、泥鳅、小鱼共处一畦，互不相欺，互不相扰，和谐融融。每每夜晚，蛙声一片。你听，雄蛙引吭高歌不亚于帕瓦罗蒂，雌蛙婉转轻吟犹如文姬唱胡笳十八拍。一蛙声起，众蛙齐和，彼伏此起。

稻子开花的季节，稻花香气飘飘，整个村子似乎浸泡在淡淡的、甜甜的香气之中。眼前仿佛就是香喷喷的大米饭，吃起来又香又筋道，想着想着口水冷不丁流了下来。夜晚，万千青蛙齐鸣，阵势宏伟。时而是战鼓阵阵，时而万马齐鸣；时而似交响音乐会高亢激昂，时而似秦腔晚会荡气回肠。听着听着不知不觉就进入梦乡了。然而，燥热难耐的三伏天，蛙鸣就不那么动听了。天热得人睡不着觉，在土炕上翻过来，倒过去，心绪烦躁。蛙鸣更增添了莫名的燥热，不让人享有片刻的清静，哪怕十分钟、五分钟。然而青蛙十分没眼色，万分的不知趣，甚至有些讨厌，依然不厌其烦、不知疲倦地唱着、叫着、喊着，让人心慌督乱，更加难以入睡。我开始厌恶甚至憎恨起蛙鸣，恨不得用针缝上所有青蛙的嘴。人常说境由心生，我们的心不清静，则归罪于蛙鸣。也许是我们道行还不够，不能像范老夫子一样做到"不以物喜，不以己悲"，何必憎恨蛙鸣呢？

随着降雨减少，伴着村子扩张和村民大量建房，小河被填，成了一些村民家的院子。村西、村西北的稻地变成了旱地，再也不栽稻子了，大片竟然撂荒了。从此再也闻不到稻花香了，再也听不到蛙鸣了，心里自然清静了。但是三伏天还是睡不着觉。现在倒是常常想听稻田蛙鸣，常常说起稻田蛙鸣，常常忆起稻田蛙鸣。可惜它只能作为一种永久的记忆，成为村民们的回忆材料。世上许多事、许多人都这样，当他拥有某些东西时，一点也不在意，似乎没有感觉到这些东西的价值。一旦失去的时候，才明白了一切，才知道珍惜了，然而一切已经晚矣，曾经的拥有只能永远失去。

稻田的蛙鸣还能听到吗？我常常这样问自己。我也不知道。

粽子的记忆

街上卖艾草和香囊的多起来了，就像大丽花引了一大片，一两天成堆，这一堆那一堆。卖粽子的也比平时多了好几成，大街小巷飘着粽子香。猛然抬头，单元楼里好几家门顶上插上了几枝艾草，艾香弥漫着整个楼道。

端午节到了。

老家乡下端午节，尽管是麦收的季节，尽管忙得鬼吹火一般，但母亲都要包粽子给出嫁的女儿送粽子，还要带上一捆白是白绿是绿的新葱、几根鲜鲜嫩嫩带着毛茸茸刺的黄瓜、一兜带着胎毛的黄灿灿的大杏。小孩有的腰间戴着五色彩线绣成的飘着穗儿的扇形小香包，有的胸前挂着绣成老虎、猪、牛等十二生肖拖着丝带的香囊，香气四溢，浸淫着小小的鼻孔。吸进的是香气，呼出的还是香气。

不禁想起小时吃粽子的趣事。老家乡下每年春节、端午节娘家都要给女儿送粽子。上世纪 70 年代末，我刚刚上小学那年春节，大嫂的娘家亲戚多，初八回拜送来了好多粽子，馋得我直流口水，一天在放粽子的篮子那蹚摸好几次。第二天我一口气吃了五个，一旁的姐姐看得目瞪口呆，直咂舌头。母亲训斥："你是饿死鬼托生的！"当我抓起第六个粽子，母亲从我手上抢了过去，"小心吃多了不能消化"。我死缠活缠硬生生从母亲手上夺下粽子，三口两口，又吃下了一颗粽子。到了晚上上吐下泻，不仅将所吃的粽子全部吐出来，还差点把五脏六腑都吐出来、拉出来，整个人站不起来了。这可吓坏了母亲，连夜用架子车把我拉到乡卫生院，打了两天吊瓶。

母亲包的粽子在街坊邻居里小有名声。包粽子既是一门技术活，也是辛苦活。包时若手攥得太紧，煮粽子时，糯米涨不开；若攥得松了，糯米容易散，且粽子失形。母亲包粽子除了要放大枣、红豆，再加上点葡萄干或者果仁，包的粽子不仅棱角分明，个个丰满韵致、标致毓秀，而且口感特别，吃后泛着粽香的打嗝味常常在嘴里回绕，颇有余味绕梁三日不绝之感。端午节包粽子不需要受冷，但春节正月初五正是数九寒天，摸着石头几乎粘掉手皮，椽头的冰凌，一尺多长，阴面的几乎垂到地上，呼出的白气瞬间就能变成冰，包粽子就受大罪了，不仅受累，还要挨冻。半下午，母亲早早将糯米、大红枣、红豆泡好，煮好粽叶，待水还热时，开始包粽子。只见母亲将粽叶折成三角体斗状，攥在左手掌，右手信手抓一把糯米，捡上几颗大红枣，捏一撮红豆和几粒果仁或者葡萄干。将粽叶折过来，盖住三角体斗口，把多余的缠好。然后将一根煮好的马莲叶，一头咬在嘴里，一头拿在右手，左绕右缠，把粽子扎紧，多余的马莲叶编上。不一会儿母亲的手就冻得发麻，包粽子的动作有点不灵巧。因此过一会儿就要给泡糯米的水里加上些热水。包上一二百颗粽子，几个小时下来要换十几次热水。包完粽子后，母亲长长地伸了伸腰，深深地出了一口气，脸上却露出鲜花一样灿烂的笑容。

吃完晚饭，母亲就开始煮粽子。她先将包好的粽子放到大铁锅里，头一层三角向上，第二层三角向下，一层压住一层，压得严严实实的，防止水滚开冲散粽子。然后放上铁篦子，压上一块洗净的石头，最后加入水将粽子淹没，盖上桐木锅盖。生上火，红红的熊熊大火将水烧开，锅口周围的蒸汽形成蒸腾的圆圈。煮上一会儿，放上一些硬柴，文火慢慢地煮，灶房里到处洋溢着粽子香，透过椽缝、窗缝飘到大街上，整个巷子飘着粽子味，至今犹在

鼻翼下，那里面有母亲的气息。

　　如今好吃货多了，小孩、年轻人，没有几个稀罕吃粽子，能记起端午节的就更少了。妻子在街上买回几个粽子，我却怎么也吃不出当年的味道……

　　我好想吃母亲包的粽子，看来只有在梦里了。

一双大头棉鞋

立冬一过，气温就急剧下降，天很快冷了下来。一夜之间就进入了冬天，红红的枫叶，黄黄的银杏叶，枯黄的白杨叶，不情愿地纷纷开始离开了他们的母亲——树木，在寒冷的西风中一步一回头恋恋不舍地飘飘落落，寻找着自己的归宿，盼着化为春泥。难怪诗人感叹，人生一世，草木一秋。阳光也少了往日的热情和热烈，像柴火不足的炉火，不再那样炽热。一家之主的女人就开始翻箱倒柜捣鼓沉睡了一年的棉衣和棉鞋，为一家老小准备过冬衣物了。

睹物思人，触景生情。不知怎么的我就想起了那一双大头粗皮棉鞋，那是我穿过的第一双皮棉鞋。

上个世纪关中农村的冬天，天寒地冻，西北风肆意地打着响哨，尽情地炫耀着自己存在的价值。要是捂上几场大雪，整个一冬三个月都像在冰窖里生活。下雪的日子并不太冷，消雪的日子格外冷，家家橼头上吊着几尺长的粗壮的晶莹剔透冰柱，就像溶洞里的钟乳石。农民祖祖辈辈都是穿着家里女人亲手做的粗笨臃肿的棉衣棉裤和布棉鞋，度过一个又一个冬天，走向一个又一个春天，一直走向生命的尽头。

这是一双普通不过的大头棉鞋，款式落后早已被淘汰，如今在市面上已经见不到了，早早被送进陈列馆成了"文物"或者"古董"。上世纪80年代大头棉鞋在农村很是时兴，就像今天流行的牛仔裤一样风靡了好一阵子。面子是粗糙没有打磨抛光加色的原色黄牛皮，大头，高筒，双排十个鞋眼，厚厚的橡胶底子；里子是雪白卷曲的人造毛，与绵羊毛相比，柔软得几乎可以以假乱真。现在看来很笨重，当时却是很大气的；现在看来很难看，当时却很时髦。穿着它踩在积雪上咯吱咯吱哼着小曲，踏着硬邦邦冰冻的地面落地有声，那种神气劲儿像穿着战靴的将军一样趾高气扬，威风凛凛。

　　改革开放前物资贫乏，就连城市物资供应也跟不上，农村更是匮乏，大多生活用品、日用品靠自给自足。改革开放激发了中国社会的活力，如同原子核发生了裂变，物资一下子丰富起来了。改革开放之初，农民虽然解决了吃饭问题，但手里的钱并不宽展，购买力还较差。我的父亲在外工作，每月领着国家的工资，我们家在城市人眼里叫作"一头沉"，比起双职工家庭，经济差了很多，往往不被城市人放在眼里，好像比人矮了半截。相反放在农村，我家经济状况还可以，让好多农民心生羡慕，我自己也有点小自豪。

　　上初三时，我就穿上了大头棉鞋。不仅同学妒忌，隔壁对门大哥大嫂大叔大婶也羡慕不已。

　　穿上大头棉鞋去上学的第一天，我故意制造出一些动静，以引起同学们的注意——我重重地踏着步子，抬头挺胸铿锵有声地走进教室。同学们看到我的大头棉鞋，哗地在我身边围了一大圈，几十双目光齐刷刷、直勾勾地投向我的大头棉鞋。我如同姚明站在人群里一样引人注目，一下子有了鹤立鸡群的骄傲，竟然忘乎所以地俯视着其他同学。"真漂亮""很暖和吧""很贵吧"……同学们你夸一句，他问一句，我有些应接不暇，来不及回答。直到班主任张老师走进了教室，大家才像老鼠见到猫似的飘移到自己的座位上。上课中间还有同学不时偷偷看看我的大头鞋，受了老师教鞭严厉地惩罚。课间，几个关系好的同学争着抢着穿上我的大头棉鞋在教室里走来走去，喜滋滋、乐呵呵的。

吃早饭时，我故意把碗端到老碗会上，走起路来雄赳赳气昂昂，像当年跨过鸭绿江的志愿军战士一样，让街坊四邻看看我这双大头棉鞋。"崽娃子，穿上大头棉鞋了""人家家里有人在外工作就是不一样，小孩都穿上了大头棉鞋"……我高傲得像孔雀，打开了美丽的羽毛，开屏尽情展示。那时我深深体会到城乡二元结构差距之大，农民不仅物资短缺，人格上也矮人一等，精神上也自卑。那个年代，"农民"这个称呼几乎就是自卑的标签。

那双大头棉鞋，不仅让我暖暖和和地度过了冬天，也让我骄傲了一个冬天。物质的享受是次要的，情感的享受才是最重要的。大头棉鞋满足了我小小的虚荣心。

随着改革开放的深入，物资越来越丰富，精致的皮棉鞋越来越多，大头棉鞋被淘汰了。曾经荣光的大头棉鞋，被遗忘在家里存放杂物的屋檐下的拐角，和一些又脏又旧的废弃物堆在一起，老鼠在里面爬来爬去。风吹雨打日晒，那双大头棉鞋不幸地一天天烂去，在孤独寂寞中一天一天老去。大头棉鞋最后不知所终，现在想起来很是为它的命运不公而愤愤不平。

一双大头鞋有荣光的时候，也有落寞的时候；有人人羡慕的时候，也有无人问津的时候；有大红大紫的时候，也有被遗弃的时候。人的命运和大头鞋一样，真是"时也，命也"，此一时，彼一时，难怪人说花无百日红，这就应了那句古话"三十年河东三十年河西"。

一双小小的大头棉鞋，却是社会发展的一个阶段的记录，也是一个历史阶段的缩影。

我会常常想那双大头棉鞋，那是我穿过的第一双大头棉鞋。

逃地震的日子

经历了 2008 年汶川大地震以后，相信如今的年轻人对地震并不陌生了。科学地说全球每时每刻都在地震，然而有感地震并不很多，对人类造成重大伤害的特大地震更少，但其造成的危害却是无法估量的，特别是对人类心理和精神上的创伤更是莫大的。

逃地震的记忆对我来说是刻骨铭心的，犹如胎记终生想抹也抹不掉。1976 年对中国来说是强"地震年"：政坛三位伟人周恩来、朱德、毛泽东相继逝世，"四人帮"被粉碎，一场深重的政治灾难结束了，这是政治地震；"祸不单行，福无双至"，地理上的特大地震也相伴爆发了，继松潘地震之后，唐山发生了特大地震，顷刻之间城毁人亡，煤城唐山成为一片废墟，20多万人死亡，堪称国殇。

大地震的震波殃及我的家乡长安，那一段日子逃地震是家常饭，村子里整天人心惶惶，村民们提心吊胆，家家户户都在村子周围空旷的高地搭起了抗震棚。抗震棚说起来很简单，几根碗口粗的椽搭成三道人字形架子，用绳子绑结实，两个斜面和背处三角面用芦席围着，条件好的再裹上一层塑料纸，外面再加上一层玉米秆算是保温层，棚内搭上几根横梁，架上木板，躲地震时一家人就挤在里面。我家和对门几家的抗震棚，搭在村子西边最高点的西干渠沿我们王氏家族祖坟的古柏旁。

白天，成年男女下地干活，村里剩下老人和小孩。老人烧火做饭，做琐碎的家务活，小孩观察家里吊着的白炽灯泡和悬挂在空中装着黑馍的竹篮子，看是否摆动。晚上，干了一天农活的成年男人和女人累得倒头就睡，一会儿鼾声即起。小孩胆小不敢睡，但眼睛眨巴了一天，上下眼皮直打架，不知不觉进入了梦乡。老汉老太太没瞌睡，坐在热炕上值守。老汉吧嗒吧嗒抽着旱烟，烟袋锅忽明忽暗，缕缕轻烟袅袅而起，不时在炕沿磕着烟袋锅。老太太盘腿而坐，眼睛却不敢闭，嘴里小声地念着佛。一旦发现灯泡摆动，就吆喝全家起来夹上贵重的东西，拿上现成吃的匆匆忙忙奔向抗震棚。

母亲生性胆小，遇事又爱火乱（陕西方言，意为慌乱）。"宁可信其有，不可信其无"，稍有风吹草动，她自己感到有一丝地震的迹象，就拽着我们跑出家门，奔向抗震棚。母亲唯恐我们受到伤害。

春天倒还好办，秋雨连绵的夜晚，逃地震的景象真个凄惨。那时九十月的霖雨天气，往往"淫雨霏霏，连月不开"。一天晚上九十点，灯泡忽然摆动起来了，母亲急急忙忙叫醒熟睡中的一家人。大哥、二哥不愿去抗震棚，母亲拽着睡得迷迷糊糊、尚小的我和姐姐冒着风雨奔向抗震棚。夜出奇地黑，像泼上了一层浓墨。大雨瓢泼，就像雨神用盆子往下倒，秋风呼啸，风吹雨斜，路上又泥又滑。我们来不及找雨鞋，或勾着布鞋或赤着脚片，戴上发黑的草帽，披着半片塑料纸，迎着扑面秋风，浇着冰凉的秋雨艰难地奔向抗震棚。街上其他人家都没有起来躲地震，昏暗的灯光依然亮着，风声雨声里掺杂着人们的鼾声和梦语。放在平时我断然是不敢晚上在街上走的，更不要说风雨之夜了。此时此刻，一种求生的欲望让我忘却了害怕，面对死神的威胁，风雨又算得了什么呢？

那一夜，只有我们娘儿几个是在抗震棚里度过的。

闹地震最厉害的日子，人们白天下地干活，端上饭碗在街上吃饭，晚上都住在抗震棚里。抗震棚非常简陋，往往是一家十几口人蜗居在里面，但是一家人或者几家人在一起有说有笑，倒也其乐融融、一片祥和，给人以春天般的温暖，让我们暂时忘却了地震的威胁，快乐地生活着。村里的大喇叭常常播放一些政治新闻和革命歌曲，偶尔晚上开个村民大会，传达一下中央指示，村民们又是喊口号，又是游行，那一段日子倒是挺热闹的。

度过了 1976 年，国家开始稳定了，地壳运动也进入了平静期。人们的生活一天天好起来了，日子越过越红火，地震也几乎销声匿迹了。后 20 年出生的年轻人几乎不知道什么是地震了。

2008 年 5 月 12 日的汶川大地震让我又经历了一次逃地震，不过心态平常得多了，时间也短暂多了，也不那么艰辛了。那天午后，我正在办公室里和一位老校长聊天，突然地面左右摇摆，接着上下晃动，持续了十几秒，第一时间我意识到地震了。我几乎蹦出了房间，手机断网，我立即带人通知各学校，组织师生撤离教室，把大家疏散到操场等空旷地带，清点人数，安抚恐惧中的师生，统计核实伤亡情况。当得知全街道中小学师生无一伤亡、全部平安时，我提到嗓子眼的心扑通一声，一下子放到心底了。通信恢复以后，我立即向区教育局做了汇报，请示下一步安排。

直到此刻，我开始担心起在城区教学、上学的妻儿。手机内传来嘟嘟嘟的忙音，无人接听。越是无人接听，我的心揪得越紧。一边是全街道五千多师生，一边是生命中的至亲，在地震面前我别无选择，唯一能做的就是坚守岗位，保证师生的安全。我一面工作，一面设法与妻子联系。那段短暂的时间对于我来说却是十分漫长的，犹如几个世纪一般。对亲人安全的担忧让我内心受尽煎熬。妻子迟到的电话，犹如平安落地的飞机，让我悬着的心一下子踏实了，解除了我对妻儿安全的担忧。

那几天，余震不断，好在震级很小，对我们并未造成任何损失。只是白天我提心吊胆地看着师生上课，晚上与妻儿同众多的人露宿在城市的广场。不过只有几天，很快一切又恢复正常。日子一天天过着，时间一天天流逝，一晃就快十年了。

地震虽无情，人间却有爱。逃地震的日子，让我感受到人间至爱；逃地震的日子，也让我认识到人类的乐观和豪迈。

偶尔我会忆起逃地震的日子。

一辆飞鸽自行车

"文革"后期，我家买了一辆崭新的永久牌自行车，那辆自行车让我家人在村里荣耀了一番。

那是父亲平反恢复工作和职务后，托人凭票购买的。计划经济时代，物资匮乏，不要说农民家庭没有钱，就是有几个血汗钱，没有票证紧缺商品也买不到。那辆自行车，让乡亲艳羡，让我一家人自豪，让小伙伴嫉妒，让我风光。父亲从几百里外的工作单位买回来，哥哥姐姐们出外时骑一骑。那时我很小，无缘骑自行车的，但因家里有那辆自行车就很骄傲。

小时候，我对骑自行车并不感兴趣。从小我比较自卑，胆子也小，属于农村说的"乖娃"。小学高年级时，伙伴们风风火火地学骑自行车，我怕摔着、碰着，对学自行车并不感冒。当伙伴们不少都骑自行车来往村子与集镇上时，我出门还是靠的原始的"11号汽车"——步行。1982年小学毕业时，在距家二三里的乡政府所在地的西王初中参加全乡小学毕业考试，会骑车的几个同学在老师的带领下骑着自行车去了，我和大部分同学是一起走着去的。那个年龄正浑身是劲，吃不饱，跑不乏，像半大牛犊子、骡驹一样欢实，并不觉得走路有多累，也不觉得有什么不方便。

转眼初三第二学期。伙伴们多数都能骑自行车，我依然是少数步行的另类。那时，沣河畔的东大和西留堡正如火如荼地开发地热资源，温泉刚刚兴起，人们趋之若鹜，赶着几十里去泡温泉浴，也享受一下唐明皇和杨贵妃的待遇。周末，同学们相约一起去见识一下温泉，我不会骑自行车，自然无缘同去，不免有些失落，有些落寞。于是我下定决心，一个月内一定要学会骑自行车。

一个月我学会了骑自行车。春风荡漾的4月份，每天下午放学后，我推着家里的旧自行车，在镶嵌绿海中的乡间小路上溜，在残红的夕阳里骑，在春燕叽叽喳喳的归巢声中倒地，在蜜蜂、蝴蝶和黄灿灿油菜花的分手之际又爬起再骑上。周日下午，学校的土操场上，跌满我酸腐的汗水，砸起了一朵朵花儿。拍打着满身的尘土，擦擦兵马俑似的泥脸，斜阳把我的影子拉得老长老长。功夫不负有心人，我终于和同学们一样可以骑着自行车出行了。我像一只刚会飞的雏鸟，快乐地振翅飞翔在乡村间。当年的中考，我是骑着自行车去十中考点的。我是带着欣慰，带着喜悦，带着自豪去的。

能有一辆属于自己的自行车是我最大的心愿。也许是命运的捉弄，也许是自己肤浅，我没有荣光地考进县里的重点高中。灰白的8月末，我踏进了一所乡村的普通高中。学校离家七八里，平时食宿在学校，周五下午迎着落霞回家，周日下午踏着夕阳到学校。那时乡间都是土路，也不通小公交，来回靠的是两条腿。住宿生每月都要给学校学生灶交麦子，换饭票。晴日倒也方便，遇到9月、10月霖雨天，上学要蹚着泥泞，更糟糕的是麦子没办法交上，只能向同学借饭票。借的次数多了，自己就不好意思再开口了。走公路，要绕好大的圈子，没有自行车实在不方便。有一辆自行车多好啊。

那年寒假，我如愿以偿，有了一辆飞鸽牌自行车。寒假，父亲回来商量他退休由谁接班顶替的事。那时两个哥哥已分家另立门户，大姐也已出嫁，二姐待嫁。我横下心把当工人的机会给了初中毕业的二姐，同时也把自己逼到了读书考学的独木桥上。对我来说，不再当农民唯一的出路就是考学。我借机向父亲提出了要一辆自行车的请求。父亲慷慨地答应了我的请求，把家里新买的一辆飞鸽牌自行车给了我，也算是对我的一点点安慰。

那辆飞鸽牌自行车，陪我度过了高中和师范生活。80 年代中期，一个农村高中生有一辆飞鸽牌上海造的自行车是很荣光的事。每周五下午放学，我就骑着那辆飞鸽牌 28 型自行车，和沿路的老师、同学结伴而行，心里不仅洋溢着满足感，也泛起虚荣的涟漪。周末又骑着自行车带些母亲烙的锅盔馍，月末还要驮着一袋麦子奔向学校。那辆飞鸽牌自行车，陪我风里来，雨里去，寒来暑往，斗转星移。后来母亲患冠心病，近两年的时间，是在接班的二姐那里调养。其时父亲也被单位返聘，我很少回家。高三之后上灶交钱，不用交麦子了，那辆自行车也就很少有用武之地。我把它抹得净净的，擦得亮亮的，放在学校的车棚里，存放在房东家楼下。高考失利，我被录取到县城的一所中等师范学校。我带着破碎的梦想，无奈地踏进师范的校门。为了不再当农民，我已别无选择，只能逼上梁山了。那辆曾经沉闷了多时的自行车，却焕发出激情，又有了用场。

也是那辆自行车，载着我不断地进修学习。参加工作担任初中语文教学，我觉得自己学历低，难以胜任工作，通过第二年春天的成人高考，我考取了电大，周末、寒暑假参加中文专科学习。三年中，无论周末，还是寒暑假，无论天晴还是下雨，无论寒风还是下雪，从不间断。春天，自行车和我沐浴着绿色的春风；夏天，自行车和我迎着火红的骄阳；秋天，自行车和我踏着金黄的落叶；冬日，自行车和我踩着晶莹的白雪。30 多里路上，洒下我的汗水，留着自行车的辛劳。

有一年冬天大雪拖拖拉拉，时下时停，持续一个多月。柏油路上一层厚厚的冰溜子，月余不化，苦了我和自行车，稍不留神就摔倒。人穿得厚，倒不大要紧，自行车碰的浑身是伤疤。看着老伙计，我又心疼，又无奈。老伙计一声不吭，从不罢工，载着我一如既往。

我工作变动，那辆自行车也就歇下了。我把它送给了一位亲戚。记得那天，我把那辆飞鸽牌自行车洗得干干净净，擦得锃明发亮，绑上红绸子，像安排自己的兄弟一样，郑重地把它托付给那位亲戚。年里节里见到亲戚，我每每会问起自己的老伙计的近况。

不知那辆自行车现在在哪里？也许老伙计躺在谁家仓库里，也许睡在哪个废品站，也许已成了另一辆新自行车的一部分。

如今，我常常梦见那辆飞鸽牌自行车。那辆飞鸽自行车，载着我走过了一段时光，记录着我的一段生活，陪着我一起与命运抗争，也是一个时代历史的见证者。

老伙计，我好想你。

看水泵

前些天回老家，目睹罕见的干旱席卷村庄，让我不由得想起小时候看水泵的事情来——

20 世纪 80 年代初，土地分到每户后，农民的劳动积极性像七月的沣河水一样空前高涨。浇地、割麦、碾场再也不用队长安排了，各家都自己操着自己的心，哪里痒，就在哪里挠。啥时间该干什么农活，当家的男人早早地就眼睛里看着，心里吃算着，脑子里筹划着；锄地、上粪、搬苞谷，再也不用队长使劲敲破钟，扯破嗓子吆喝了。天刚麻麻亮，农民们就肩扛锄头、拎着铁锨一路小跑着朝地里奔去。农活紧时，秋夏两忙，全家老的少的大的小的齐上阵，就连婆娘女子，也一个都不落下。我家，我也算一个。浇地时，大人们修沟、浇水、拨水，上初中的我的任务，就是看水泵了。

冬春季节，浇麦子时看水泵，还是比较可心的活。在机井旁，或坐或站，累了还可以躺在架子车的车厢里。冬天，听着水泵马达的演奏、流水哗哗的伴奏，倒也不孤寂。天寒地冻，麦子稀疏，还苫不住地，田间裂开了无数纵横交错、长短不一的缝子。虽然麦叶蜷缩，叶尾卷黄，麦秆干瘦，举目满眼碧玉，放眼一片瘦绿色海洋，眼睛不觉困乏，人也不感无聊。初春，听着水泵马达欢乐的歌声，伴着流水明快的吟唱，间或帮大人拨拨水、修修渠。水过之处，绿柔玉润，麦海像一个顽皮的男孩迎着春阳，追逐着春风。看水泵的我，人和心一起浸泡在绿海和春光里，一不小心竟忘记了自己。一时兴起，哼上几曲港台歌曲，也有滋有味。

初秋时节，灌溉苞谷时看水泵就是苦差事，特别是晚上那还是闹心事。仲秋正是"秋老虎"肆虐之际，静静地待在房间里啥也不干，浑身也汗渍渍的。齐胸高、密密麻麻的玉米，个个精神萎靡，在玉米行间的大人戴着草帽，搭着毛巾，又是拨水又是修渠修水路，来来回回地跑动。一向不喜欢戴草帽又不耐热的我，浑身燥热，在井台旁站也不是，坐也不是，更不要说躺了。等苞谷"抱娃"，浇地时热得更难受。此时苞谷高过人头，人在苞谷林中穿梭，一阵风起，叶子哗哗作响。一不小心，苞谷叶子划过胳膊，立马留下一道鲜红的划痕，汗水浸入划痕处，一阵阵灼热，一阵阵酸疼。往往一天下来，胳膊上鲜红的划痕累累。晚上看水泵，一个人待在井台旁，又害怕，又寂寞，实在难熬得很。若是晴朗的夜晚，还有明月、繁星相伴，寂寞了还可以仰望夜空，数着星星，追着月亮，还可以和眨着眼睛的星星对话，逗玉兔玩，和吴刚举杯对饮，和嫦娥姐姐聊聊天。但若是阴沉的夜晚，望着愁容满面的夜空，实在是百无聊赖，这时如果起风了，风吹苞谷林，风声鹤唳，一个人待在井台旁，心揪作一团，小时大人哄吓小孩的那些神鬼故事立即闪现在眼前，似乎苞谷地里一下子会冒出一群红发青面獠牙的鬼魅或者妖怪，顿时心里发毛，头发几乎竖起来，冷汗一身。每当此时，我仰起头，伸长脖子，放开嗓子，没头没尾吼起了秦腔，立刻增加了胆气，恐惧也缓解了许多，渐渐地也不知道害怕了。人多是自己在吓自己，因而常常需要自己给自己壮胆。

地浇了水，庄稼茂盛了。人的心也有干旱的时候，也需要浇浇水。人的精神、人的信仰也有干渴的阶段，适时浇浇水，补充一下水分，人就会活得更充实，活得更愉快，一路向前走下去。

啃骨头

说起啃骨头，在一般人的印象里那是狗的事，人吃过肉把骨头留给狗啃，让狗也开开洋荤。现在城市里的狗待遇也提高了，有人把狗当儿子、女儿养，狗不仅不用啃骨头了，而且吃香的喝辣的，还狗模人样。人啃骨头（不是现在的排骨肉），不仅城市出身的人觉得滑稽，即使现在生活在农村的小孩也会把它当笑料。但是对于上世纪六七十年代的农村人来说，啃骨头有着好多故事和太多的记忆，常常令人回味，总有一种说不出、道不明的味道，有苦涩，也有甜蜜，有辛酸，也有幸福。

那时，整个国家物资贫乏，农民的生活就更艰苦。平常人家一年四季很少吃得起肉，要么是过年、过会，要么是家里给公社交了生猪后才能吃上一顿肉。对于我们小孩来说，这些日子不仅可以吃上一顿肉，满足一下久未沾荤腥的干涩的肠和胃，解解馋，而且还可以美美地啃上一顿骨头。那时我们盼着天天过会、过年，盼着圈里的猪娃快快长，天天给公社交生猪。

宁穷一年，不穷一节。风里来，雨里去，水里蹚，泥里爬，辛辛苦苦了一年的农民，平时过得再清苦，年、会上却要穷大方一回。那是农民的脸面，也是农民的希望，更是农民对未来的憧憬。再说了，过年、过会，家里要来亲戚，不能让亲戚看不起。平时把钱串在肋子上舍不得花，一个钱恨不得掰成两个用，只有过年、过会才狠下心，跑到公社花钱割上几斤猪肉和几斤猪油。

啃骨头是我们最奢望的事。母亲把肉洗得干干净净，肥的切成大片，待亲戚时要给五碗菜扇面，五花的和瘦的剁成小方丁，做臊子。母亲在案板上边切边嘟囔卖肉的，为肉骨头多而愤愤不平。斜靠在灶房门框的我看着母亲切肉，听着母亲嘟囔，暗自偷着乐，这下又有骨头啃了。母亲在灶膛生起火，我抢着拉起风箱，母亲挥动铁铲翻炒着，灶膛里的火苗呼呼升腾，映红了我布满笑容的小脸。一会儿满屋飘浮着诱人的肉香，我深深吸了一大口香气，顿时口舌生津，不断地咽着唾液。母亲用铁铲挑起一块肉，递到我面前，让我尝尝是否熟了，算是对我拉风箱的奖励。母亲把肉盛出来，拣出骨头，分给我们。我一手端着粗瓷碗，一手抓起冒着热气的骨头，就往嘴里塞，烫得舌头来回翻卷，疼得不得不把骨头又吐了出来。一边吹，一边从肉厚处啃起。啃完，又啃骨缝里的肉，用嘴吸、用牙撕，用筷子捅，甚或用石头砸，比狗啃过的都干净，不留一丝一点肉。肉啃完了，还不舍得把骨头扔了，砸碎，反复在嘴里嚼，嚼碎后咽下去，就是舍不得那一口肉香。这时人的动物性和贪婪的本质也就暴露无遗了。啃骨头的那种爽劲，甭提多受活了，那时我觉得自己是世界上最有口福的人。

啃骨头也有辛酸事。隔壁张婶家三个男孩子都小，不懂事，贪吃又淘气。一次过会，张婶炒好肉，把骨头给儿子啃了，把肉盛到瓦盆藏在瓮里。晚上大人睡了以后，几个孩子蹑手蹑脚，翻箱倒柜，像狗一样循着肉味，找到了盛肉的瓦盆，三个小老虎像吃蠓虫一样，一时没禁住嘴，顷刻间把炒好的肉吃得所剩无几。老大猛地一抹嘴，"不好，明天还要待亲戚"。哥儿几个傻了眼，一个个眼瞪得像牛铃，相互埋怨。最后订下攻守同盟，谁也不说，悄悄又睡去了。第二天做臊子时，张婶发现肉几乎没了，气得号啕大哭。几个孩子一看这架势吓坏了，像霜打了，耷拉着脑袋踅摸到母亲跟前。

张婶如梦初醒，拎起笤帚把几个孩子美美地收拾了一顿。几个孩子哭天喊地，人听了心不忍见。最后张婶不得不炒了几个鸡蛋，弄了一顿素臊子面，招待了亲戚。至今想起这件事他们的心还隐隐发疼。

啃骨头也有趣事。对门李嫂家中经济拮据，既啬皮，又是个马大哈。一年给公社交了生猪，割回一点肉炒好，把盛肉的粗瓷碗放到厨房拐角储藏杂粮的瓷缸里，怕热，没盖缸。原本想着细水长流，能吃上一个星期。谁料到，当天晚上让老鼠饱餐了一顿。第二天做午饭取肉时，才发现忘了盖缸，肉碗里只剩下残渣和一片老鼠屎、尿、爪的污迹。李嫂直挠腿，怪自己粗心。半年才能吃上一次肉，结果让老鼠抢先了，肠子都悔青了，还遭到了老公一顿臭骂和拳脚，引来乡党一场哄笑。李嫂气得睡了几天，两口子也因此闹离婚，一个多月家才恢复了平静，好端端的一个家差点被毁掉了。

啃骨头的经历，现在对我们来说已经是一种财富，正是这些财富让我们更加珍惜当下的幸福生活，憧憬未来的美好生活，激励着我们去实现中国梦，精彩地活下去。

表叔家的草莓风波

眼看着一棚一棚的章姬、红颜和点雪奶油草莓开始由绿变白，像新生的婴儿水灵灵的、泡露露的，几乎一天一个模样。再过个把月就要过春节了，大棚里的草莓也该上市了。看着这一棚一棚长得心疼的草莓，表叔嘴角闪过一丝微笑。但很快又像大棚外的天气一样，寒冷僵硬。表叔怎么也高兴不起来，心里七上八下，对今年的草莓销售和价格实在是心里没底，并且隐隐为草莓销售而担忧和揪心。

表叔所在的灵沼街道官道村，是长安区闻名的草莓种植专业村。上世纪90年代中期，就因开始种植露天草莓让村民摔掉了穷帽子而享誉古城。本世纪初的几年，村民们跟着浙江人又种起了大棚草莓。大棚草莓又让官道村不少家有了小汽车，有的一家甚至有两辆小汽车。

表叔嘴里哑着好猫烟，在大棚前不安地来回走动着，喷出的烟圈和呼出的气在头顶盘旋环绕着。这时，小表弟开着"四环素"奥迪来到了草莓园。看到表弟，表叔气就不打一处来。最近别人家不是忙着给大棚增温，就是忙着在西安、咸阳、渭南、汉中跑市场，而表弟除了偶尔到大棚里看看外，每天就守在电脑旁，不知忙着什么。"浑小子，眼看着草莓就要上市了，别人忙着跑销路，你是不是等着今年的草莓也像隔壁你张叔家去年一样贱卖、烂掉！"表弟笑嘻嘻的，一声不吭。表叔越发来气了，鼻子不是鼻子眼不是眼，像吃了炸药，立即火冒三丈，瞪着眼睛骂道："你是等着电脑给你卖草莓！"表弟却不急也不恼，不紧也不慢地说："是的，爸您放心……""放你娘的心……，我看你小子就是不操心……"表叔正骂之时，表弟已钻进了车，一踩油门，一溜烟地回家去了。寒冷的大棚前，留下表叔一个人独自生着闷气。

中午回到家，看到表弟还在电脑前，表叔还未散尽的气又迅速聚起来。从前屋转到后屋，从楼下转到楼上，横挑鼻子竖挑眼，弄得表婶六神无主。表婶一看就知道老头子是和儿子生气呢，麻利地炒了几个小菜，拿出了女儿过会送来的一瓶六年西凤。表叔一边喝着酒，一边嘟嘟囔囔："有你们吃的就有我吃的，我该吃就吃，该喝就喝。草莓卖出去，卖不出去，我不操闲心。"筷子高高挑起一条燃面，嘴里伴着噗噗的响声，美滋滋地吃着，好像故意气谁似的。这已是表叔家围绕草莓发生的第三次风波了。

去年，为了是否给草莓喷膨大剂和催红剂，父子就发生了一次风波。这几年大棚草莓价格不错，收入也很可观。但是同样的大棚、同样的品种，外地人总是挣得罐满盆溢，收入比自己家多好几倍。表叔父子想不明白，为什么自己家一年三四茬子草莓，每茬的产量都比别人低，色泽也不如别家。还是表弟脑瓜子灵活。初冬，当大棚里第三茬草莓白里泛黄的花儿绽放，嫩绿草莓米粒大的时候，他就把自己裹得严严实实，整天蹲在外地人的大棚外，偷偷看人家有啥绝活。发现别人家在正午时，总要给草莓喷上一次膨大剂药水，还发现草莓上色的时候，又天天喷催红剂药水。怪不得人家的草莓又大又红，晶莹剔透。

去年，表弟背着表叔早早就买回膨大剂和催红剂，但是表叔死活也不让用。那段时间表叔就像月嫂照顾产妇一样，精心侍弄草莓，哪里也不去。一天，表叔到街道上理发回来，正好表弟正偷偷兑药水，准备喷膨大剂。表叔手疾眼快，夺下药筒，全倒了，还狠狠地打了儿子一巴掌，并逼着表弟把膨大剂和催红剂全销毁了。为此，表弟两口子好长时间都不理睬表叔。

用了膨大剂和催红剂的草莓不仅味不纯正，而且保存时间短，容易腐烂。原来的回头商买走了第一批草莓，就再也不来了。好多草莓种植户草莓滞销、贱卖甚至烂掉，唯独表叔家的草莓销售一直不错。儿子夫妇才理解表叔所说的"做人不能做缺德事，不能让人背后指脊梁骨，骂先人"。父子的矛盾才消除了，儿子、儿媳妇也从心底里佩服表叔，表叔也因此常引以为豪。

草莓尖一天一天开始上色，从尖开始一天天变红。表叔的脸却一直阴郁着，见不到半点微笑，就像别人掰了他的黑馍边边。回到家总是施凶拌气，敲桌子拍板凳。正当表叔熬煎时，这天来了好几拨客商，直奔他家草莓园，儿子早早就组织隔壁四邻的妇女，进大棚采摘草莓，表叔的脸一下子就像雨后的天空，晴空万里，开满了灿烂的草莓花。不到一周时间，几大棚草莓销售一空，今年又美美地赚了一笔。

表叔非常纳闷，客商怎会如期而至？当听到表弟说是在网上销售的时，表叔一脸窘态，对着儿子、儿媳憨憨一笑。"怪不得儿子老坐在电脑前……"表叔自言自语。然后哼着秦腔"后帐里转来了诸葛孔明"，走出了家门。

当初是否种大棚草莓，父子也发生过争吵。那时表弟刚刚高中毕业偏偏要种大棚草莓。表叔不同意，觉得投资高，风险大，弄不好就把前几年挣下的都搭进去了。因此，表叔家发生了不小的风波。表弟煞费苦心，又是带回好多资料，又是找亲戚朋友劝表叔，又是骑着摩托车带着表叔到大棚草莓基地参观。表叔家才开始种起了大棚草莓。

正月十五刚过，表叔又天天往草莓园跑。不过他已不管多少事了，而是做了儿子的帮工，整天乐呵呵的，时不时还会吼上一段秦腔乱弹。

听，表叔又唱起来了，"郭子仪坐堂前……"那一声声慷慨激昂的秦腔和正月的欢乐气氛盘桓在草莓园上空。

喜婶的房梦

喜婶今天搬进了环境优雅的兴隆社区漂亮高层里，这是她这辈子做梦也想不到的事。

兴隆三星安置社区不仅色调古朴，楼间距大，采光好，绿化美化也不错。今天阳光灿烂，天蓝云白，一扫前几天的雾霾，远处苍翠的终南山十分清晰，空气格外清新，喜婶的心情格外好。看着窗外，葱绿的草坪，错落有致的雪松、翠竹、桂树……绽放的紫色玉兰花正对着喜婶微笑，一对喜鹊在杏黄的迎春花枝头"喜事到，喜事到"不停地向喜婶道贺。喜婶激动地流下了一行热泪……

喜婶的娘家在秦岭深处秦头楚尾的白河县，早年间那里穷山恶水，喜婶从小吃不饱穿不暖，一条裤子姊妹几个换着穿，她20岁就嫁到了长安兴隆乡西甘河村，丈夫外号老憨，虽少言寡语，但是心灵手巧。喜婶平时爱说爱笑，爱唱爱跳，所以大家都叫她喜婶。

唯成分的年代，憨叔家是地主成分，他弟兄们又多，眼看着二十七八，在当地就是定不下媳妇。这下可愁坏了大鼻子三爷和大脚三婆，熬煎得吃不香睡不眠，只好四处托亲戚朋友，在陕南陕北给大儿子找媳妇。

喜婶嫁过来时，憨叔家房子很小，两间土木结构大房，一开间大鼻子三爷和大脚三婆住兼做厨房，另一开间憨叔喜婶住；两间厦房四个小叔子两人一间。眼看着喜婶的几个孩子一天天能到处乱跑了，四个小叔子也一个一个墙高了，马上要相继成家了，住房实在成问题。给老二、老三说了一个媳妇，一背见（陕西方言，意为第一次见面），姑娘还基本满意，但等人家到家里一看，就全黄了，嫌家里弟兄们多，嫌没房。适逢改革开放，憨叔农忙时帮喜婶种地，农闲时在西安打工，干建筑活。喜婶在家操持一大家子的吃穿，管了老的看小的，还要操心四个小叔子。憨叔、喜婶受苦巴力，东挪西凑，黑不当黑，明不当明，总算盖起了一院子砖木结构的瓦房，终于有了一个自己的家。

长兄为父，长嫂比母。憨叔、喜婶不仅要操持自己的小家，还要帮衬几个小叔子。帮着大鼻子三爷和大脚三婆给四个兄弟先后娶了媳妇成了家，盖了房。憨叔在乡间做些小生意，后来干脆和同村的几个人推着架子车在西安城里收起破烂来。苦是苦了点，说脏也很脏，又不受城里人待见，但是钱挣得还可以。三个孩子相继上初中，喜婶也腾出身子，在街道上盘下三间门面房，开起杂货铺，卖起土产和农杂品来。喜婶里里外外，一个人整天忙得像鬼吹火，进货时就让大鼻子三爷和大脚三婆给招呼一晌摊子。进货的路上，或店里没有顾客时，喜婶哼着汉调二黄《春秋配》"羞答答出门将头低下……"，忙中寻乐，苦中找乐。

十年下来，除了供三个儿女上学，还积攒了不少钱。喜婶大女儿中师毕业当了教师，大儿子美院研究生毕业在西安工作，二儿子高中毕业在西安打工。儿女相继成家，生了小孩。2006年，喜婶和憨叔把家里翻了个过儿，盖起了三层小高楼，像城市人一样，拥有宽敞的客厅，雅致的餐厅，几个独立的室内卫生间。喜婶还养了不少盆花，粉白的月季、火红的杜鹃、造型各异的绿色盆景……

前几年，农村60岁以上的老人有了养老保险，又实施了农村合疗，大病有保险，慢性病也报销。但喜婶还是闲不下，儿女为了让辛苦了一辈子的父母享享清福，硬是"逼"着喜婶把街道的杂货店给了别人。为此喜婶和女儿、儿子闹了好长时间别扭。

前几年，省、市引进三星电子，喜婶家村子整个拆迁。喜婶家获得几十万元补偿款和两套三室两厅 100 多平方米的安置房。在外过渡的两年，喜婶和憨叔在儿女那儿住得很不习惯，喜婶说"金屋银屋，不如自己的烂屋"，天天盼着回迁。去年三星部分企业开始投产，喜婶的二儿子被招进企业当了一名工人，儿媳在一家企业做保洁。暑期分了房，花了十几万元装修了一番，晾房通风了一段时间。三星兴隆社区建起了现代化的 24 个班的小学、18 个班的初中，三个小区分别建了一所幼儿园和社区服务中心。开春，喜婶就张罗着搬回自己家，今天终于乔迁新居了。

喜婶每天送孙子到幼儿园后，就来到健身广场，又是唱又是跳。她见人就说："逢上好时代了，现在日子太滋润了，自己要好好健身，争取活到一百岁，好好享受享受。"

喜婶兴高采烈地又唱起了秦腔《火焰驹·表花》："什么花开火红样……"

张三老汉逛长安

春风柔柔地吹，春雨细细地下，春阳软软地照。时序阳春三月，不知不觉长安已万木葱茏，春意盎然。

彤红的朝阳刚刚探头，张三老汉已沿着山村边转了一大圈。终南山苍翠欲滴，清泉石上流，绿树村边合，小山村如同种在绿树丛中。雨后的空气非常清新，混着绿树清泉野花的味道。大病初愈的张三老汉感到格外轻松，十分舒心。匆匆吃过早饭，乘车要去韦曲转转。他已一年多没去韦曲了，今天是周日，他很高兴，领着上小学三年级的小孙子要好好逛逛。

车外，无论城区还是乡下街道，无论老城区还是城市新区，无论大街还是小巷，无论大型广场还是微型广场，春风里到处绿树成荫，繁华处处，绿地点点，鸟语花香。

坐在班车上，张三老汉一边轻轻摇头，有节奏地晃动身子，有滋有味哼着秦腔"焦赞传，孟良禀，太娘来到……"，一边仔仔细细看着车窗外的城区。孙儿小军口里噙着棒棒糖，双手托着下巴，目不转睛地盯着窗外，不时用小手指指着，"爷，看……"。郭杜新城区和常宁新区，一条条宽阔的街道，干干净净，几乎能照出人影。交通指示双黄线，白色实线、虚线，斑马线，非常清晰，像给城市扎上了一条条领结，让城市更有中世纪欧洲骑士的风度。黄黑相见的道沿，如同城市时尚的皮鞋，城市显得更加风度翩翩。路边树青、草绿、花红，柳条沉醉在春风里，轻盈地舞动着绿裙翩翩起舞。国槐的枝叶沐浴在阳光里，尽情地吐绿显美；银杏叶儿浸润在清新的空气中，轻快地奏起美妙的交响曲；法桐沉浸在春光里，肆意地舒展着身子。一群身着黄色职业服的城市管理人员像美容师一样，正在松土、除草、补栽绿化、浇水，要把城市打扮得再漂亮些。

走在南北东西长安大街，张三老汉有些不敢相信这就是韦曲。两边建筑立面干净，牌匾典雅大方，灯箱整齐划一。别致新颖的路灯，典雅的垃圾箱，洁白的隔离护栏，黄黑相间的路沿，干净整洁的路面，无不给人以美感，无不给人以享受，仿佛行走在秀丽的南方城市。雪松、银杏、法桐、女贞、红叶李，形态各异，错落有致。一簇簇、一束束、一串串色彩艳丽的花朵竞相绽放。街道上穿着时尚的行人，在春风里边走边聊。一群群戴着红袖章的人，擦洗着路旁的灯杆和垃圾箱，清扫着偶有的垃圾，弯腰捡拾着烟头，提醒行人爱护城市，文明出行。张三老汉几次想抽烟，把旱烟袋取下来，还是忍住了，又别在腰上。看到小军悄悄地把吃过的小食品塑料袋扔进了垃圾箱，他会心地笑了。

走进长安广场，六根石雕圆柱列队相迎。"一支笔"主题建筑在春光里熠熠生辉，格外引人注目。下了几级台阶，便是半圆的健身广场。许多年轻的父母领着小孩在玩，滑旱冰的滑旱冰，玩风车的玩风车。小军也跟着疯玩了一阵，大汗淋漓，湿透了衣衫。一群大妈随着音乐声一起一伏、一扭一转跳着广场舞。两层八角台级，八座二龙戏珠浮雕，把"一支笔"直插蓝天。大型浮雕"长乐万岁，永保国运"再现了汉代雄风、盛唐繁荣景象。高高低低、大大小小的绿树下各色鲜花争先绽放。东边"思想者"雕塑旁，一群女人随着音乐，边歌边舞，四周围满了人。和谐亭内，老年自乐班唱起了高亢激昂的秦腔。张三老汉喉咙也痒痒的，挤进人群毛遂自荐，来了一段秦腔《单骑入险》："严霜降天地寒一片阴暗……"小军带头鼓掌，小手都拍红了，隐隐有些痛。张三老汉过把秦腔瘾之后，爷孙俩继续逛着。

听说清凉山森林公园非常漂亮，张三老汉今天一定要带孙儿去转转。踏上入口台阶，迎面一排四个高大的隋阙，各阙四面浮雕展现着隋唐城市、建筑、政治、经济、天文、佛教最高成就。大兴湖，水碧波清，一群家长和小孩泛舟其间，岸边高高矮矮各种树木环绕，微风拂柳，碧树轻摇。昏黄的夕阳下，湖中安济桥的浮影格外清晰，湖面金光、绿树、人影交相辉映。隋文帝广场上，隋文帝雕塑立马远眺终南，酝酿着一场巨大的改革。辛亥先驱井勿幕，静卧清凉山，目睹长安变化，含笑欣慰。林下树间的草地上、散落的石头上，一对对年轻的情侣、夫妻缠缠绵绵，一个个小孩依偎在父母的怀里。不少风筝爱好者牵着线，随着风筝在蓝天里翱翔，他们的心情也放飞了。张三老汉给小军买了一只风筝，陪着孙子放起了风筝，他比孙子还高兴，就像一个老顽童。公园西北角，清凉寺上殿的鼓声敲响之后佛音渺渺，禅意浓浓。一阵阵兴奋、喜悦漫过张三老汉的心头，他像喝了西凤酒一样爽，竟然高兴地唱起了秦腔衰派老生刘毓中的拿手戏《空城计》："某当年卧龙岗散淡高隐……"

这几年，长安不仅城区条条干道有休闲小广场，乡下干道也处处可见小广场。从东向西，雁引路与环山路、太乙宫环山路、长安大道与环山路、子午大道与环山路、西沣路与环山路、西太路与环山路十字、秦岭长安各峪口都有小型休闲广场。一个广场一个主题、一个特色，个个小巧精致，典雅古朴。亭子、长廊、石桌、石凳，竹林、雪松、银杏、广玉兰、紫玉兰、白玉兰、石楠、紫藤、绿草……不少村子也大搞绿化美化，建了不少乡村文化广场。

张三老汉每天在村口子午峪口广场、子午大道与环山路广场，唱秦腔，活动活动老胳膊老腿，不亚于城里的退休干部，舒坦得很。

张三老汉逢人就说，这几年长安天蓝了，山青了，水秀了，空气也清新了。春节过后，市里区里又提出建设"品质西安"，提升城市管理水平，建设美丽乡村。长安城乡环境又有了大提升，干净整洁成为常态化，城乡亮丽，城市管理精细化。

　　张三老汉活得非常舒心。用他自己的话来说："我是老来福，逢上好世道了！"

第三辑

河西走廊的风

河西走廊的风真大，一刮起来就停不下来，没有一丝一毫的疲倦，没有一点停下来的意思。

第一次穿行在河西走廊，这里的风就给人来了个下马威。太阳白花花照得人睁不开眼睛，风呼呼刮着，带着响亮哨子。风不仅来势凶猛，而且持续时间长，从长安刮到中亚、欧洲，从汉代刮到今天。

车驶出兰州，越过黄河，告别干枯焦黄的乌鞘岭，一路西行，进入狭长的河西走廊。遥望南面，祁连山和阿尔金山绵延千里，一路逶迤前行，顶上是常年不化的洁白积雪。举目远眺，北边马鬃山、合黎山和龙首山光秃秃的，满目苍凉，隐隐听到漠北两千多年前匈奴的铁蹄声。车行半小时后，河西走廊豁然开阔起来，顷刻间"大风起兮云飞扬"。风很猛烈，高大的白杨在劲风中起舞，低矮的庄稼在西风中抗争，稀落的村庄在烈风中歌唱。

河西走廊在甘肃西北部，得名因在黄河以西，两条山系夹峙，西北—东南走向狭长的堆积平原就像一条长长的走廊，所以也是一条风道。走廊东部常年以西北风为主，民勤县素有风库之称；走廊西部嘉峪关以西的玉门、敦煌等地，常年以东北风和东风为主。西北风和东北风在河西走廊撕咬、融合。河西走廊历代均为中国东部通往西域的咽喉要道。

在河西走廊，耳旁回荡着带着血腥味的历史之风。看，手持汉节的张骞带领着 136 人，走进了河西走廊。张骞被匈奴扣留囚居十年，然他"不辱君命""持汉节不失"，伺机逃脱，历经千难万险到达大月氏。听，未央宫里雄才大略的汉武帝拿出虎符，一声令下，李广、卫青、霍去病率大汉铁骑，挥师河西走廊，驱逐匈奴，设置武威、酒泉两郡，后又分设张掖、敦煌两郡，史称河西四郡。打通了的走廊把东西方紧紧连在了一起，中国风一下子刮到了中亚、西亚和欧洲。

历史的风不全是血腥味，也有平和的风。看，印度高僧鸠摩罗什一心弘扬佛法，离开印度菩提树下一路东行，从西域进入河西走廊，被凉国大军所掳，滞留凉州十数年。然法师佛心不改，一路弘法至长安，在终南山下结草庐悉心译经。瞧，玄奘大师正冒着生命危险，一心寻访佛祖，虔诚决然地行走在河西走廊的风里。历经"九九八十一难"终于到达那烂陀寺，觅得佛教真谛，满载而归。

河西走廊是中西文化的黄金通道。汉唐"丝绸之路"经这里通向中亚、西亚，最终到达欧洲。季羡林先生曾说，中国、印度、希腊、伊斯兰四个文化体系，汇流的地方只有一个，就是中国的河西走廊敦煌和新疆地区。东西方文化风在此交汇，东西方思想在此撞击、融合，产生了新的火花，互相影响，取长补短。正是河西走廊的风，让中国走向了世界，也让世界走进了中国。

波斯传教士阿罗本风尘仆仆地走进河西走廊，把景教（基督教）传入中国。一场欧洲风刮过河西走廊，刮到了唐都长安。得到太宗皇帝的许可后，聪明的传教士们引用了大量儒道佛经典和中国史书中的典故来阐述景教教义。一百五十多年后，景教在大唐国土上同佛教一样流行。这一切，被镌刻在石碑上，成为历史永久的记忆。

意大利人马可·波罗兴冲冲地带着罗马教皇的复信，来到繁华富庶的东方之国。沐浴着河西走廊的风，他甭提多么兴奋，多么激动，多么喜悦。中国之行的所见所闻，激发了他满眼的惊奇和满心的欢喜。回到故国，他用一本《马可·波罗游记》，在欧洲掀起了一场持续几百年的中国风。

高速路边休息区里，遇到一群金发蓝眼高鼻的马可·波罗的后代们，嘴里哇里哇啦说着，手里的相机不住地拍着。儿子过去交流后得知，他们是一群社会活动家，正沿丝绸之路探访呢。

沿着河西走廊的风，我们依然西行。

马可·波罗的后人们，依然在风中东行。

阳关遇故人

驻足被历史湮没的阳关古道，手抚书写着血红"阳关故址"的石碑，沐浴着大唐金色灿烂的阳光，仰望宝石蓝的天空，呼吸着充满历史气息的空气，我一下子就穿越到了 1300 年前的盛唐，某个流火七月的晴日。

看到一个个熟悉而又陌生的面孔，听到一首首既熟稔又新颖的西域音乐，欣赏着一曲曲既清晰又悠远的飞天般的胡舞，驼铃声声，马蹄噔噔，羌笛悠悠，不同服饰、不同长相、不同语言的商旅来来往往，不少波斯商人夹杂在商流中……

阳关因在玉门关之南，故名阳关，是丝绸之路南线连接中原和西域的最后一个关口。唐代高僧玄奘印度取经归来，就是从阳关入关，一路回到长安城。许多边塞诗人，从军安西都护府和北庭都护府，多是从阳关走出的。西出阳关，身后是肥沃的中原厚土，先进的铁器农耕，桑麻、丝绸，茶叶、瓷器，以及唐诗。眼前将是茫茫沙漠戈壁，大片草原成群牛马，地毯、骆驼，杂技、魔术和舞蹈。西出阳关，割舍不下的是大唐辉煌，无法面对的是西域的荒凉。西出阳关，放不下的是亲情，落入的将是寂寞与冷落。

走出阳关，踏上春风不度的土地，不仅意味着背井离乡，意味着异域孤独，更意味着归期无期，终老他乡。难怪王右丞发出了"西出阳关无故人"的慨叹。

放眼西望，黄沙漫漫，戈壁茫茫，不远处现存唯一的一座残破的烽火台，孤寂地守在故址之上，斜阳照黄沙，苍凉悲壮。少得可怜的几株芨芨草，几簇骆驼刺，被遗忘在黄沙与戈壁里。悲凉顿生，胸有些闷，就连出气都有些困难。转身东看，干涸的河道旁闪现一处绿洲，我定了定神，咦，那不是传说中梦寐已久的大漠胡杨林。我精神为之一振，心生出一丝惊喜。干涩的眼珠，像点滴了视力宝一样，润泽舒服。大漠不全是荒漠和苍凉，也有绿色和生机。

恍惚间，看到了大诗人岑参随一队唐兵正出关。这已是诗人第二次走出阳关了。想当年充军安西，赴高仙芝幕府掌书记事，满怀豪情，胸存大志，欲建功立业。不怕塞外风沙遍地、天寒地冻，激情似火，然而壮志未酬，悻悻而归。几年小闲官颠沛流离，幸遇北庭都护封常清赏识，受邀再次塞外从军。出阳关时他既有受宠的喜悦，也有塞外军旅环境的隐忧。然而诗人此行又未实现自己的理想，终生不得志。关外的军旅生涯，虽然没有让他建功立业、封王觅侯，却成就了他在唐代边塞诗歌中的崇高地位。是悲是喜？与他个人来说也许是悲，对于唐诗来说则是喜。

你看，玄奘大师一行正办理着通关文牒。玄奘大师掩饰不住内心的喜悦和兴奋，牵着白马和大象，驮着一箱箱佛经入关。当年冒死偷偷出关，沙漠戈壁、崇山峻岭、险山恶水，几临死亡。然而初心不改，绝不回头，依然前行。周游西域，走遍印度，遍访寺庙和高僧，最终到达那烂陀寺，在菩提树下潜心修习佛法。名震印度，曲女城辩论无人能敌，古印度十八国王并于会后皈依为弟子。各王苦苦挽留，大师一心东归故里，弘扬佛法。辞别诸王，拜别佛祖，入阳关返回唐长安城。当玄奘大师叩响阳关大门的时候，当他踏进关城的那一刻，多么得激动，两行热泪洒在城门下。

出阳关的岑参是失落者，入阳关的玄奘是成功者。同是过阳关，一出一进，两种境遇、两种人生，自然也两种境界、两种思想。

世界有时很大，世界有时又很小。耳边传来一阵清脆的银铃般的笑声，寻声一看，一家五口老少三代，正乐呵呵地在故址碑旁拍照呢。一开口，满嘴的秦腔，那是我熟悉的乡音。我很惊奇，走近了，原来是同一小区的朋友。家乡的那句古话说得好，"陕西地方邪，只说不敢骂"。大诗人说"西出阳关无故人"，我在阳关居然遇到了故人。

望着夕阳下昏黄的阳关，追昔怀远。昔日阳关何等繁华，今日夕阳下一片残破颓废。"大漠孤烟直，长河落日圆"，远处孤烟袅袅，不知是诗还是人家？

烈日嘉峪关

来到嘉峪关恰恰是正午 12 点，"天下雄关"四个大字在烈日下格外耀眼。我终于看到了 40 多年梦寐以求的嘉峪关，心被深深地震撼着。我像吃了兴奋剂一般亢奋，比中了千万大彩还要激动，积攒了"几百年"的眼泪夺眶而出，剧烈跳跃的心脏几乎蹦出了胸膛。

西北的天出奇地蓝，云出奇地白，空气意外地静，没有一丝风。白花花毒辣辣的太阳却一点也不安顺，甚至有点桀骜不驯，直直地照射在关城和干巴巴的夯土长城上，满地耀眼的金光让人睁不开眼。揉揉眼睛，定定神，看着眼前既陌生又熟悉的夯土长城和嘉峪关关城，时光一下子定格到了明代。

关城内游击将军府旁校场上传来阵阵练兵的喊杀声，上千士兵正在操练。一队士兵戎装执刀在关城内来回巡逻，游击将军在士兵簇拥下威风凛凛地走出了将军府，要在关城内巡视一圈。内城里，热闹非凡，车马喧嚣，熙熙攘攘，出出进进的客商川流不息，大道两边摆摊的、设点的，全是做边贸生意。不同容貌、不同服饰、不同口音的商贾耐着泼烦讨价还价，不厌其烦而又愉快地洽谈着每一单生意。茶馆里一群人悠闲地喝着茶，讲述着异域奇闻。酒肆里酒客们一边豪饮，一边谈论着京城的政局。戏楼里正唱着雄浑高亢的秦腔《回荆州》，台下围满了人，不时爆发出潮水般的掌声，关帝庙前一群卖艺的西域胡人表演着胡旋舞、杂耍和魔术。关帝庙内几位汉族商人正在虔诚地烧香叩头，祈求武财神关老爷保佑自己发财。

嘉峪关是明代万里长城最西边的关口，也是河西第一关。嘉峪关、山海关和镇北台像三颗钉子，把长城牢牢钉在东西一万多里的崇山峻岭之脊梁上；又像三把巨锁，锁住大明王朝的北大门。雄伟高大的嘉峪关，留下了诸多名人的足迹和文人骚客贬谪之士的诗文。民族英雄林则徐发配伊犁出嘉峪关时曾作《出嘉峪关感赋》："长城饮马寒宵月，古戍盘雕大漠风。险是卢龙山海险，东南谁比此关雄。"当年左宗棠出兵伊犁，收复新疆，军队也是从嘉峪关开进新疆的。

站在关城的城墙之上，顺着前人的目光，凝神望着这条巨龙，一路逶迤东行。我看到了数以万计的役夫正汗流浃背地一边喊着夯歌，一边夯着夯土。我还看到了成千上万的征夫执着刀枪剑戟，在戍楼里、城墙上来回巡逻。踏着古人的足迹，依稀听到了征人思乡的轻轻叹息声和悠悠的笛声。那里有我的祖先的身影，是那么熟悉，那么亲切。我一眼就认出来了。我自己仿佛也置身其中。明月皎皎，天狼烁烁，仰望北斗，戍楼夜半的更声、征人思乡的笛音不绝于耳。我深情地抚摸着夯土长城，脸轻轻地贴着城墙，我闻到祖先们酸涩的汗味，那味道六百年不曾散尽；我感受到了他们的体温，那温度六百年不曾变冷；我听到了他们嘭嘭的心跳声，那心跳六百年不曾停滞。

朱元璋义军的马蹄踩碎了大元帝国，曾经横扫欧亚的蒙古铁骑仓皇出逃，残部潜藏在茫茫的大漠之北。随着明成祖朱棣迁都北京之后，为了避免遭到蒙古瓦剌部和鞑靼部的骚扰，在残破颓败的隋长城的基础上大规模修筑长城。明成祖企图用固若金汤的长城阻挡住瓦剌和鞑靼的铁骑，然而土木堡之围之后瓦剌也先的军队还是冲破了长城直逼北京，几乎让大明王朝覆灭，历史差一点要改写。

关者，关隘、关口，古代在险要地方或国界设立的守卫处所；城者，城池、城郭，四面城墙围成的就叫城。古人设关主要目的在于军事防守，设城的目的在于贸易。明清西北多战事，嘉峪关在明清两朝发挥了一定的防御作用。巍巍雄关历经战火，屡遭劫难，伤痕累累，到 20 世纪 70 年代末建筑毁坏殆尽。

关口和长城能阻挡入侵者的铁骑，但是挡不住入侵者贪婪的心。战争未曾因关口和长城而不再发生，有形的关和城，终究挡不住贪心者无形的欲望。高科技信息时代，关和城就更不具备阻挡作用了。真正能阻挡入侵者贪欲的，是在他们的心里构筑一个无形的关和城，这关和城也许就是信仰，也许就是一种精神和价值的追求。城也不必用四堵墙围起来，交易也不一定非要在城里来进行。信息时代的交易不仅超越地理空间，更超越了时间空间，传统的贸易壁垒将不复存在。

暖黄的阳光斜披在嘉峪关上，嘉峪关更加伟岸，更加沧桑。游人潮一般退去，寂寞嘉峪关望着落日中离去的游人，在夕阳里枉自叹息。

随着历史的变迁，嘉峪关防御和边贸使命已经结束。然而嘉峪关在我们的记忆里却是永远的。不仅仅属于昨天，更属于今天，还属于未来，它将作为一种文化符号和记忆伴随着中华民族。

我记忆最深的依然是烈日下的嘉峪关。

落日昭化

落日里的昭化古城，越发沧桑，越发古老，像一位几千年高寿的蜷缩着的老人。落日余晖把古城的影子不断地缩短，不断地吞噬。与此同时，时尚现代的琉璃彩灯又像一位化妆师开始精心打扮古城，让古城夜晚更加华贵，更加富丽堂皇。

昭化古城，古称葭萌关，素有"中国古建制活化石""三国蜀汉发祥地""通达古今博物城"之称，是迄今保护最为完好的古城之一。史书记载"峰连玉垒，地接锦城，襟剑阁而带葭萌，踞嘉陵而枕白水，诚天设之雄也。"自周代起称葭萌关，宋太祖开宝五年（972），为"昭示帝德，化育人心"，遂改称昭化。乃秦蜀要道上的重要关隘，因"锦马超与猛张飞昼夜酣斗数百回合"，而闻名历史。当地曾有"蜀汉兴，隆中谋，葭萌起"民谣广为流传。因关而建城，是全国唯一关城一体的古城。

站在三层翘檐的石牌坊门楼前，葭萌两个字苍劲有力，四个石狮子卧在石鼓上，雄视着往来的人们和流淌的岁月。"蜀道三国重镇，天下第一太极"的门联诉说着古城的沧桑，演绎着三国的刀光剑影，展现着太极文化的魅力。石门楼前叶落大半的苍老的国槐，摇曳着满树金黄的银杏树，飘落在门下的碎金片，夕阳映照下增显了古城的沧桑和厚重。站在石门楼外，现实就是今天，踏进门楼以内一下子就回到西周，回到了三国。我仿佛站在历史与现实的交汇点，前进一步就是历史，后退一步回到了现实。

最早知道的是葭萌关而非昭化。小时候从三国娃娃书里第一次知道马超张飞，就知道了葭萌关。后来从秦腔殷商戏《收魔家四将》和《战马超》（又称《葭萌关》）里再次认识了葭萌关。然而几次从汉中入川，从成都返回西安，因种种原因与昭化古城失之交臂，曾三次车览，远远地望着古城，几多惆怅，几多遗憾。

雨水剥蚀的深黛的瓦下，涌动着历史和故事。老旧的木门晒着太阳，里边琳琅满目的时尚商品和地方特色土产正在窃窃私语。脚下被踩光发亮的青石板，用陈寿般的笔默默地记录下这一切。一条一条石街，一座一座石牌坊，一处一处古迹，我们踩着罗贯中的足迹，消融在古城里。此刻我变成了古城的一页瓦、一块砖、一堆石，古城里有我，我在古城里。我想陈寿、罗贯中一定也在古城里，不然的话《三国志》和《三国演义》一定会有缺憾。他们此刻在哪个古迹前凭吊，在哪个茶楼里听人们摆龙门阵，也许在某一个角落里……遗憾的是，历史不会让他们在此相会。

古旧的县衙，质朴的文庙，古老的庠学，悠远的考院……，这些历史记忆的碎片，滴渗着中华传统文化血液，展现着中国古代县城建制。

登上风雨和岁月印痕斑斑的临清门，写着"蜀"字的杏黄旗和五颜六色的龙旗迎风猎猎飘飘，站在习习秋风里，抬首举目，古关隘就在眼前，让人浮想联翩。仰望湛蓝的天空，苍穹是那样的深邃，让人感到了历史的深不可测。此刻李太白若在此，定会诗兴大发，斗酒写出千古诗句。苏子瞻登楼，定会"把酒临风"，写出堪比《赤壁赋》的大作。

《昭化县志》中，载有一则县令何易于爱惜百姓，不愿耽误农事，替百姓为刺史拉纤的故事。唐懿宗咸通元年（860），何易于在昭化担任县令，刺史崔朴"当乘春与宾属龙舟出益昌（昭化），劳索民挽纤"，县令何易于自己拉纤引舟。崔朴发现后非常惊讶，详细询问实情。何易于曰："方春，百姓耕且蚕，惟令不事，可任其劳。"于是，"朴愧，与宾疾驰去"。县令如此惜民爱民，留下了一段佳话。古代县令自知领着俸银，不"枉吃白菜熬豆腐"，何况今天我们领着纳税人工资的人民公仆呢？不觉汗颜耳耻。

残阳如血，古道风瘦。西门外敬侯祠已经闭馆，不觉又忆起三国旧事。不免为费祎被郭循杀害而惋惜，为他不听张嶷劝诫而遗憾。

忽听战马嘶鸣，士兵呐喊，战鼓咚咚，惊天震地，张飞与马超已经战了整整一天。两人棋逢对手不相上下，战兴正酣没有收兵的意思。士兵们点起火把，张三爷要挑灯夜战马超。

千古兴亡事，几多兴衰史，都在古城的记忆里。

夕照莫高窟

提起敦煌莫高窟，我们还要先感谢那位王圆箓道士。是他无意之中揭开了沉睡千年的历史，撩起了莫高窟藏经洞神秘的面纱，让现代的人们再次关注这位美若天仙的飞天。至于他后来出卖文物，帮着外国传教士盗运国宝的行径，一定会钉在历史的耻辱柱上的，定会遭后人唾骂。历史是无情的，历史也是公正的。

莫高窟，亦称千佛洞，在敦煌鸣沙山东麓的断崖上。从前秦乐尊和尚修凿第一洞佛窟起，至今已 1650 余年。按照佛家三世六道轮回的说法，他已经历了无数次轮回，一次次涅槃重生，已成为举世闻名的文化瑰宝。

耀眼灼热的西斜阳光被厚实的鸣沙山遮挡住了，太阳的余晖照射在沙地上，金黄金黄的。鸣沙山顶金光灿灿，犹如道道佛光，不愧是佛家福地。难怪乐尊和尚会在此修凿佛窟。清澈的宕泉水在山阴里一路歌唱着，不知疲倦地欢快地奔向祁连山，千年来不停地讲述着莫高窟的历史和传说。

那是公元 1900 年，在三层楼后，如今编号为 16 的昏暗的洞窟内，佝偻着腰背的王道士正清理着洞窟甬道里的积沙。忽然眼前一亮，发现一个洞，这就是藏经洞——第 17 号洞窟。王道士端来油灯，拨动着洞口的积沙，沙子滑进洞里。既惊又喜的他，浑身的细胞一下子活跃起来，血液迅速奔向周身血管的每一个末梢。积沙清理了大半时，王道士急不可待地像狗一样地爬了进去。眼前是一堆堆经卷、绘画、文书和织绣，他不禁瘫坐在地上。借着闪烁的昏黄的油灯光，他一件一件地翻看，原来是从三国、魏晋到唐宋的古物，王道士呆了，足足坐了有一刻钟。

据后世认定，藏经洞里的古物，不要说经卷、绘画和织绣，单就这些文书就价值连城，其历史意义更是无法估量的。除汉文写本外，粟特文、佉卢文、回鹘文、吐蕃文、梵文、藏文等各民族文字写本约占六分之一，件件堪称绝品，大多文字今已失传。这些文书内容非常广泛，涉及宗教、世俗，反映了各个历史时期的方方面面。有佛教、道教的宗教文书，有文学作品，有契约，有账册，有公文书函等的世俗文书，好多是孤品，这些文物的价值让王道士足以修复无数道观而功德圆满，也正是这些文物让王道士的心迷失了，被白花花的银锭所淹没，做出了出卖祖宗、出卖灵魂，遗臭万年的丑事。真可谓一失足成千古恨。人最怕的是心坏了，人心坏了就没边边了，什么事都可以做出来。

英国人斯坦因、法国人伯希和、日本人橘瑞超、俄国人鄂登堡等西方探险家在丝绸之路上像豺狼一样，四处闻四处嗅。闻到血腥味后，他们接踵而至敦煌。他们看到这些文物的一刹那，更是像打了吗啡一样亢奋，他们眼里一定放着狼一般贪婪的绿光。这些披着文明外衣的野蛮强盗们欺诈、哄骗、利诱，把一箱箱文物洗劫一空，顺着河西走廊的风，沿着丝绸之路足迹偷运到他们的国度。伯希和竟恬不知耻地说"洞中卷本未经余目而弃置者，余敢说绝其无有"，他"不单接触了每一份文稿，而且还翻阅了每一张纸片"，他像饥饿的野兽，不放过任何一个猎物，哪怕是一只苍蝇。他曾在北京自诩拿去的卷子在敦煌卷子里几乎都是最有价值的。不仅没有一丝一毫的愧疚，一点也不脸红，反而向世界各国学者尽情地炫耀着。面对文化强盗的诱惑，王道士倒下去了，中国文化道统倒下去了。佛国里乐尊和尚眼睁睁地看着一件件宝物被掠走，欲哭无泪，欲言无声，心里哗哗地淌血。若是玄奘法师在此，他一定会挺身而出，用生命去捍卫佛经的。我想象自己若身处其境，哪怕粉身碎骨，哪怕化为灰烬，我也会用自己小憨的身子，去阻挡强盗们疯狂地抢掠的。可悲，可叹，当时竟然没有人去阻止这野蛮疯狂的掠夺。我们这些不肖子孙怎么有脸去见我们地下的祖先。

莫高窟是一座融绘画、雕塑和建筑艺术于一体，以壁画为主、塑像为辅的大型石窟寺，具有极高的历史、艺术和科技价值。但是元代以后却几乎沉寂了，犹如夜明珠埋在地下被主人忘记了。藏经洞的发现让世界明亮的目光再次聚焦到了莫高窟，这既是莫高窟的幸运，也是莫高窟的不幸。也就是从这个时候起，莫高窟遭到了疯狂的掠夺和无情的破坏，开始受伤、流泪、滴血……

九层楼挑檐高翘势如飞天，层层叠起高耸，挑檐的风铃让我听到了历史的脚步声。走进去以后，看到了一尊巨大的弥勒坐佛，也叫"北大像"，他是仅次于乐山大佛和荣县大佛的国内第三大坐佛。站在北大像前，我虽不是佛教徒，虽未双手合十，心里却生出了无限的虔诚。在莫高窟，我找到了鸠摩罗什、玄奘的身影，虽然历经千年却依然十分清晰。踩着他们的脚印，我走进了莫高窟的历史……

落日余晖的影子越来越短，鸣沙山吞噬落日的最后一瞬间，山顶霞光万道，山脚下金光闪闪，一片祥瑞。看来我十分幸运，乐尊和尚当初一定也是看到了这佛光万照、万佛毕现的奇异景象，才发愿修凿第一个佛窟的。

仔细想想，幸运的不仅是我们，来到此地的每一个人都是幸运的，都是祥瑞的，心存善念就会与佛有缘。

佛在人心，我即是佛，佛即是我。

朝阳月牙泉

满眼黄沙满眼金。火红的朝阳越过鸣沙山东顶，把鸣沙山的沙漠装扮得更加金光灿灿。

翻身骑上骆驼，仰望大汉深蓝的久远的天空，举目远眺一队队驼队在沙漠里缓缓前进，回看身后盛唐时代的一绺绺骆驼的足迹，我走进了沙漠历史的天空里。驼队沿着沙漠的脊梁悠悠地行进，一串串驼铃声和无数颗甜美的笑声砸在沙漠里，开出簇簇花朵。

我仿佛就是穿行在丝路沙漠上孤独的唐代商旅中的一员，满载丝绸瓷器茶叶出了唐长安城西门开远门，走过狭长多风的河西走廊。驼队在无边无际的沙漠中艰难行进，黄沙万里，前路茫茫。苍凉悲壮涌满胸腔，大有"风萧萧兮易水寒，壮士一去兮不复还"的感慨。

翻过一道沙梁，远处一片绿洲。走进仔细一看，原来是一泓新月似的清泉跃然眼前。绿水、胡杨、芦苇漫过心头的沙漠，滋润着我干渴的心。那泉水犹如少女的眸子，是那样的清澈，那样的明亮，那样的纯真，那样含情脉脉。这泉水像沙漠的一双眼睛，沙漠的心灵尽在这清纯的眸子里。一阵阵惊喜涌进心间，泛活了我的心，染绿了我的肺。一束生命之光、希望之光，让我为之振奋，为之惊喜，为之疯狂。

原来那就是天下闻名的敦煌沙漠明珠——鸣沙山月牙泉。我不顾赶驼人的阻拦，急不可待地跳下骆驼，展开双臂奔向月牙泉。然而脚陷进沙漠之中，怎么也走不快，更不要说跑了。一二百米，数分钟，恍若一个世纪。

终于来到月牙泉边。我激动地跪在泉边，泪水涌满了眼眶。泉水是那样的绿，如碧玉一样绿，一样润，一样养眼。不同的角度，不同的方向，不同的层次，绿的浓淡、薄厚、朗润亦不同。小小的湖面，水光潋滟，像打磨了千百次的宝镜，又光又亮又润，散发着无限的光芒。泉边的芦苇、水草、胡杨喝了一肚子泉水，绿透了，绿亮了，染绿了泉南岸的楼台、亭阁、庙宇、殿堂和高塔。月牙泉南岸的罗布麻花笑得那样含蓄，那样灿烂，宛若仙子。芦苇、胡杨、亭台、楼阁、高塔亦水亦岸，泉水中影，沙岸上物，如入仙境，比传说中王母娘娘的瑶池还要迷人。传说每每夜阑人静之时，星星、嫦娥就悄悄下到月牙泉里，在夜色里轻轻沐浴。黄沙、碧泉、蓝天、白云、紫花，此画此景只应天上有，人间难得看到，也许只有神仙才配拥有。

相传月牙泉乃汉武帝得天马于"渥洼水中"之地，汉时即为敦煌八景之一——月泉晓澈。晋时，62岁的法显和尚一路劳顿，途经敦煌，去佛国天竺寻找佛祖的时候，想必也曾到过月牙泉，一定饮过这泉水。我在绿汪汪的泉水里，努力地寻找着法显的身影。偷偷出长安的玄奘法师一行已人散马亡，经过浩瀚的沙漠时又饥又渴，精疲力竭，被狂风流沙绊倒在月牙泉旁。当他睁开眼睛，看到那一抹绿洲，那一泓清泉时，眼里顿溢希望之光，连走带爬，跌跌撞撞，捧起满满一掬泉水，一饮而尽。又连连掬了好多，干涸的心一下子润透了，浑身每一个细胞都活泛了。佛祖知道他在此有难，派大慈大悲的观世音菩萨来帮助他。这泉水也许就是观世音菩萨玉净瓶里的一滴圣水。喝足后，他撩起泉水，洗掉嘴唇的血迹，洗去满脸的细沙。他在月牙泉边坐下，吃饱了带来的干粮，休整一番，给皮囊装满水，又起身艰难地西行。玄奘频频回头，深情地告别月牙泉，他一心要到那烂陀寺。前路茫茫，危机四伏，也许自己会死在途中。当他最后一次回看月牙泉时，两行热泪奔涌而下，他撩起袖子，擦干眼泪，头也不回地又漫漫西行。

史载，月牙泉水面极宽，水又很深，唐时曾有船舸争流。19 世纪初也曾碧波荡漾，鸥鹭水面嬉戏，鱼翔浅底，水草丰茂。刘禹锡云"山不在高，有仙则名。水不在深，有龙则灵"，这鸣沙山以灵而鸣，月牙泉以神而秀。引来无数文人骚客，竞相吟诗咏赋，挥毫泼墨。然而 20 世纪 70 年代中期，由于人们过度垦荒造田，植被被大量破坏，水土严重流失，月牙泉水位急剧下降，曾一度干涸。好在近年来采取了诸多的补水措施，月牙泉才慢慢得以恢复旧貌。玄奘大师揪着的心终于可以暂时放下了。

旭日映在泉水中，水里好几个太阳，日影水光两相艳。游人们争相拍照，儿童在泉边低声嬉闹，谁也不忍心去玷污那神圣的泉水，谁也不愿高声语，唯恐惊扰了水中的仙子。

朝阳下月牙泉珠光四溢，滋润了沙漠，滋润了人心。

驷马难追

"君子一言既出，驷马难追"这句话，对每一个中国人来说都不陌生，简直是耳熟能详。

何以"驷马难追"，而不言"二马三马五马六马难追"呢？很少有人去思考这个无聊的问题，也很少有人能回答这个问题。当你来到了古都西安西南长安马王沣河西岸的西周车马坑遗址时，看到世界级珍宝——西周时期四匹马拉的车的遗迹，站在车马坑前的那一瞬间，除了震撼还是震撼。此刻脑子几乎不需转动，答案就会跃然心头。

西周是目前有确切文献记载的我国历史上奴隶社会发达时期的一个朝代。相传周人是黄帝后裔姬姓部族。据《诗经·大雅·生民》记载，周人始祖后稷乃姜嫄所生，"厥初生民，时维姜嫄"。后稷长大成人成为周族部落的首领，他带领族人在邰（今陕西武功县）从事早期的农业生产，今陕西武功有后稷教稼台以示纪念。《诗经·大雅·公刘》篇"笃公刘，匪居匪康"，则反映了周人祖先公刘边居边徙，一路由邰迁豳（在今陕西旬邑和彬县一带），随之不断地开拓疆土开创业绩。《诗经·大雅·緜》篇，则讲述了周人祖先古公亶父自豳迁居岐下（今陕西岐山县），文王姬昌继承遗烈，振兴周的基业，凤鸣岐山的史实。后稷、公刘、古公亶父的部族中，我看到了自己祖先的身影，听到了他们的心跳，触摸到了他们的灵魂。

随着周文王消灭了崇国，在沣水西岸营建丰京，周人由岐山东迁，以丰京为国都。至周武王灭商以后，又在沣水东岸建立了镐京，《诗经·大雅·文王有声》篇载："考卜维王，宅是镐京"。周人把丰京作为宗庙和园囿的所在地，把镐京作为周王居住和理政的中心，开创了我国历史一国两都的先河。

站在西周车马坑遗址前，我为周人智慧和精湛的技艺所惊叹。据专家考证，西周车马坑系西周初成康时期车马。西周马车的车轮、辐条、车轴、轴饰、铜镊齐备，做工非常精良，追求"天时、地气、材美、工良"的审美价值。它的系马绳络部分也相当成熟，而且装饰精美，贝壳、玉佩、兽皮、青铜等装饰品繁多，一个比一个精致，一件比一件漂亮，一件比一件艺术。马头的装饰既美，又具有保护作用，做到了艺术美和实用美的统一。据说西周时马车制造分工很细，制作程序化，工艺水平很高，各个工种高度合作，配合非常密切，流程舒畅。三千年前马车制造技术能如此精湛，今天的我们是无法想象的，我们不由得为周人点赞。我为我们的祖先自豪，为他们骄傲。西周马车是当时世界上最先进的陆上交通工具，四马车更是豪车，是西周时的"法拉利"和"保时捷"。遗憾的是，现代汽车却没有诞生于我们的国度，这样说来我们是愧对于祖先的。我的心情有点沉闷。

伫立西周车马坑边，我被周人的乘车礼仪所折服。据《逸礼》记载，"天子驾六马，诸侯驾四，大夫三，士二，庶人一"。由此可知，四马车乃诸侯所乘车辆，已相当高档，装饰很豪华，跑得快慢亦可想而知，驷马难追就不难理解了。驷马难追真可谓古语，这个词已经老得不能再老了，掐指算来已有三千多年历史了。周人乘车的礼仪已非常完善，不仅有等级的规定，而且对装饰也有严格规定，《周礼》载："孤乘夏篆，卿乘夏缦，大夫乘墨车，士乘栈车，庶人乘役车"。周人对驾车和乘车都有明确的礼仪要求。上车后要"正立执绥、车中不内顾、不疾言、不指亲",还需要"虚左、上左、式礼",禁止"超乘",还必须"束兵、免胄、垂橐而入、稇载而出、试驾授绥"。相反,今天我们有的人乘车,在车内大声喧哗,吃东西,甚至吵架、更不消说有乘车相了。有的司机边开车边接打手机,甚至酒驾、醉驾。用九斤老太太的话来说"真是一代不如一代"。

我看到孔子驾着马车,正周游列国游说诸侯,推销着自己"仁政"的政治主张。子路、颜回等七十二贤紧随其车,师徒们一路风尘仆仆。困顿失落颓丧的孔老夫子,利用歇息的工夫,正在树下和弟子们讨论。冉有、公西华侍站两边,其他弟子席地而坐,场面好不热烈。古人有"六艺之教",其中"御"即是驾车之术,也包含着礼仪教育,它是周代贵族教育的重要内容之一。相传孔子也是一位驾车的高手,他对自己的驾驭之术很自信。

相传周代对御者要求很高,除了具备精确娴熟的驾驭技巧外,还必须有庄重的仪态和舒展的体态。御者都要经过严格的训练,只有做到"鸣和鸾、逐水曲、过君表、舞交衡、逐禽左",才能称得上是一位优秀的御者。御者受到大家的尊重和敬仰,战车上的御者的名字和身份在史籍中均有记载,名垂青史。造父和王良就是当时最优秀的御者,他们的御术游刃有余,出神入化,可谓是一种御者的艺术。相比周人的御者,今天我们的司机"幸运"多了,花钱就可以买个驾照,有钱任性就可以飙车。幸与不幸不说自明,进步还是退化也不言自喻。

手抚车马坑的围栏,我就是那殉葬的御者。

驻足西周车马坑所在郿坞岭,回看脚下踩着的历史,展望眼前的未来。历史的起点还能找到,而未来却没有终点,未来还很遥远。

镇北台遐思

"不到长城非好汉",十几年前我曾经登上北京八达岭长城,虽然并未成为好汉,但雄伟的长城却深深地震撼了我。然而真正让我灵魂受到洗礼的却是榆林镇北台明长城。

镇北台,位于塞上明珠榆林城北 4 公里的红山顶上,是古长城三大关隘之一,也是明长城沿线现存最大的要塞之一,素有"天下第一台"之称。据险临下,控大漠南北之咽喉,扼边关之要隘。

那是一个阳光明媚的上午,仲春的塞外,天空如洗,格外得明净,蓝得那样汪汪,蓝得那样深邃,蓝得那样纯正。纯洁的、淡淡的白云悠闲地在蓝天中徜徉。我们来到红山顶,下车趋步数分钟进入城门,几间兵营、厨房映入眼帘。沿着青砖台阶而上,登上第三层,"镇北台"几个字苍劲有力,两门仿制的明式铁炮被游客摸得锃光发亮,炮口威严地面向漠北。我登上能容下不足百人炮台的最高顶,遥望北方,群山跌宕,大漠茫茫,草原莽莽。我仿佛看到了浩浩荡荡的瓦剌铁骑,奔袭而来,一时间,战马嘶鸣,马蹄噔噔,士兵杀喊,铁甲铮铮,尘土飞扬,铺天盖地。长城上手持弓弩的士兵在垛口随时准备迎战,第二梯队手持刀枪,第三梯队滚木礌石也严阵以待。狼烟滚滚，烽火一路飞跑，敌情早已报至朝廷，一场残酷的大战将至。我似乎看到刀光剑影和血雨腥风，似乎闻到了血腥味和焦灼味。

"瞧，麻雀！"小女孩一声惊奇的尖叫把我唤回到现实。悠闲卧在炮台砖缝里的麻雀被游人惊扰，探头猛飞向天空。炮台不远处，一群鸽子在夯土长城顶上欢快地跳来跳去，尽情享受着塞北的阳光，肆意欣赏着漠北的盛景。

内城一处宽阔地带就是互市，即古代和平年代边民贸易的市场。当年，身着各色民族服饰、长相各异的不同民族的商贩，在路两边摆摊设点，有的席地而坐，有的牵着牲口站着。骡马牛羊、漠北特产、铁器茶叶、中原名贵物品，应有尽有。车水马龙，人来人往，熙熙攘攘，十分繁华热闹。吆喝声、叫卖声、讨价还价声、车轱辘声、马匹的响鼻声、牛羊的撒尿声，夹杂着生硬的汉语，掺和着不同的少数民族语言。长城内外，不同民族、不同相貌、不同语言、不同服饰、不同习俗的人们在这里贸易、交流，在这里和睦相处，和谐共生，繁衍生息。

同行的朋友拍拍我的肩膀，催着我继续前行。

万里长城连绵不绝，横在崇山峻岭之上，烽火台一个接着一个，阳光下更加雄伟壮丽。我们的祖先为了避免战争，在生产力极其低下的条件下，却完成了这一世界的壮举，成为人类历史上的八大奇迹之一。我被他们的勤劳和勇敢感动着，震撼着，为祖先们自豪着、骄傲着，我的心灵不断被洗涤着。仰望蓝天，手摸着夯土，我寻找着祖先的身影。我看到我的祖先赤着身子和一群徭役们正在一边喊着号子，一边打夯。塞北的烈日下，汗水顺着布满血丝的骨肉滚滚而下，夯土里坠落朵朵汗花。我已经尝到了他们咸咸的汗水，闻到了他们酸酸的气味，听到了他们嗵嗵的心跳。我不道德地做了一回文物破坏者，抠下一粒夯土，把它装在贴身衣服靠近胸口的口袋里。我要把它带回家，永远地珍藏起来，因为它浸透着我祖先的血和汗，它溶解了我们民族的历史。

眺望连绵不绝的万里长城，仰天俯地，回溯历史，看当今世界，展望未来，我静静地、深深地思考着。战争是为了捍卫和平，和平是为了避免战争。往往一场惨烈的战争，换来的是一段长久的和平。人类就是在战争与和平中不断挣扎，不断抗争，不断繁衍，不断前进。

当年祖先们修长城是为了避免战争，然而有时长城并不能真正阻止战争。世界要和平，人类必须在心里修起一座长城，阻止欲望、贪婪和掠夺，那样世界才能实现真正的长久的和平。

和平既是中华民族的梦想，也是世界人民的梦想，让我们筑起心中的长城，实现全人类的梦想。

远处，那一群鸽子悠闲地趴在长城上，正咕咕地聊着世界和平的话题呢。

大寨：一个不应该被历史遗忘的地名

大寨，这个山西太行山区昔阳县一个普通的小山村，这个上世纪六七十年代享誉全中国甚至驰名世界的地方，却在岁月的流淌中已被人们遗忘，淹没在浩瀚的时间长河之中。日月已记不得大寨了，历史也淡忘了大寨，时下很多人已经不知道大寨，也很少有人再提起大寨了。

对于农业学大寨那个年代，出生于 60 年代最后一个月的我并没有多少记忆，也无什么感情。不知出于什么想法，说不清是惊奇，还是一种探秘的心理，一个偶然的决定我竟鬼使神差地走进了大寨。

上世纪 70 年代，上小学一年级的我刚开始识字，看到村子里墙上到处是白灰或者红漆刷写的大大小小的标语"农业学大寨，工业学大庆"。大寨在哪里，为什么要农业学大寨？我没有完全发育成熟的大脑里就冒出了这些小孩不该想的问题。

踏入大寨镇，一排排六七十年代的二层楼房映入眼帘，"社会主义好""大干快上，多快好省，力争上游""继续革命乘胜前进""军民团结如一人，试看天下谁能敌"等那些特殊历史时代的标语随处可见。一种特殊的氛围汹涌而来，让人产生了一种难以名状的感觉，让人透不过气来，呼吸竟有些困难。

1965 年的全国农业工作会上，周恩来总理对以陈永贵为首的大寨人"自力更生、艰苦奋斗"精神做了高度的概括，大寨被树立为全国农业战线的一面旗帜。成为"三面红旗"中的一面。一场轰轰烈烈的席卷全国的持续了十几年的农业学大寨活动在神州大地如火如荼地开展着。陈永贵，一个头扎白毛巾、身穿粗布褂子的普通山西农民，也从一个小山村的党支部书记，一步一步成为共和国的一位副总理，创造了共和国历史上的奇迹。

一个名不见经传的小山村像夜晚的火光，一下子染红了天空，一夜之间家喻户晓，响彻九州。国家领导人纷纷到访，全国各地前来参观的人络绎不绝，连外国元首也被吸引来了，这个沉寂的小山村一下子沸腾起来了，引起了世界的关注。

大寨主题广场依山而建，一面巨大的红旗，五个毛泽东手书"农业学大寨"的金黄大字格外引人注目。"山寨要想变，就得辛苦干""大寨田就是辛苦田，没有辛苦哪里来甜"两条散发着泥土气息的标语在阳光下熠熠生辉。一群头系白毛巾、戴着灰帽子、身着黑布褂子的山西汉子和一群穿着花布衫、扎着围巾的铁姑娘们，三三两两，三五成群分散在层层梯田里。凿石的凿石，抬石的抬石，拉车的拉车，担土的担土，垦地的垦地，妄图改变残酷的生活。他们勇敢地与自然争斗着，与命运抗争着。他们凿的不是石，抬的不是石，拉的不是土，垦的不是地，其实是他们的命运。

进入大寨村，必须要去陈永贵故居，目睹一下这个传奇人物生活的现场。一座简陋的小院坐西向东，沐浴着朝阳，三间几平方米小平房是警卫室、工作室和接待室，陈永贵当年在此接待来访的各国政要和国内要员。两孔不到十平方米的窑洞，一孔是厨房，另一孔是卧室，里面全陈列着当年陈永贵使用过的农具、厨具和生活用品，让人对这个传奇人物产生了复杂矛盾的感情。

来到当年的大寨国宾馆，一一瞻仰了当年党和国家领导人以及外国元首到大寨指导参观学习居住过的房间，就可以想象出当年全国农业学大寨运动多么炙热，大寨当年是多么得红，多么得火。而今天来参观的只有我们一行四人，非常的冷清，引发了我无数感慨。

进入虎头山景区，在山麓我怀着复杂的心情参观了大寨展览馆。展览分七个单元，从"思想领先、自力更生"起直到"深化改革、扩大开放"，一组组照片、一件件实物，一个个主题，展示了一代代大寨人与自然做斗争，自力更生、艰苦奋斗、与时俱进的思想境界。我一次次被感动，一次次被震撼，不由得连连点头，连连感叹。我的思想受到了沉重的撞击，心灵也受到了彻彻底底的洗礼。登上周总理纪念亭，深情俯视大寨村，群山环抱着层层楼舍，绿树掩映着村庄，袅袅炊烟，一阵山风送来几声鸡鸣，如诗如画。我竟然像喝了汾酒或者杏花村一样，有点似醉非醉。

大寨精神虽然具有鲜明的时代特色，也有一定历史局限性，但是毕竟在当时社会历史发展中起到了精神动力和源泉的作用，激励着一代人。然而不可否认，农业学大寨有"左"的色彩，或许也有虚假的成分，甚至后期有被政治利用的因素。无论是当年山西省委概括起的"一条红线，五个要点"，还是廖鲁言把大寨经验总结为六条，还是周总理归纳的三句话，都反映出大寨人自力更生、艰苦奋斗，积极向上、乐观豪迈的精神。当然，改革开放后大寨人与时俱进，进一步发展和诠释了大寨精神。大寨精神对上个世纪中国社会发展起到了一定的推动作用，直至如今也有一定的积极意义。大寨精神不仅属于大寨，更属于中国，也属于世界，因为它是人类社会进步的动力和源泉之一。

"人说山西好风光……"一曲委婉动听的山西民歌飘飘而来，踏着歌声我们走下了虎头山。

我无意歌颂大寨精神，也无意贬低大寨精神，无论对也罢错也罢，不管怎么说，大寨毕竟在历史上有过一段影响。既然是历史，那么就让后人来评说吧。

我想历史是不应该遗忘大寨的。

心落阆中

兄弟两状元，唐宋两朝代。

唐代阆中尹极、尹枢兄弟两人先后中了状元，宋代阆中又有陈尧叟、陈尧咨兄弟两人先后中了状元。

才走到阆中古城的状元坊门楼前，我的心就被震撼了。

孩提时代，从三国故事小人书里、从秦腔戏《大报仇》中，我就知道阆中。蜀汉桓侯张飞在这里镇守的故事，让我记住了阆中。没有到阆中之前，我只知道阆中是历史古城。踏上阆中土地，忘情蜀山汉水，脚踩青石地板，徜徉于古色古香建筑之间，仿佛在历史与现实间穿越，好像在时光隧道里轮回，又似在传统与时尚之间畅游。我被阆中的魅力深深地吸引着，我的心一下子就融入阆中山水、历史和红色文化之中，被浸湿，被浸透。

阆中，山环水绕，土厚壤肥，山做根，土是肌，水为血。虽是冬日，却无寒意，群山依翠，嘉江仍美，物产还丰，游人如织。

走进阆中古城街区，两边古建筑林立，店铺比比，商品满目。土红色的门板，精巧的镂刻亮窗，青青的砖柱，青蓝的小瓦，精致的飞檐，古朴的屋脊，精美的砖雕脊头。忽然锣鼓齐鸣，只见一群士兵手持杏黄旗和十八般武器，正前呼后拥着"张飞将军"巡城呢。游人一下子围了上去。原来，正在举行每天两次的巡城仪式。阆中古城的夜晚，灯饰斑驳陆离，火树银花，一树树、一家家屋檐下的大红灯笼华光四溢，屋檐、房脊上的灯带熠熠生辉，金光灿烂。给青青的地板石、土红门板、门上的白墙涂上了一层华贵脂粉。把古城装扮得古香古韵、无与伦比，仿佛回到了盛唐。未尽兴的游客，络绎不绝，生怕错过了古城美丽的夜景。

走进阆中古院，如同走进唐诗，又像走进了宋词。石板地，木阁楼，石桌凳，高低绿植，各异盆景，假山流水，一座庭院就是一个小园林。厅房的大厅里摆放着精雕细刻的八仙桌、太师椅、木屏风，窗棂精致的雕花活灵活现，一派古朴喜庆。走进古朴的张家古院，踏入李家大院，流连于状元府第……就像品读一首首诗，欣赏一幅幅中国画，又似聆听一曲曲古乐……

走入阆中古城，如同走进一本厚厚的文化典籍，又似打开了文化百科全书。来到中心区的中天楼，三层空心木楼阁，雕梁画栋，彩绘栩栩。楼顶的八卦浮雕阴阳相生，地面的八卦图画方位相对，处处渗透着中国传统文化的气息。张飞庙前，豹头环眼、身穿铠甲战袍的"张飞将军"正和游人合影留念。正门汉桓侯祠匾额两边，"灵武冠世，大义千古"的横联，是后世对张飞的最高褒奖。穿过箭楼，正殿是张飞的坐像，两边的彩绘娓娓叙说着他御敌的故事。两廊的碑刻和雕塑絮絮叨叨地演绎着三国往事。阆中贡院，在"顺治九年壬辰（1652 年），补行辛卯科乡试，围设保宁府"，是四川省乡试的考场。走进贡院，看到清代衣妆、应试考物等，乡试的情景跃然眼前。主考官、副主考官正襟危坐，巡查官来回巡查，衙役正在为秀才们验明正身，不少秀才已走进了号房。踏着袁天罡、李淳风的足迹，走进风水馆，太极生两仪，两仪生四象，四象生八卦，在这里领略了我国风水文化的神秘，《推背图》更让人叹为观止。

阆中古城南街的秦家大院始建于清初，1935 年，红四方面军在此设军总政治部。大院里悬挂着红军的军旗。有心的主人，专门在北厢房辟出多间房，作为红四方面军总指挥徐向前在阆中事迹陈列室。看着徐向前、李先念等红四方面军将领的老照片和相关历史资料，目睹着他们使用过的破旧的蓑衣、锈迹斑斑的大刀，勾起了我心底的红色记忆。我仿佛走进了那炮火连天的峥嵘岁月，对先烈敬意油然而生。

登上华光楼，嘉陵江尽收眼底。江碧水绿，水波不兴，像一条玉龙拥抱着阆中，又像给阆中扎上了一条玉带。对面低处南津关码头，几条游船时而驶进，时而驶出。对面高处锦屏山全身披翠，绿树间庙宇、佛塔格外引人注目。水润山，山涵水，山水交相辉映。夜晚彩灯闪烁，正面看锦屏山犹如一尊睡佛，侧面瞧又像一条卧龙。玉龙和火龙日夜守护着阆中这块风水宝地。难怪杜甫、元稹、李商隐、贾岛、苏轼、陆游等好多名人在阆中留下了足迹和诗篇。

这天晚上，我们投宿在张家古院。冬天十点多了，我全无倦意。高悬中天的明月，泻到地上，不知什么时候，古城也睡着了。凭栏而立，细细地品读张家古院，慢慢地回味古城，不知不觉我就醉了。

美哉，阆中。诗意，张家古院。

离开阆中好几天，我还沉浸在阆中的诗情画意之中。

原来，我的心落在了阆中，我的心落在中华传统优秀文化里了。

探访青木川

探访青木川是我几年来的一个心愿。然而每每筹划，回回不能成行，次次遗憾。

最初认识青木川是好几年前，在《人民日报》副刊看到肖云儒一篇关于青木川的散文，不仅被老先生美妙的文字所吸引，而且被川陕甘交界大山里的这个古镇优美的景色、古朴的建筑、淳朴的民风、闲淡的生活情调所着迷。再次了解青木川，是读了叶广芩的长篇小说《青木川》。魏辅唐个人的传奇故事和他富裕一方、兴学重教、造福桑梓的事迹深深地打动着我的心灵；徐种德的感恩和为恩人冤案的不懈奔走的精神涤荡着我的灵魂；大山深处文明战胜愚昧的奇迹震撼着我的精神。

电视剧《一代枭雄》热播后，青木川一下子火起来了，流行歌一样风靡周围几省，像前几年的股市牛气冲天，游人趋之若鹜，蜂拥而至。今年盛夏，罕见的酷热，一为消暑，二来也给疲惫的心放个假。约上几个挚友，带上上大一的儿子驱车来到期待已久的青木川，了却了几年的夙愿。

走进秦岭腹地的青木川，两边青山微笑对眸厮守，金溪河静静地流淌，含情脉脉陪伴着小镇。古镇依山临水，一边背靠茫茫青山，青山似磐虎守卫古镇；一边偎依清清的金溪河，金溪河像一条玉龙怀抱古镇，好一个世外桃源。然而这里并不封闭，交通倒也四通八达，难怪是农耕古代川陕甘重要商道之一。

下车第一眼就看到了传统歇檐式雕梁画栋的五彩镇门，作家叶广芩题写的"青木川"几个字格外醒目，阳光下熠熠生辉。走出豪华的木板两层两院相通的魏家大院，一边回味着魏辅唐的故事，一边漫步老街。路两边晚清民国的两层阁楼临街而立，黑红的木柱、木门、木窗，显示出厚重和积淀，门窗上精美的雕刻，既有千年古都的雄浑、大西北的粗犷，又不失江南的细腻和水乡的精巧。几处 40 年代末和"文革"期间的标语依然清晰可辨，引起游人无限的遐想。三层板木架构的旱船屋，悬挂着五颜六色的彩缎和绸花，房间里依然摆放着古旧的八仙桌、太师椅和青花瓷茶具，再现了昔日烟花风月场中的繁华。豪华的烟馆内，个个房间都有造型各异的烟床，木板墙上贴着三四十年代上海滩时尚性感的香烟、香皂、化妆品等广告画。可以想象当年这个大山里的小镇多么时髦，生活在这里的人们是多么现代和前卫。在那个时代，魏辅唐在青木川开妓院，设烟馆，吸引八方商贾，但对当地人逛妓院、进烟馆则重罚。

沿南边山坡拾级而上，远远看到一座青砖青瓦两层建筑群，鹤立鸡群，与民居建筑风格大不相同，那便是辅仁学校。1942 年，魏辅唐从山外请来设计师和工匠兴建了这所学校，实行免费教育。孩子到七八岁乡民不送他们上学，就要受到处罚。学校课程设置除国语、数学外，还有科学、英语、戏剧（秦腔、川剧、京剧），看到这里你不得不惊讶，不得不佩服一生未走出大山，大字不识几个的魏辅唐的远见卓识。作为一名从事教育工作 20 多年的教育人，我不禁汗颜自愧。难怪当初叶广芩、肖云儒到这里采风时听到老头老太太会讲英语，会唱京剧而惊诧。夕阳里，我仿佛听到一位文静女老师领着一群山里孩子诵读英语的琅琅书声，听到咿咿呀呀的学唱秦腔、川剧及京剧声；仿佛看到了一群孩子粉墨登场演出秦腔川剧京剧的热闹场面，看到了山民观看自己孩子精彩演出的脸上洋溢着的灿烂的花一样动人的笑容。

来到徐种德书屋，肖云儒题写的书屋名引来游客驻足欣赏。走进书屋，书籍并不多，主要是有关宁强和青木川的自然、地理、民俗、风情方面的图书，最引人注目的还是老先生签名的叶广芩的小说《青木川》。徐老先生和叶广芩、肖云儒的合影挂在书屋最显眼的位置，老先生看上去是那样的慈祥，眉宇间洋溢着感恩和执着。可惜老先生已经作古，书屋的生意大不如前，儿孙们却依然执着继承着祖业，为深山古镇增添了不少书香气息和传奇色彩。

驻足青木川街上，仰望蓝天白云，环视四周如黛群峰，回看金溪河绿水。一个声音反复在头顶叩问：为什么在大山深处的青木川会出现这些奇迹？另一个声音在群山回荡：文明终究要战胜愚昧，先进一定会驱除落后！也许这个过程十分复杂，十分艰难，甚或还可能多次反复，这是人类乃至宇宙发展亘古不变的真理。

离开之前，回眸再看最后一眼青木川，时光仿佛倒流：操着川陕甘不同口音的商旅来来往往，忙忙碌碌，车马喧嚣，货物出出进进，源源不断；商铺的字号迎风飘扬，伙计满脸微笑，热情地招呼着客人，掌柜的一边划拉着算盘，一边透过眼镜瞟着街上的人流；魏辅唐在兵勇簇拥下，悠闲地在街上溜达……

春走白河

暮春，逃离灯红酒绿的都市，暂避市井喧嚣和浊气雾霾，暂忘无聊的争吵和争斗，抖掉周身浮躁和焦灼，抛下满心的欲望和贪婪，让久锁心底的灵魂得到自由。与朋友驱车来到秦岭深处有着"锁秦雍，控荆襄，秦头楚尾"之称的白河小城。

白河县城地处白石河与汉江交汇处一面较为开阔的山坡，四周群山抱翠，绿树环绕。旁边白石河春水欢快荡漾，汉水清秀文静缓缓流淌，山水相映成趣。这个仅有三万人口的山城，不仅有北方城市的雄气，兼有江南水乡的灵秀。站在山城最高处白河烈士陵园，整个小城尽收眼底，种在山坡上的建筑错落有致，既有插入蓝天白云的现代化高层，又有低矮的带着荆楚遗风的传统民居。

漫步小城，看不到街头熙熙攘攘的人流，看不到甲壳虫一样成群鱼贯而行的汽车流，听不到商贩刺耳的此起彼伏的吆喝声，更听不到浮躁的人们充满火药味的争吵声。奇怪的是，竟看不到一个上街执勤的交警，也不见红绿灯。当地人讲，县城小，人少，车少，只有发生交通事故时交警才到场处理。整个小山城弥漫着闲适氛围，行人闲庭信步，优哉游哉，看不出一点点焦急和匆忙的神情。小商微笑着守在店铺，随意侍弄一下这个物品，擦洗一下那个柜台，似太公钓鱼一样，任由顾客进出，全然不在乎购物与否，眼神淡漠没有一毫跳动的贪婪。坐在自家门前慈眉善目的老头、老太太，时而闭目慢慢地品着茶，时而凝神细细嚼着零食，对门前的行人和车辆视而不见，内心平静地像镜子一样没有一丝的欲望微澜，那神态几乎让我有些嫉妒。小区里，六七个小朋友在做着开火车的游戏，当车头的大一点的男孩端着十字形木架方向盘，一条绳索从胯下穿过，其他几个骑在上面，个个率性天真，面带甜甜的微笑。我的脚步也不由得放慢了，心也一下子放松开来。

来到山城繁华地带，高档饭店、高档 KTV，金碧辉煌，其豪华时尚在千万人的省会城市也不落后。热闹非凡的网吧、电子游戏厅，年轻人出出进进，敲打计算机声、笑声、骂声、叹息声、打哈欠声冲破屋顶，回荡在山城上空。街上的红男绿女，打扮得时尚鲜艳又新潮，个个像韩国影视明星，边走边痴迷地刷着微信，织着微博，好在山城人少、车少，不怕被撞着。在这里，我们看到了小山城的时尚。

来到城关，信步汉江边，修筑堤岸的工地热火朝天。工人们忙忙碌碌，和水泥的和水泥，砌石头的砌石头。砌石头的工人每砌一块都要左看看、右看看、上看看、下看看，反复地试合，把每一块石头砌到合适的位置。砌成的石堤，怎么看怎么顺眼，仿佛一件精心创作的艺术品。浅水处，一群老年妇女有说有笑地洗着衣服，棒槌声、嬉笑声、流水声合奏着山城人轻慢的生活交响曲。不远处一群野孩子提着水瓶，带着小鱼网，在堤上大水坑里捉鱼。一会儿静悄悄没有一丁点声音，一会儿发出朗朗的笑声，一听就知道他们捉到了大鱼。

是夜，酒酣中忽听到洪水轰鸣，战马嘶叫，四周全是厮杀声、哭喊声、叫骂声。大睡半夜又隐隐听到"快跑呀，关羽的军队来了"，不觉大汗淋漓，惊慌中骤然而起，急急赤脚夺门而出。至门口，猛然醒悟，原来身在宾馆中。

忽想起传说，白河也曾是关云长水淹曹兵之地，披衣遐思，不觉天明。

问道金仙观

"故人今居子午谷，独向阴崖结茅屋。屋前太古玄都坛，青石漠漠长风寒。"夜晚偶读唐诗，觅得杜甫诗一首，始知秦岭终南山子午峪内有道教仙迹玄都坛。作为一名土生土长的长安人，故园距离子午峪不过十数里，一向又好访迹探古，却不知玄都坛，顿时倍感汗颜，脸红耳烫。

子午峪是长安区境内向南穿越秦岭南北，连接关中与汉中的著名古道之一，是穿越秦岭南北距离最近的古道，山谷窄狭，山势险峻，多处需要在峭壁上架设栈道。当初刘邦被项羽封为汉王，离开关中，听取了张良的建议，火烧了子午峪栈道示弱，意不再问津关中。楚汉战争时，他明修子午峪栈道，暗度陈仓道，骗过项羽，一举夺下长安，占据关中，建立大汉王朝。三国时，诸葛亮六出祁山北伐曹魏，魏延力荐从子午谷出奇兵，武侯一生谨慎，坚持出祁山，功败垂成，未能北定中原兴复汉室。唐明皇时，这条古道也是为他宠爱的杨贵妃运送荔枝的重要通道之一。子午峪也是秦岭北边七十二峪中最为有名的峪口，历经风雨，饱受沧桑，久负盛名。

随后，周末偶有闲暇，就多次和数位朋友结伴徒步进入子午峪，多次寻访玄都坛，屡次访金仙观，数次问道清尘道人。每次进入金仙观，都被道家文化深深地震撼着，灵魂受到了洗涤，心灵受到了洗礼。每去一次，就有每次的感受，不仅次次不同，而且一次比一次深刻。

沿子午峪踏着水泥路向前步行三四里光景，路上立一青石双柱山门，中间"金仙观"几个大字金光闪闪，下面一行韩文，不觉有些纳闷。两边"无为"和"自然"四个字，展示了道家教义的精髓。进山门，数十米水泥路尽头，右手有一浅谷，谷口竖一巨石，上书"金仙观"几个红字，刚劲有力，右侧亦是韩文。沿着石子的坡道缓缓而上，两边山势陡峭，山青如黛，满山披翠。道旁道乐泛泛，流水潺潺，鸟鸣虫唱，松鼠跳蹿，好一个仙境。任法融道长、清尘道人等人的题字，随处可见。远处山头天空白云飘飘，眼前道观香烟渺渺，微风送来阵阵钟鼓和诵经之声。

秦岭终南山自古就是佛道圣地。寺院道观林立，高僧神仙辈出，从古至今在此修行隐居的高人众多。终南山是中国隐士的第一福地，据说现在在这里隐居的佛教、道教徒和其他隐士多达5000多人。美国当代作家、翻译家和著名汉学家比尔·波特写的有关中国隐士文化的《空谷幽兰》，在欧美各国掀起了一股学习中国传统文化的热潮，一时风靡世界。

金仙观是道教全真派重要道观。道观面北坐南，依山而建，背倚金仙峰，面向阴崖，庄严雄伟，门前溪流淙淙，真是玄都圣境。山门对面依山筑台建一戴顶的九龙壁，壁座前有"金仙观"及注解一组大字，在汉白玉栏杆和翠竹映衬下更显金碧辉煌。旁有慧心、望玄二亭。仰望山门，道观为三进三上建筑，暗合了"道生一，一生二，二生三，三生万物""负阴抱阳""背山面水"和道法自然的道家思想。

说起来，金仙观大有来头。相传汉文帝时，有道士在子午峪西侧山上筑玄都坛，修道成仙。东汉以后道士们围绕玄都坛相继建了许多道观，唐时尤为兴盛。李白杜甫的好友，元丹丘道长曾在此隐居修道。玄宗李隆基为其妹妹金仙公主在此建了金仙观。金仙观与韩国也颇有渊源。据记载，唐末新罗人金可记留学长安，辞"宾贡进士"隐居子午峪苦心修道三年，得八仙之一的钟离权真传得道。一天清晨，金可记看着东边冉冉而出的红日，潜然泪下，思乡之情油然而生。遂"思归本国，航海而去"。回归新罗开始传道授法，成为新罗传播道教的第一人。数年后又复来长安，再次进入子午峪悉心修道，于公元858年二月二十五日羽化成仙。唐代诗人章孝标曾有诗作《送金可记归新罗》云："登唐科第语唐音，望日初生忆故林。鲛室夜眠阴火冷，屋楼朝泊晓霞深。风高一叶飞鱼背，潮净三山出海心。想把文章合夷乐，蟠桃花里醉人参。"因而金仙观成为韩国道教的祖庭，近年来不断有韩国道士来此寻祖拜谒。

金仙观住持清尘道人，不仅道行颇高，又善书画，名冠三秦道界和书画界，常常交流于海内外。我来的次数多了，自然就与他熟识了，交谈的也就多了。每每和清尘道人饮茶，边问道，边悟道，谈书，说画，论道，常常都是心里满载收获而归。改革开放近40年取得了巨大成就，同时也出现了不少问题，经济发展了，社会进步了，生态却恶化了，人的道德滑坡了，信仰缺失了。道法自然，人与自然和谐相处，身心双修、天人合一、动静相兼这些道家的思想，对当下的中国和中国人来说，作为疗伤还是大有裨益的。发扬传承儒释道为主的传统文化和精神的精华，也许不失为当下中国持续发展的一剂良药。

登上玄都台，遥望古道逶迤向南，洁白的槐花满树盛开。远眺山下故园，我心悠然。仰望苍天，俯视大地，我立刻融入天地之间，化入万物之中。

夜宿高速

前年 8 月，炎热主宰着有几千年历史的古城西安，西安继武汉、长沙之后成为又一个火炉。持续的高温桑拿天气，让人有些透不过气来，身上老黏糊糊的，汗水流个不停，如太平洋里的海水永不干涸。白天酷热，夜晚又闷又热难以安眠。于是有了短暂逃离的想法，和儿子及友人驱车陕南青山绿水的青木川古镇，求得短暂的凉爽。

离开青木川返汉中，原本"外甥打灯笼——照旧（舅）"从宁强的二级公路返回。不料魏家大院偶遇熟人，言说高速西进甘肃绕四川，既顺畅，又快，又省时。不知出于求新求异，还是出于不委人言不屈善意，我们遂采纳朋友的建议驱车上了高速公路。

青木川古镇地处陕甘川交界，山清水秀，素有"鸡鸣听三省"之说。自然很快上了甘肃高速，转入四川高速，虽然有点小周折，但是不到一个小时就再次来到宁强县棋盘关进入陕西，驶入了西汉高速。心中泛起一圈圈欣喜的涟漪，为自己的正确选择暗暗自喜。俗话说得好，"听人劝吃饱饭"，从谏如流方能少走弯路，少错做事。

夜幕渐启，群星揉着惺忪的睡眼，用眨着灵光的眼睛俯瞰着夜晚的陕南大地。近处公路上月色满地,远处城市一片火树银花。行驶在高速上心里好轻松。

祸兮福之所倚,福兮祸之所伏。世界上原本福祸相依,好坏相生,美丑并存。福中有祸,祸中伏福;好中藏坏,坏中潜好;美中含丑,丑中孕美。刚过棋盘关,上了高架桥,车辆就停滞不前,还真应了"好景不长"这个词。

一会儿,西汉高速上停滞的车辆排了几公里长像一条长龙。霎时间车灯闪烁刺眼,喇叭嘶鸣,一片混乱。一辆辆汽车如同一头头平日里奔驰在山野的野兽,一下子囚在笼子里,狂躁焦虑,进而做着无谓的挣扎,仿佛世界末日即将来临。原来前面发生了严重车祸,三车连撞,一辆车架在了双向高速中间的护栏上,交警们在紧急救援。看来,一时半会儿是通行不了了。司机们只好纷纷熄火,在车上、路上焦急地等待。高速路上立刻平静了下来。车队犹如一条出水的蛟龙,无奈地瘫卧在高架桥上。

看看手机,时间已经逼近午夜 12 点,高速仍然没有一点畅通的迹象。我们只好疲惫地蜷缩在车上,耐着性子等待着。看来我们今夜要在高速上度过了。

打开车窗,迎来一阵阵微风。午夜的风有那么一点点凉意,浑身一阵阵舒坦。不知什么时候,儿子和朋友的鼾声响起,时急时缓,时紧时慢,时高时低,时强时弱,全都进入了梦乡。其中一人竟然会声地笑了,或许梦到心爱的人儿,或许梦到高兴的事儿,或许梦到美景儿。另一人喃喃梦语,诉说着深藏在心底好久包包裹裹了多少层的秘密,原本想着子夜没有人会听到,谁知被月亮、星星和我无意中偷听到了,我竟然做了一回"不道德"的人。

我却怎么也睡不着,静静地注视着群星闪烁,偷听着她们私语,默默地看着皎洁的月儿,仔细地欣赏着嫦娥的仙容。山虫轻轻拨动着细细的琴弦,弹着美妙的音乐;山溪微微打开清脆的歌喉,唱起欢快的山歌。苏轼这会儿望着明月,发出了"此生此夜不长好,明月明年何处看?"的感叹。仰望着深邃厚重的夜空，我脑子里一片空灵灵的。

山风习习，四野死一般的寂静。周围群山黑魃魃的，风吹树响，树木连连打着哈欠，偶尔听到几声野兽的嗷叫。一丝害怕袭扰心头，打破了我平静的思绪，脑细胞一下子被激活了，思维活跃起来，大脑里开始了许许多多的胡思乱想。

李白此时在游历中正"举杯邀明月，对影成三人"；谢灵运这会儿出游堵在路上，正夜宴诗朋文友；徐霞客旅行中受阻……

如果不走高速，也许我们早已到了汉中，已经在宾馆的席梦思床上酣睡；如果我们不听熟人的建议，也许我们正舒坦地享受着空调；也许，也许……我有了好多假设，懊悔如潮水涌满胸膛。也许终究不会成真，世界上也没有卖后悔药的。人生只有选择和决定，人生没有也许。凡事都要自己决定，自己选择，既然决定了，选择了，那么就要勇于承担，坦然面对后果。我们只有耐心地等待。

时间只会顺流，不会倒流；历史只会前进，不会退回；世界只会发展，不会折返。我们不能说如果没有清朝的落后，我们的国家今天会发展成什么样子；我们也不能说如果没有第二次世界大战，世界今天会是一种什么样的格局。时间没有也许，历史没有也许，世界也没有也许。历史进程中、世界发展过程中，每一个关口都需要选择，都需要决定。世界做出选择，历史做出决定，历史会有应有的担当，世界会淡定地面对选择……

不知不觉地我也酣然入梦了。

凌晨4点多，一阵阵汽车喇叭声、一道道刺眼的汽车灯光，把我从周公身边叫了回来。高速畅通了，司机们纷纷揉揉惺忪的睡眼，定定神，清醒清醒，启动发动机，打开车灯，一条长龙又开始飞翔在高速上。

这一夜，我们睡在高速上。

杨庄油菜花儿黄

人间四月春最美。二月和煦的风唤醒了鹅黄的柳树，三月轻柔的雨滴浇嫩了碧绿的草儿，四月温暖的阳光绽放了五颜六色的花儿。

春天的生命在于绿，春天的美在于花儿。春风吹绿了大地，处处洋溢着勃勃生机。春风让春天变得温柔，春阳让春天艳丽，花儿把春天打扮得格外俊俏。

四月的杨庄，长安最美。四月的杨庄，天蓝似海，云白像雪，风和如煦。四月的杨庄，山青似黛，水秀如玉，花黄比金。走进杨庄，如同走进了一幅五彩的油画，让我们用心去看春天色彩；走进杨庄，如同走进了一首山水田园诗，让我们用情去悟乡村诗意；走进杨庄，如同走进了春天的圆舞曲，让我们用生命去听春天的交响乐。

不远处西山梯田坡地上，一片片黄灿灿的油菜花，似绸、似缎、似锦，一台一台，一层一层，追寻着蓝天白云的梦，一直肆意绽放到山岭，把西山装扮得格外靓丽，分外金贵。古老的西山仿佛返老还童，穿越回到了青春岁月。近处池塘边，一片片金黄的油菜花，倒映在波光粼粼的水面，和着绿树的倩影，让绿汪汪的春水泛着金色。房前屋后的绿树林间，小小的一块块盛开的油菜花地，随性地七零八落地镶嵌其间，如同金碧辉煌的宝石。远处太兴山，风姿绰约，春韵十足。山脚下片片油菜花娇艳艳的。玉带似的库峪河，唱着欢快的春天的歌，沿河一路的油菜花尽情绽放。

在杨庄随心走，随意看，油菜花无处不在，无处不开。山溪旁、池塘畔、绿水边、坡头、沟底、山梁上，一抬头就能看到油菜花；杨庄村、石佛庄、营沟村，一抬脚就能走进油菜花；东沟水库、徐家沟水库，一呼吸就能闻到甜甜的油菜花香。正像一首诗所写，"姿容清丽厌奢华，淡淡平平不自夸。羞去院庭争宿地，乐来田野绽花黄"。油菜花儿漫山遍野。

处处是油菜花的世界，处处泛着金光。轻拂的绿柳、悄抽的白杨、苍青的翠柏、吐绿的柿树黯然神伤，零星的核桃羞涩地长出紫绿的嫩叶，红叶李此刻也有些失色。他们悄无声息，"无意苦争春"，一心作为油菜花的陪衬，默默地站在春风荡漾的路边、山坡、池畔、山岭，心甘情愿地守护着片片油菜花。

跟随春风荡进杨庄的油菜花田埂。经过一个冬天沉寂的土地，被东风唤醒后，蓬松酥软生机勃勃，像撒上了发酵粉一样，催绿了麦苗，催黄了油菜花。"朵朵金花娇艳艳""金黄灿灿染三春"。一株株近一人高的油菜花亭亭玉立，就像一个个风情万种的少妇，披着满头黄灿灿的秀发，在春风里孕育着果实，孕育着新的生命。无数蜜蜂忙忙碌碌地在油菜花花蕊中吮吸着花蜜，"嗡嗡嗡"地从这朵儿飞到那朵儿上。彩蝶围绕着金贵的美人翩翩起舞，时而舞向东，时而舞向西。"儿童急走追黄蝶，飞入菜花无处寻。"一群群、一帮帮、一家家赏花人，驻足其间，流连观赏、拍照，留下了千娇百媚的倩影。红男绿女，举步踟蹰，迷醉不归。你看，一群年轻人，正用无人机航拍，欲把杨庄四月的油菜花作为永久的记忆。油菜花丛中一位身着素淡旗袍的少女，手持油纸伞，肩披红绸，面前七八个人手持相机，咔嚓咔嚓，争相为她拍摄下美丽的瞬间。花海人影，相映相宜。

徜徉于杨庄绽放的金黄的油菜花海洋里，你才会真正认识到春天的美，懂得春天的美。你竟不忍呼吸，唯恐流动的气息吹落了油菜花；你不敢说话，唯恐低声打破了油菜花的宁静；你不愿移步，唯恐惊扰了私语的美人。油菜花儿很普通，但色彩却很高贵。黄色，在中国古代本是高贵色，《通典》里说"黄承天德，最盛淳美"，班固的《白虎通义》也讲"黄者，中和之色，自然之姓，万世不易"。一不小心，春风吹落了你的心，跌入油菜花丛中，迅速生长，瞬间也变成了一株油菜花。你的灵魂瞬间高贵了起来，丢下了劳累，抛弃了琐屑，放下了烦恼，忘记了丑恶。一切都是那样的美好。你一下子轻松了，快乐起来。你仿佛融入了杨庄的油菜花，融入了杨庄的水，融入了杨庄的山，融入了杨庄的春天，也融入了杨庄人幸福的日子。

春华秋实。春天，油菜花儿把人间染成金黄，让杨庄春更美；秋天，菜油把人们的日子浸得油汪汪的，让杨庄人的日子更滋润。

四月的长安，杨庄最美。

又见长安桃花红

二月春风归，新柳满枝头。天气乍暖还寒，长安大地到处已春意涌动。秦岭北麓王莽的桃花也开始在枝头打探春天的消息，努力积蓄着春的力量，急切地等待着生命绽放的三月。

长安桃花名闻天下已久，唐时长安城桃花灼灼，大放其艳，赏桃花成为一种时尚。皇帝常常在宫内设桃花宴大宴妃嫔和群臣，命群臣吟诗助兴，好不风雅。达官贵人和太太小姐，络绎不绝到郊外观赏桃花。诗人们赏桃花的兴致更浓，唐诗里写长安桃花的诗句不胜枚举，从大诗人李白、杜甫、白居易，到名不见经传的诗人，写桃花的诗句，处处可见，随手拈来。大诗人刘禹锡因桃花诗《玄都观桃花》招来了冤案。"紫陌红尘拂面来，无人不道看花回。玄都观里桃千树，尽是刘郎去后栽"在长安城传开，政敌利用这首诗陷害他，诗人再度遭贬。刘禹锡返回长安时又作了《再游玄都观》："百亩庭中半是苔，桃花净尽菜花开。种桃道士归何处？前度刘郎今又来。"对陷害自己的人给予了莫大的讽刺。相比起来，崔护幸运得多了，那首《题都城南庄》"人面桃花相映红"，不仅为他赢得了爱情，而且给自己带来了好运，第二年考中进士；也为长安桃花添上一笔动人的爱情故事，让长安桃花更是名倾天下。

三月的东风，绿了柳树，白了梨花，粉了杏花，也红了桃花。长安城繁花似锦，花开簇簇，香溢街巷，花的世界，香的海洋。好一个花映古都，春浸长安。

桃花绽王莽，红香映终南。来到王莽的万亩桃园，我一下子被美丽的桃花仙子给迷住了，正应了唐诗里那句"已被桃花迷不归"。一片一片桃花林，平原处、房前屋后、半山坡，"桃花满陌千里红"。一块一块粉红的云朵，把古老的终南山下的王莽土地打扮得花枝招展，小峪河更加靓丽青春。路边观赏的桃花红得似火，是那样的娇艳；田里的食用桃花粉得似霞，是那样的温柔；桃花林间偶尔夹杂几株雪白的梨花，是那样的皎洁；不远处点缀着一小片镶黄的广玉兰，是那样的飘飘欲仙。

走进一处桃花林，一树树桃花竞相绽放。有的粉红的花瓣已完全打开，似风情万种的少妇，一枝枝纤细的花蕊楚楚动人，像微露的乳房那样迷人；有的花瓣半开，像青春靓丽的妙龄女子欲说还羞；有的含苞待放，似情窦初开的少女娇滴滴的；有的还是小拇指大的花骨朵儿，像一个尚在母亲怀抱里的女婴努力挣扎，"水上桃花红欲然""眼底桃花酒半醺"，蜜蜂情人似的甜蜜深情地给她一吻。

赏花的人越来越多。田间小路上，桃园的空地上，水泥大路边，到处是红男绿女、老人小孩。有的是情侣，有的是夫妻，有的是一大家子。漫步桃花林，痴痴地望着一树树桃花，深深地呼吸着四溢的桃花香。看，一位美女，睁大眼睛，静静地注视着一朵朵桃花，人读桃花，桃花读人，读出了诗情画意，读出了才子佳人。一位少妇轻轻地吻着一朵桃花，闭目凝神，忘情地独自享受，不时会心地微笑。一个小男孩一会儿跑到这株桃花下，一会儿跑到那枝桃花下，又是指，又是嗅，爷爷奶奶顾不得欣赏桃花，屁颠屁颠紧跟其后，生怕小孙子摔了，桃园里洋溢着老人和孩子爽朗的笑声。桃花林深处，一对情侣，相拥相依，旁若无人地躺在桃花下的绿草地上，旁人不忍扰了他们的雅兴。

游人拍照的兴趣也很浓。爱美的少妇、少女纷纷进入桃园，轻倚桃花丛中，摆出各种优雅的姿势，尽情地展示着自己的风韵——一双纤细的手，一张娇艳的面容，一副可人的微笑——好像要和桃花比美，人面桃花相映红，桃花中人更美。桃花林中的一处池塘边，一群身着五彩裙的少女正在拍照，水映桃花花映人，水中的少女更是风姿绰约。摄影爱好者端起相机，精心地这儿一抓拍，那儿一抓拍，唯恐拍不出桃花的风韵，拍不出春天的韵味。

来到半山坡，桃花独好。抬头望去，桃花随着山势层层叠起，跌宕起伏，别是一番韵味。桃花下，野草绿意盎然，间或一片才刚刚开花的菜籽花，绘就了一幅五彩的春色。低头远望，片片红云绕着山村，簇簇绿柳抚摸农家小院，还未抽绿的树木环绕着村庄，一畦一畦金黄的油菜花，一片一片碧绿的小麦，我一时间竟然不知道是村子在画中，还是画中有村子。血红的太阳也被美丽的桃花吸引住了，迟迟不肯回家。夕阳里桃花似梦。

忽然想起几句唐诗，"今年花落颜色改，明年花开复谁在""年年岁岁花相似，岁岁年年人不同"，不免有些伤感。珍惜眼前的桃花，欣赏今年的桃花，不负桃花，不枉时光，人生无憾。

桃花虽美，终要落去。

不过，花开花落，本是自然规律。如今生态好了，明年桃花会更艳。

明年，一定会看到长安桃花更红。

第四辑

过来的都是好年景

"过来的都是好年景"，这是父亲的一句口头禅。这句口头禅伴着父亲走过了 74 年的生命历程。每当我工作遇到困难，生活中遭受苦难，跌入情绪的低谷时，我常常用这句话劝慰自己，正是这句话帮我走出低谷。

父亲离开人世的那一瞬间，永远刻在我心里。随着时间的推移，刻痕反而越来越深、越来越清晰。至今想起来，我的心还在一阵阵作痛，在一滴滴淌血。

父亲身体一直很硬朗，很少有头疼脑热，几乎不吃药不打针。父亲去世前的几年，收拾后院时，搬石头用力过猛，患上疝气。母亲让他做个手术，我也劝父亲彻底治疗，他坚持不做。父亲很固执，很倔强，自己定下来的事十头牛也拉不回来。母亲和我们实在没有良方，只好无奈。父亲后又患上了老年性便秘，每每要蹲上很长时间，十分艰难，很是痛苦。然而父亲只是买点药吃，就是不肯上医院。父亲从小受了苦，一生很紧细。一方面怕到大医院花钱，另一方面怕给儿女添麻烦。这两样病一扛就是几年，一直没有上过乡医院，更不要说县里省里的大医院。

父亲去世前的半年，不仅便秘越来越严重，而且饭量越来越小，吃进肚里的东西肠胃也不能好好接受，原本不胖的父亲更显得消瘦了。其时我和妻子在乡下初中教学，儿子还不到两岁，经济很是拮据，常常捉襟见肘。我担任着学校教导主任，不仅要工作还要照顾小家，每周回家看望父母总是来也匆匆，去也匆匆，炕边没暖热，没说上几句话就骑着自行车一溜烟逃离了村子。

我那时不仅很粗心，而且说实话是根本没有操父母的心。母亲几次欲言又止，我竟然没有发现。秋忙假后，我发现父亲吃得更少了，颧骨明显高了，人瘦了一圈，花白的发须更显凌乱。我问父亲怎么回事，他总说，"好着呢，人老了，活动量小，饭量自然就小了"，"你好好工作，把娃照顾好，我没事"。我和母亲硬逼着父亲到县医院检查，医院让回家调养。我坚持要带父亲到省城西安大医院，父亲说什么也不同意。眼看着就要进入腊月，年的脚步一天天迈近，父亲执意回到了家。

我是一个不孝的儿子。当亲友问起父亲的死因，我羞于开口，因为我并没有带父亲去大医院，至今我也没有弄清楚父亲到底得的是什么病。多年来我常常责问自己，为什么当年没有带父亲到大医院去检查，就是治不好，最起码也能弄清父亲死于什么病。那些年农村教师工资低，儿子小，自己经济拮据，加之受父亲影响，撂不下学生。多年以后每每想到这件事，我很愧疚，觉得愧对九泉之下的父亲。"要知父母恩，手上抱儿孙。"我的儿子一天天长大了，作为父亲，为了儿子我不惜花钱，不惜劳神，不惜受苦劳力。我又想到了父亲，父亲为了我舍得一切，我为什么就不能为父亲放下一切！这又应了那句古话，"一个老子能养十个儿子，十个儿子养不了一个老子"。乌鸦尚知反哺，我竟然不如一只乌鸦。我的眼泪又涌满了眼眶，簌簌地落下。

我不是一个好儿子。那时我担任学校的教导主任并负责初三毕业年级两个班的语文教学。父亲弥留的30多天，他还要我坚持上课，不要耽搁了学生的课程。现在回想起来我竟是那样得傻，怎么就没有挤时间在家多陪陪他，为父亲尽最后一点点孝道，那样我的心也许会得到一点点安慰。这成了我心里永远的痛，成了不可治愈的伤疤。人到中年之后，这痛时时发作，像针扎心脏一样痛。这伤疤时时发炎，像一把盐撒在了上面一样疼。这让我痛苦不堪，时时遭受良心的谴责和精神的折磨。

年关一天一天近了，父亲的病情忽然好起来。腊月初三，我们给父亲过了一个再也简单不过的生日。一碗长寿面，一杯清茶。父亲异常高兴，母亲却满脸愁容，她说父亲的脚越来越肿了。

腊月二十四，我特意烧了好多热水，仔仔细细地为卧床多日的父亲擦洗了身子，掏干净了肛门。父亲满眼泛着微笑，舒坦坦地躺在炕上，哼起来秦腔《龙凤呈祥》"书堂合婚"一折中刘备一段唱，他高兴地说："舒服多了，上下通活了，看来我能过年了。"在父亲面前我强装欢笑，背过身，眼前一片黑暗。过了两天，父亲病情急剧恶化，大哥设法搞来几瓶高蛋白，奢望着父亲能熬过年。

腊月二十八中午，蛋白也打不进去了，我们彻底绝望了，后半晌父亲几乎没有了知觉。夜幕降临，严冬的夜格外漆黑，黑得有些怕人。我将手搭到父亲鼻孔前，感觉到父亲还有一点微弱的气息，白炽灯昏黄的光让屋子更昏暗。父亲干涸的眼睛忽然一亮，仿佛即将燃尽的油灯注入一点油后又有了一丝光气。他努了努嘴，想要说什么，我俯下身子，耳朵贴在父亲嘴边。父亲含混不清的话语，我似懂非懂，我终于听明白了，"娃，回来了吗？"父亲艰难地问道。父亲是问他的大孙子、我的大侄子回来了没有。我趴到他耳旁，大声地说："明天回来。"他又问："还有几天过年？""明天是除夕，后天就过年了。"我的话音未落，父亲就咽下了最后一口气，撒手人寰了，从此父子阴阳两隔离。想起来我十分后悔，我当时如果不如实告诉父亲，也许父亲会努力地活过年，我的话让父亲精神松懈了。父亲还是没有熬过年，父亲的脚步被挡在新年的门槛之外。生命有时是坚强的，有时是脆弱的，生与死只是一线之间，一瞬之时。

　　除夕傍晚，我一个人陪着父亲。新年的鞭炮此起彼伏，整个村子都弥漫着浓浓的火药味。新年的鞭炮点燃了沉睡了一个冬天的村庄，炸醒了春天。炮光闪闪，犹如一朵朵绽放的花儿，整个村庄沉浸在新年的喜庆之中。我停住了哭泣，放下痛苦，静静地陪着父亲度过了人间最后一个除夕。窗外天空月明星稀，星星和月亮有点消瘦。地上寒光一片，冻得严严实实，门前地里冬眠的麦子打着鼾声。村边祖坟上的古柏睡不着觉，絮絮叨叨讲述着陈年旧事。那天我一夜未合眼，不时为父亲上香，不时为燃灯添油，让父亲享受着人间的香火和亲情。我幻想坐在父亲身旁，陪他说着话，聊着天，听他唠叨陈芝麻烂谷子，听他唱上一段秦腔《烙碗记》："上边埋着我的父，下面又埋刘子明……"

　　父亲是小有名气的秦腔演员，"文革"中备受折磨，他生性耿直，从不陷害他人。父亲十分节俭，吃饭时，地面上撒下一星点馍花，他总是小心翼翼地捡起，轻轻一吹放进嘴里。上小学时，我鼓足勇气说想要一支英雄牌钢笔，谁知父亲马上从口袋里掏出钱递给了我。二哥结婚，父亲将自己补发的"文革"中四年零三个月工资全部拿出来。父亲为了儿女舍得，不仅是金钱，甚或是自己的性命。我们做儿女的，对父母又如何？我惭愧的眼泪又簌簌落下。

　　我常常梦见父亲，遗憾的是梦总不长，很快会醒来。于是我奢望做一个长长的梦，那样，我会和父亲多待一会儿。

村里最后一个小脚女人

听说六婆死了。

六婆是我们村年龄最大的女人，90多岁了，可谓高寿。

六婆也是我们村里最后的一个小脚女人。

据说中国女人裹脚大约起于五代十国时期的南唐，两宋时裹脚成为一种时尚，尤其南宋的都城杭州城里的女人非常流行裹脚，人们把小脚也叫杭州脚。裹脚以分子裂变的速度传播着，如雨后的春笋迅速在大江南北流行起来，明清时期裹脚已遍布全国各地城乡，"三寸金莲"可谓登峰造极，空前绝后。

让女人裹脚起源于帝王——一代词圣、南唐亡国之君、写出千古名句"问君能有几多愁，恰似一江春水向东流"的李煜。这位李后主做皇帝并不称职，但舞弄起文学、艺术可是高手，让历代文人墨客惊叹不已。他善诗词，喜音乐，长美术，好歌舞。后宫里的一个嫔妃窅娘为争宠，取悦这位李后主皇帝，竟然别出心裁用白绫把脚裹成月牙状，在精心打造的莲花台上翩翩起舞。那种如飞天般的轻盈，那种如西施般的婀娜，那阴柔之美能不激起李后主的雄性性腺吗？窅娘能不受到李后主的宠爱吗？封建社会里帝王的幸福、男人的幸福是女人的血和泪绘就的，麻木的女人在幸福着男人的同时，也虚妄地幸福着自己。

裹脚最初是女人高贵的标志。起初只有宫廷里的女人裹脚，后来官宦人家的小姐才裹脚，最后民间女人纷纷效仿，裹脚成为一种时髦，就像上世纪80年代初期穿喇叭裤一样。经过宋明理学的推波助澜，到了明清，裹脚成了每一个汉族女子的必修课，直至民国初年，妇女解放，女人们才放开了双脚。在我们的国度，封建社会里，帝王官员是平民百姓的衣食父母，也是平民百姓行为的表率，所谓"上行下效是也"。可怜的中国女人，一代一代延续着这样的传统，裹脚历史竟然长达一千多年，竟然还以裹脚为荣。

六婆为了裹脚没少流泪，没少流血，也没少挨骂。过去俗话说"裹小脚一双，流眼泪一缸"。据六婆回忆，自己五六岁时，她母亲就给她开始裹脚了。不足一尺宽几尺长的青布，母亲用力地缠绕着她的小脚，脚掌心下面垫上碎碗片，裹得紧紧的。疼得她眼泪唰唰地往下流，痛苦地不断呻吟，满脸的凄苦。她的母亲却很淡漠，居然没有一丝的同情，好像她不是母亲的亲生女儿，而是街上捡来的。刚裹上脚，不要说走路，站都站不起来，六婆下不了床，躺了整整半个多月。解开裹脚布，她的脚虽然青一块紫一块的，但仍是倔强的直板板的大脚片。母亲不得不用碎碗片，在她的脚骨上，狠着心反复地用力刮，她疼得像被宰杀的猪一样，声嘶力竭地哭着号着。母亲不停地骂着："你个不知好坏的死女子，现在不受疼，将来就找不到婆家，嫁不出去，忍着点！"一会儿她的脚就血肉模糊了，让人不忍目睹，然而母亲还不停手。她哭得死去活来，母亲这时也泪珠如线。最后又垫上碗片，用裹脚布扎扎实实地裹起来。刮的是女儿的脚，疼的是娘的心。娘狠劲地刮是对女儿最大的爱，娘希望女儿有一双小脚，今后嫁到一个好人家。狠心的娘，为的是女儿的将来。老话说得好"打是亲骂是爱"，这是中国人的哲学。

一双好端端的大脚，就这样被裹成了织布梭子一样的三寸金莲。六婆再也不能迈着大步走路了，从此踮着小碎步，颤巍巍、慢悠悠走路，如同风摆柳扭动腰肢慢舞。这样一走竟然就走了近90年。

女人小脚的美是一种病态的美，是一种残酷的美，是扼杀女人人性和天性的美。正如中国的盆景艺术。清代文学家龚自珍在《病梅馆记》里说"梅以曲为美，直则无姿；以欹为美，正则无景"。病梅是一种畸形的美，是一种扭曲的美，是一种残缺的美，是一种扼杀生物本性的美。它折射出文人画士病态的心理，以及他们人性和精神的扭曲。是什么造就女人的裹脚？是皇权，是男人的淫欲，是男权主义。封建时代的中国是男权社会，一切以男人为中心，女人只不过是男人的附属品。刘备曾说"兄弟如手足，女人如衣服"。男权社会的审美也是男人的审美观，正是男人病态的审美，以满足自己的欲望和癖好，准确的说是那些所谓的文化人和官员扭曲病态的审美，才有了女人的裹脚。女人裹脚在扼杀女人人性的同时也扼杀了男人的人性，正如龚自珍所说，"梅之欹之疏之曲，又非蠢蠢求钱之民能以其智力为也。有以文人画士孤癖之隐明告鬻梅者"。男人主宰的社会，女人永远是附属品。

小的时候在六婆家后院玩，我们常常偷看六婆打开裹脚洗小脚。阳光和暖的午后，六婆烧上一蓝瓦盆热水，晃悠悠地端到后院大椿树底下，又慢悠悠地拎上个小凳子独自坐到后院里，在树荫下慢慢地解开又臭又长的裹脚布，慢条斯理地洗起自己的小脚。我们偷偷跑到后院，藏在她的身后，屏住气息默默地看着六婆丑陋扭曲干瘪的小脚。

看到六婆的小脚，我既好奇，又恐怖。好奇的是她的脚是那样得尖，那样得小；恐怖的是她的小脚是那样得面目狰狞。至今想起来还有新奇劲儿，至今回忆起来都心有余悸。我们差一点叫出声来。六婆的脚掌严重变形如一张弓，除了大拇指，其他脚趾全部折到脚板底下和脚板紧紧地挤在一起，脚面隆起明显的一种畸形。六婆用热水把厚厚的茧子泡软后，用碎碗片一点一点刮着已坏死结板的茧子。那一刻瞧她的舒坦劲儿，就像几天几夜没睡觉的人美美地睡了一个舒坦觉。不一会儿就刮下了小半碗茧子，我们却觉得惨不忍睹。

六婆还是发现了我们，扬起裹脚布轰赶我们。我们胆子也大了，索性明目张胆地围观起来。六婆迅速缠起裹脚布，拾起拐杖想要追打我们，"崽娃子，有啥好看的，还不快滚！"虽然声音有些严厉，但眼睛里洋溢着满满的爱。当六婆艰难地站起来，吃力地拄着拐杖，步履蹒跚地追赶时，我们早已鸟兽般地四散跑开。

六婆小脚不稳当，像走荡桥一样摇摇晃晃，一不小心重重地跌了个尻子蹾，四脚朝天，六婆的这把老骨头差点散了架。这下闯大祸了，我们吓坏了，赶快上前七手八脚搀起她，又急急忙忙捡起拐杖。六婆并不恼，竟然也笑了起来，我们这才如释重负，眉毛展开来，脸也松弛了，嘴角露出了一丝微笑。六婆是吓唬我们的，她最爱我们了。

小脚让六婆也没少受苦。新中国成立后六婆在多次"运动"中作为地主婆受到了批斗，大会小会低头哈腰地站着，小脚实在有些支撑不住，浑身如筛糠一般。六婆求饶如捣蒜，红卫兵像看耍猴、杂技一样，个个喜眉笑脸，人人扬扬自得。天气一旦突然变化，六婆的小脚就疼起来，六婆的小脚简直就是晴雨表，比天气预报还准确。刚刚风起云涌，雨雪还在酝酿之时，小脚就开始隐隐发痛；雨落雪飘风吼之时，小脚钻心刺骨地疼，六婆只好蜷缩在热炕上。

六婆是最后一批裹脚的女人，就这一点来说她是不幸的女人。民国初年一场轰轰烈烈的反孔反封建运动在神州大地掀起，妇女也随之被解放了。女人解开了裹脚，放开了天足，从此就不再有小脚女人，女人和男人一样可以拥有一双正常的脚了。

六婆的死宣告着一个时代的结束。六婆之后村里再也没有新的小脚女人了，六婆死了之后村里从此再也不存在小脚女人了。

女人的小脚时代一去不复返了。女人裹脚，从小的方面来说是那个时代女人的悲哀，从大的方面来说是那个历史时代的悲哀，再大一点说是我们民族那个时代的悲哀。

在我们老家乡下老丧就是喜丧，下葬时要吃蒸饭。六婆高寿，她的丧事是真正的喜丧，下葬时蒸饭搭了五六鼎，半个村子的人家都为自家小孩讨上一碗红豆蒸饭，沾沾六婆的福寿气，好让小孩不生灾，不得病，长命百岁。对于六婆的死，家人和乡党并不难过，村里那几天热闹得像过会一样，还请来了县剧团的秦腔演员，唱了三天三夜。送葬的、看热闹的，人山人海，场面甚是壮观。

六婆走了，村里的最后一个小脚女人走了。

万春爷

瞎子万春爷，不仅是我们村里的大名人，而且在方圆十里村子也小有名气。一提起他，村里无论大人小孩无人不知无人不晓，就连邻近的几个村子的乡党关于他的话题都能说上一河滩。

万春爷虽然一双眼睛看不见，一双大手却十分灵巧，毫不夸张地说，他的手工编制几乎可以进博物馆。上帝是最公平的，当他对某个人关闭一扇门，就会为其打开另外一扇窗。

万春爷用玉米皮打成的草鞋，干净平整细致，非常精致，仿佛一件工艺品，只可观赏不可亵玩，穿在脚上就有一种破坏艺术品的负罪感。如果不怕老天惩罚的话，把他打的草鞋穿在脚上，轻巧巧，软绵绵，如水轻轻漫过久旱的土地，舒坦得很。

他用剔过粒的高粱穗做的笤帚，轻便好用又耐用，还不磨手。好多邻里乡党都不到集市上买笤帚，争着抢着让他给做，万春爷从不拒绝，从不伤乡党的面子，有求必应。

万春爷编的火绳，粗细均匀，光滑顺溜。他一双手轻巧灵活，左编右扭，编一编，捋一捋。一会儿工夫，游龙一样的火绳在他手里左扭右舞。火绳用起来既易燃又耐烧，轻轻吹口气，火光一下子就闪烁起来，明火熄隐却不断火，是吃旱烟的老汉们的挚爱。用他编的火绳，不浪费火柴，又随时能点着旱烟袋。

万春爷用麦秆编的蝈蝈笼、蛐蛐笼，那才是一绝。哪个小孩能拥有他编的蝈蝈笼会成为一种荣耀，那种兴奋不亚于中了足球福利彩票，比考试得了满分还要高兴，激动得一晚上睡不着。小时候，小伙伴老凯得到了万春爷编制的蝈蝈笼、蛐蛐笼，凭借这成了"娃狼"，对小伙伴们吆五喝六、指手画脚，如同皇帝一样，受到我们的前呼后拥。

听老人们讲，万春爷七八岁时，聪明活泼乖巧。一次高烧不退，二老太婆舍不得花钱请郎中，用土办法迷信方子瞎治，耽误了治疗时间，结果万春爷一双眼睛瞎了，成了盲人。从此他失去了光明，花草天云全都被墨染过一样，全成了黑色，多彩绚丽的世界，变为黑色一统的世界。他将永远地生活在黑暗之中，红花绿草蓝天白云成了他心里永远的美好记忆。人的眼睛瞎了并不可怕，可怕的是眼睛不瞎而心瞎了。虽然眼睛瞎了看不到光明，但只要心不瞎，人也能感受到光明和美好。有的人虽然眼睛没有瞎，但是心瞎了，所以看到的只能是黑暗和丑恶。

万春爷眼睛虽然看不见，耳朵听力和脑子的记忆力却特别好，辨别声音的能力特强，过耳不忘。年轻时如此，老了还是那样。他手里常常拿着一个小收音机，只要听到过的故事、新闻、评书，他都能讲出来，而且绘声绘色，让人更喜欢听。夏天夜晚，男女老少聚到凉水泉边的大槐树下乘凉，万春爷常常给我们讲三国、水浒和杨家将的故事。我们这些小男孩是他最忠实的听众，也是他忠实的粉丝，场场到，而且从头听到尾，常常因此睡得迟影响了第二天上学，迟到不说，上课还打瞌睡，私会周公魂魄跑到了洋洲海南，受到了老师严厉地批评，被罚站到教室的后边。

万春爷虽然没上过学，却多才多艺，会拉二胡，会敲梆子，会吹笛子，能唱秦腔，能唱眉户，还能说快板，还能诵经。唱秦腔眉户，不仅唱小生，还能唱闺门旦。他拉的二胡时而悠扬婉转，时而轻快明丽，时而哀婉泣诉，听得人有时深情思索，有时高兴大笑，有时小声哭泣。他自己拉得如痴如醉像喝了黄桂稠酒一样甜美，别人听得像喝了长安老窖一样浓烈兴奋。他拉的《二泉映月》还真有阿炳的味道。他吹的笛子，欢快轻扬，清脆悦耳。时而如鸟儿啼啭，时而如溪水潺潺，时而如骏马奔跑，时而如白云悠悠。万春爷的眼睛虽盲，心里却是亮堂的——阳光明媚，五彩缤纷。有些人眼睛很亮堂，心里却是漆黑一片。其实，人心黑不黑不取决于眼睛，而取决于心。

听，万春爷正唱呢。"狂风吹动了长江浪，黄鹤楼上有埋藏……"那是秦腔《黄鹤楼》里周瑜的一段唱段。英俊潇洒的东吴大都督周瑜的形象跃然眼前，素有秦腔名家、素有"活周瑜"之称的沈和中的风范。一会儿又是一段《柜中缘》："许翠莲来好羞惭，悔不该在门外做针线……"少女许翠莲羞答答、悔恨恨，让人马上产生了怜爱之心，当年易俗社王天民再世也不过如此。"阳春儿天秋燕去田间……"一会儿又唱起《梁秋燕》那段享誉西北、脍炙人口的唱段，就是李瑞芳在面前也不得不竖起大拇指称赞。

万春爷也有一段爱情佳话，可惜未修成正果。当年对门七婆家有一远房亲戚的女儿，来自干旱苦焦的甘肃西部山区，在七婆家住了半年。此女虽长相一般，人倒很憨厚朴实，如同山里的一株杜鹃花。万春爷虽然眼睛看不见，长相却不差，人勤快、能干、心灵手巧，打动了姑娘的芳心，一来二往，两人日久生情，晚上常常偷偷摸摸地到村外约会。竟然有了一日不见如隔三秋的感觉，甚至害了相思病。二老太婆托媒婆四连长婶向七婆提亲，七婆并没有答应这门亲事，推说让女孩子的父母定夺。那女孩回家的时候，万春爷虽不能说像梁祝一样十八相送，却也是送了一程又一程。也许他们隐隐感觉到这将是永远的分别，难分难舍，分别时一步一回头。这个女孩一去再也没有回来，万春爷大病一场，睡了一个多月。那姑娘给万春爷留下了美好的回忆，也留下了抹不去的伤痛。到了黄河也就死了心，万春爷从此就孤身一人终老。山村女人对婚姻的要求并不高，吃饱穿暖也就知足了。然而她们的命运很惨，这一点点小小的愿望都不能实现。她们像一群风筝，线永远掌握在放风筝的人手里。她们的婚姻只是一起搭伙过日子，一起生儿育女，一起到老。她们的命运掌握在父母手里，如同一张墙纸，父母把她贴到哪里就是哪里，她们只能听从父母的命令。山村女人几千年就是这样走过来的。盲人万春爷像浮萍，任凭风吹雨打，在岁月里颠簸，在时间里飘荡，这就是盲人的命运，万春爷只好认命了。

日子一天天地过着，时间的河流一天天流逝，万春爷一天天活下去，一天天越活越明白，一天天老去。

改革开放之初，土地承包到户。侄子娃多、娃小，农忙时节干活劳力少，万春爷不愿给侄子添麻烦，吃闲饭，尽力帮侄子干农活。夏天拉麦捆，秋天搬苞谷、拉苞谷秆，冬天拉粪，万春爷驾辕，侄媳侄孙们搭把手。夏天晒麦子，秋天片苞谷、拴苞谷，冬天剥苞谷，万春爷抢着干。家里、地里农活，白天黑夜，风里雨里，日头下、屋子里，干得一点也不比明眼人少。侄子侄媳看在眼里，记在心里，实在于心不忍，硬是不让他再干，万春爷却哪一次也不缺。从始至终，像一头黄牛，不言不传地做着，不声不响地干着。

万春爷有着一副热心肠，隔壁对门乡党邻里谁家有活，他都主动帮忙。秋忙，帮劳力少的人家片苞谷、拴苞谷；冬天，给缺劳力的人家帮忙剥苞谷。他帮忙分文不收，谁家说起给钱，一向和善的他就会发脾气，像庙里的金刚怒目圆睁。因而街坊邻里谁家做了好吃的都要给他端上一碗。他帮邻里干活，常常诵着因果经，让干活的人有一种愉悦的享受。"前世点了琉璃灯，今世生双好眼睛……"世间一切事有因必有果，种下什么因，一定结什么果，结什么果，必有什么因。我相信万春爷下一辈子一定会有一双明亮的眼睛。

上师范那年寒假，天黑得早，夜又很长，我睡不着觉，在院子里转悠。七八点时，传来了一阵悠扬的二胡声，万春爷在他家后院的大榆树下正拉二胡。一曲欢快的秦腔曲牌，挑动了我兴奋的神经，一种欢快愉悦的情感漫过心头，如同喝了五药未炒熟的黄酒，香极了。这乐声让我燃起希望的火炬，注入前行的油料，伴我走向乡村教师的岗位。

后来回家的次数少了，见到万春爷的机会就更少了。但是我常常牵挂着他，经常向父母打听他的消息，对他的近况还有些了解。父母去世后，我很少回家，关于万春爷的消息就越来越少了。有一次回家听说万春爷死了，我有些吃惊，留下了两行无声的泪水。万春爷在黑暗里行走了70多年，他的心却是亮堂的。我默默地为他点上了琉璃灯。

我不是一位佛教徒，也不相信人的轮回之说，不相信人会有下一辈子，但是我相信万春爷下一辈子一定生一双明亮的眼睛。这是他此生的愿望，也是我的期望。

佛祖一定会满足善良的人的。

一对纱帽翅

父亲留给我唯一的"宝贝"，就是一对纱帽翅。这对纱帽翅，是父亲的师傅送给他的，父亲留给了我。

从师傅送给他起，这对纱帽翅就一直陪着父亲，无论走村串乡的演出岁月，无论被迫告别秦腔舞台的日子，还是退休赋闲在家的生活。这对纱帽翅，从跟随他起，就融入了他的血液，渗进了他的骨髓，溶解到了每一个细胞里，成为他生命的一部分。

父亲从 14 岁起，只身远赴甘肃平凉平乐社学习秦腔。几年后登台演出，专攻须生。1946 年父亲参加精诚剧社秦腔戏班，和牛利民（须生）、高希中（须生）、景乐民（花脸）、阎更平（须生）、刘易平（须生）、靖正恭（小生）等著名秦腔艺人在兰州演出，以养家糊口。兰州解放后，他参加了西北野战军十二师文工团。解放后该师转为公安二十师，守护陇海铁路，文工团由甘入陕，辗转河南境内。演出秦腔已不适应，加之部队流动性强，文工团遂解散。1951 年底父亲跟着公安二十师古典戏箱，到渭北参与组建淳化县秦腔剧团，并担任业务团长。六七十年代，在那场令国人痛心的史无前例的浩劫中，父亲被迫告别了自己酷爱的秦腔舞台。这对纱帽翅从此再也没有派上用场，被压在了箱底，呼呼大睡，一睡就是几十年。

纱帽功也是秦腔须生行当的一项基本功。纱帽翅杆自身就带有弹簧，摇纱帽翅时，演员牙根用力，伴着悠悠的小步，腮帮鼓劲，耳根肌肉上下振动，驱动纱帽翅上下不断摇动，往往是官员深思熟虑、内心喜忧激荡、灵魂深处物我本我激烈斗争时的一种舞台艺术表现形式。常常是伴着缓缓的碎步，或左或右先单面摇动，再是左右两个纱帽翅同时摇动，博得观众阵阵掌声。悠悠的碎步，纱帽翅的剧烈摇晃，折射出人物内心世界激烈的活动、复杂的心理，具有强烈的艺术感染力。《哭五更》里的王琏，《悔路》里的周仁，《跑城》中的徐策，《杀驿》中的吴承恩，或思，或虑，或喜，或忧。师傅送给父亲这对纱帽翅，也是对父亲寄予厚望，想让父亲成为秦腔须生的当红名角。

这对纱帽翅是父亲艺术上的精神支柱。1955 年，一场突如其来的感冒让父亲的嗓子一下子哑了。对于靠嗓子吃饭的戏曲演员来说，无疑是灭顶之灾，不能说是天塌地陷，最起码也是墙倒屋漏，产生无立足栖身之地的痛苦。父亲陷入了深深的伤痛之中。痛苦、彷徨、迷茫、绝望，父亲苦苦挣扎，痛痛地煎熬。这对纱帽翅那时是父亲唯一的精神支柱、唯一的希望源泉和最后的一点动力。这对纱帽翅像启明星一样，让父亲看到自己艺术生涯渺茫的一丝希望、微弱的一点光明。父亲慢慢地训练，默默地探索，不断地坚持，在坚持中失败，在失败中坚持。一年之后，父亲的嗓子奇迹般的开始逐渐地恢复，他虽未成为秦腔名家，但在渭北小有名气。这也许是令这对纱帽翅欣慰的，也许是可以告慰父亲师傅的。

这对纱帽翅更是父亲生命的希望之光。"文革"期间，父亲作为反动艺术权威遭受批判，遭遇非人的待遇。大雪飘飞的冬天，零下十几度的严寒，呼出的气仿佛立刻间就能冻成冰。父亲和几名同是改造对象的艺人，在几个造反派干将的训斥和监督下，赤着脚片，把一大卡车十几吨煤块，艰难地用手一块一块卸完，码到剧团的伙房旁。稍有怠慢，动辄遭到辱骂，甚或拳脚相加。夜晚，在狭小的黑房子里，父亲抚摸着这对纱帽翅，心里默默唱起了秦腔"河东城困住了赵王太祖……"，聊以自慰。一位老艺人不堪折磨，在一个寒冷的黑夜，结束了自己的生命。父亲顽强而艰难地苦度着每一个白天、每一个黑夜。后来父亲又被遣返回乡，接受劳动改造，接受贫下中农再教育。在村子里整天提着扫帚扫大街，在生产队参加繁重的体力劳动。虽然善良的乡亲并没有让父亲受太多的苦、太多的辱，但是一个文弱的艺人，让别人像看秦腔戏一样看着自己扫大街，让别人像监工一样看自己劳动，父亲受到灵与肉双重折磨，内心之寒、精神之苦，是别人无法体会到的。三年，一千多个日日夜夜，还是这对纱帽翅陪着父亲，让父亲盼来平反，重返工作岗位。遗憾的是，父亲从此告别了秦腔舞台。

我们兄弟姊妹五人无一人承父业，这对纱帽翅没有发挥有形的作用。这对于父亲来说不知是遗憾，还是欣慰。退休以后，父亲把这对纱帽翅一直放在旧宅炕头的箱底。

父亲临终之际把这对纱帽翅留给了我，我不忍把它带走，仍然把它保存在旧宅炕头的那个箱底。因为我知道，父亲的灵魂在旧宅，我要让这对纱帽翅永远陪伴着他。

每每生活工作中，或思，或虑，或喜，或忧，我就会记起那对纱帽翅，我就会想起父亲。他们立刻会让我沉着，让我冷静，让我宠辱不惊，"看庭前花开花落，望碧空云卷云舒"……

鹊鸣椿树梢

老家旧宅空旷的后院里寂寞地长着一棵椿树，扳指数来也已 30 多个春秋了。想来也已有七八拃粗、三四丈高了，直插旧宅后院狭小的天空。父母仙逝以后，我很少走进旧宅，母亲三周年纪念之后，十多年里再也不曾踏进旧宅，椿树的模样几乎记不起来了。

旧宅不能算老宅，它只有三十几年。我不曾在这里生，也不曾在这里长，更不曾在这里玩。说实话，我对旧宅的感情并不深。搬到旧宅时我已上初三，其后我开始离家求学工作，在旧宅里生活的日子并不多。但是这旧宅曾是父母风烛残年最后孤独岁月的栖身之所，父母都是在旧宅走完人间路，踏上天堂之路的。这也是我不忍再踏进旧宅的原因。这棵椿树、几棵梧桐、满院的杂草和荒凉，一起默默地守护着旧宅。它们看着旧宅一天天破败，陪着旧宅一天天老去。

记得我家初搬到旧宅，西边是生产队的库房，其余三面都是野地，起初也没垒围墙。身体还算硬朗的母亲，在后院里种下了不少灿黄的金菊、粉红的月季、鲜红的大丽花、火红的美人蕉、一窝窝冬瓜、一簇簇南瓜。暑假里，我帮着母亲精心地侍弄着每一株花、每一苗瓜。这些花儿，这些瓜儿，就像儿女一样缠绕在母亲膝下，带给父母些许的欢乐，宽慰着父母孤寂的心。猛然有一天，我欣喜地发现后院的花丛旁，长出了一棵小椿树苗，我的眉梢盛开了灿烂的花儿。古代传说大椿长寿，庄子曾经说过"上古有大椿者，以八千岁为春，八千岁为秋"。后院天生椿树，这是吉兆，必会为我家带来好运。当年孔子的儿子孔鲤怕打扰父亲思考问题，"趋庭而过"，古人就称父亲为"椿庭"，称父母为"椿萱"。我希望我的椿萱健康长寿。于是在浇花、灌瓜时，我特别眷顾小椿树，常常多浇上几瓢井水，多施上几锨农家肥。椿树知恩图报，不辜负我一片厚意，蹿着蹿着往高里长，几年光景就长成了一棵大树。

喜鹊是我小时候最喜欢的鸟。因为一听到喜鹊在房前屋后"喜事到家，喜事到家"的报喜声，在几百里外渭北工作的父亲就会回家。我不仅可以吃到脆甜的淳化苹果，还会见到久别的父亲，这对于我来说是最大的喜事。在乡下老家，喜鹊是吉祥的象征，是好运与福气的象征。谁家院里树上飞出一只花喜鹊，谁家房脊上能栖着一只黑喜鹊，那是最喜庆的事，如果再有几声鹊鸣，那就更是喜上加喜。过春节时，家家户户都要剪贴红红的"喜鹊登枝头"的窗花和张贴火火的"喜鹊登梅"的年画，这样的年才会更有年味，更吉祥，更喜庆。传说每年农历的七夕，人间所有的喜鹊就会飞上天河，为牛郎和织女搭起一条鹊桥。喜鹊是报喜鸟。唐代张鷟的《朝野佥载》中，就有"鹊噪狱楼"这么一个传说，主人出狱的喜讯最早就是"鹊之所传也"。

那时只要看到花喜鹊，只要听到喜鹊美妙的报喜声，我就会尽情炫耀欢喜的微笑，盼着喜事尽快地到来。常常在村口的大槐树下翘首眺望，等待父亲；常常在门楼下倚门张望，静候喜讯来临；常常靠在窗户上，虔诚地迎接好运的到来。小伙伴谁家的树梢有喜鹊登枝，或者喜鹊筑巢，大家都会投来艳羡甚或嫉妒的目光。若是两家为邻，更有人煞费苦心，不顾危险，艰难地爬上树梢，偷偷地把别人家树上的喜鹊窝搬到自家的树杈上。然而喜鹊并不领情，还是不在他家树上定居，要好的伙伴，因此反目成仇。喜鹊或许是恋旧，或许是感恩，或许是公道，所以人们才称它为圣鸟。

一个偶然的日子，我走进了旧宅。望着曾经的家园，我的眼泪汩汩流出，思绪万千如江河翻滚，胸内五味杂陈酸甜苦辣俱涌。忽然耳畔响起几声喜鹊"喳喳喳喳"的叫声，"喜事到，喜事到"，寻声仰头望去，一只喜鹊在椿树顶梢，迈着轻盈的舞步，扭动着丰满的腰肢，正一展歌喉。另一只喜鹊轻快地在下边的枝头撒欢儿地跳来跳去，尾羽摆来扭去。喜鹊为孤寂的椿树带来了欢乐，为沉寂的旧宅带来了生气，也为迷失故园的我带来了喜气。

椿树依然孤守旧宅，喜鹊不知还否会光顾旧宅。但是我走失的灵魂却又回到了旧宅。

旧宅，才是我灵魂的家园。故园，才是我精神的家园。

看，喜鹊又开始在我家旧宅的椿树梢翩翩起舞，听，喜鹊在放声歌唱。

寒衣节思亲

一场带着西伯利亚寒气的朔风和一场冰冷的大雨之后，气温骤然下降了好几度。街上绿化美化的花草和树木，有的已经叶黄干瘦，有的耷拉着脑袋，有的蜷缩着身体。寒气沿着裤管，顺着衣缝直往体内窜，从头到脚都凉了起来。无论晨练的老人，还是来去匆匆的上班族，纷纷换了行头，穿上了厚厚的衣服，俨然一副过冬的架势。好多小区也已开始供暖了。我微信里叮咛在哈尔滨读书的儿子该加衣服了。北国寒冷，想必已经下雪了，忽然一想，立冬已几天了，眼看着就要到了寒衣节，该回老家给父母上坟，为黄土下安眠的父母送去御寒的衣物了。

我是一个彻底的无神论者，从不相信世上有神、地下有鬼。但我还是不由得想到九泉下是不是也像人间一样冷了，父母是不是该添棉衣了。善解人意的妻子看在眼里，早早抽时间买好了好多冥衣冥币，并分类整理好，提醒我寒衣节给父母送去。

我的父亲少小离家，辗转甘陕，奔波劳碌50余载。退休回家本应颐养天年，然而母亲羸弱多病，父亲不得不干起一辈子都没做过的家务活，帮助母亲洗衣做饭。两人形影相吊，相依为命。时值我家新房又在村子的最南面，离老宅较远，少了多年的街坊邻里，周围仅有的几户家中也没老人，父亲只好宅在家里，把自己压抑在小院内。父亲早年在外闯荡了多年，退休前在小县城安稳地生活了好些年，一下子回到乡村不太适应，常常感到孤独寂寞，半导体收音机成了他的随身伙计，听秦腔、哼乱弹是他自我心灵安慰的鸡汤。

我们兄妹五人在外工作的忙工作，在家糊口的忙着养家。偶尔回家就像候鸟一样，待上不长时间就飞走了。我们回到家里时，也是父亲最高兴最兴奋的时候，平日黯淡的混浊的目光一下子活泛了，像刚添了煤油的灯一样，火苗直往上蹿，一下子闪亮了许多。他忙得不亦乐乎，又是端茶，又是倒水，拿出了平日珍藏了好久的吃货，让儿孙们尽情地分享，自己则在一旁乐呵呵地眯着眼睛看着，并打开了尘封的话匣子，播起了陈年旧事，有他演出的往事，有他乡下的见闻，还有工作中的趣事，更有"文革"中受整的心酸。可惜我那时不是一位合格的听众，把那些陈谷子烂芝麻，都没听进去，既没有点头，也没有微笑，更没有倾听，竟然一点反应也没有。父亲满脸茫然，一片失望，眉宇间充满着颓丧，我却全然没有觉察到，一点点也没放在心上。每当我走的时候，父亲的表情像冬天里的器物一样，一下子僵硬了，眼里恢复了旧有的黯淡，连眉毛也紧锁了起来，像个孩子一样闹起了情绪。人常说，老小老小，人老了也就小了。但我那时是很难理解的，反而心里觉得父母有些滑稽好笑，甚而有些反感，最终有些不耐烦，竟然不愿意看到父亲那张哭丧的忧伤的脸。

有了儿子以后，我们穷教师夫妻的日子更紧张，经济拮据，小家的事多了，烦恼也不少。平常忙于工作，节假日围着儿子忙忙碌碌，回家看望父母的次数越来越少，在家待的时间愈来愈短，往往是前脚进门，寥寥数句，问问父母身体情况，是否缺吃少穿，得到"什么也不缺，一切都好"的回答后，就鬼吹火似的逃离家门。常言说，要报父母恩，手上抱儿孙。当儿子一天天长大的时候，当我真切地体会到了"家有老人是一宝"的时候，当教师的待遇和地位一天天好起来的时候，父母却走了，我错过了尽孝的机会。父母离开了我，失去了这"一宝"的时候，我陷入了无尽的悔恨之中。一天，当我看着熟睡中的儿子的憨态，听到儿子均匀的呼吸声和偶尔香甜的鼾声，就不由得想起了父亲那跌宕起伏的鼾声，仿佛又看到了父亲混浊的眼睛和期盼的眼神，愧疚之情油然而生。这种情、这种痛就像原子核一样迅速地在体内裂变，几乎让身体爆炸，压得我实在喘不过气来，饱受折磨和煎熬。

当今的社会，人们全部关注放在了生命的起点，重视婴幼儿的成长。胎教、早教，父母不惜花钱费力，一家两代四口或者六口精心呵护温室里的花骨朵儿一样的小生命。却很少有人关注生命的终点，儿女谁又会关爱油尽灯枯、风烛残年的老人？有多少儿女肯把精力花在垂暮的父母身上，给予他们情感上的关怀？父母也曾经年轻过，我们将来也会年老。父母暮年的精神需要，也将是我们晚年的情感需要。如今的中国已进入老龄化社会，关爱老人已经成为社会的一个重要课题，我们关爱父母其实就是关爱自己。

假如有来生，我还要做父母的儿子，一定要还上这辈子欠下他们的恩情。我会像歌里唱的一样，"带着微笑，带着祝愿，常回家看看"，听听父母的唠叨，听听父母的诉说，分担父母的烦恼，分享父母的快乐，尽可能多地陪陪父母，尽可能地与他们多交流、多沟通。

怀念父亲

虽然父亲离我而去已经整整六年了，然而每每忆起，父亲的音容笑貌历历在目，父亲的谆谆教诲牢挂于心。

我的父亲是一位从旧中国走过来的普通秦腔艺人，在他十四五岁时，因生计所迫，背井离乡，远赴甘肃平凉学戏，旧社会艺人被蔑称为戏子，是谈不上什么社会地位的。戏班里的学生，白天要练功，唱、念、坐、打，哪一样也少不了，除此之外，还要为师傅跑前跑后服务。晚上在舞台上跑龙套，演出结束之后，还要帮着收拾舞台，打扫卫生，睡的是地铺。两年之后，父亲就学会了几本须生戏，于是跟着戏班子到处赶庙会、堂会演出。1946 年他在宁夏固原参加精诚剧社，随高希中等秦腔名家搭班唱戏。1949 年 8 月兰州解放后，戏班子被西北人民解放军接收，纳入西北野战军十二师文工团，父亲也就成为解放军的一员。解放后该师转为公安二十师，守卫陇海铁路。父亲随着戏箱便转业来到渭北的淳化小县，在该县化淳社的基础上，创办了淳化县秦腔剧团，并担任了业务团长，成为临近几个县小有名气的须生。

在那一场史无前例的浩劫中，父亲被冠以"牛鬼蛇神""白专路线"的代表，受到了"专政"，站台子、挂牌子、挨批斗、接受劳动改造。大冬天，寒风凛冽，父亲赤着双脚，用冻得红肿的双手一块一块搬运数吨煤，终生落得关节炎。不久，父亲被遣返老家，接受监督，劳动改造。那时，生产队的脏活、累活自然非他莫属。那段时间，父亲除了遭受身体的摧残，更受到深深的心灵摧残，那是父亲一生中最艰难的时期。1972 年，邓小平二次复出，父亲才得以昭雪平反，回到了工作岗位，但却告别了他心爱的秦腔舞台。

那年我高考落榜了，心情坏透了，精神几乎彻底崩溃，父亲不断地鼓励我，使我走出了人生最阴晦的一段日子。后来，我上了师范，做了一名小学教师。父亲说："娃呀，人一辈子的路要靠自己走。"在父亲的不断鼓励下，我坚持边工作边刻苦进修，先后取得专科、本科学历。又因工作突出相继被提拔为初级中学副教导主任、教导主任。

父亲患病住院，其时我已担任教导主任，父亲多次催促我不要守着他，不要耽误工作。特别是父亲弥留的最后一个月，适逢学期结束，正是教导主任最忙的时候，我不得不白天上班，晚上陪伴他老人家，这也成为我终生的遗憾。

父亲的一生饱受坎坷，备受艰难，然而父亲却很乐观，常常面带微笑，"过来的都是好年景"是他的口头禅。正是父亲的这种乐观精神激励着我，使我在人生路上不断奋进，不断拼搏。

母亲

时间过得真快，不觉已是农历十月一，妻子早早就打电话提醒我，不要忘了为父母送上纸钱。但工作原因未能亲自回家为父母尽上做儿子的一片孝心，内心颇为不安。晚上拿出母亲的遗像，反复摩挲，眼泪不止地向下淌……

我和妻子分别在两所学校任教，父亲去世后，母亲为了不拖累我，不影响我工作，移居姐姐家中。那年农历腊月初六，我接到母亲病危的电话，我又急又悔，更不敢相信。记得前天我去探望母亲，母亲正在输液，精神明显好于前几天。母亲絮絮叨叨嘱咐我，不必牵挂她，她会一天一天好起来，她要我一定把家乡的学校办好（其时我担任我们村所在地初中的校长），谁知仅隔两天，竟……我急急忙忙赶往姐姐家。当我接回母亲时，她已奄奄一息，不能言语，未能与母亲最后说上一句话，成为我终生的遗憾。我为自己的愚蠢而后悔终生。

记得母亲下葬的那一天，尽管下着大雪，但是村里的许多老人都来为她送行。安葬之后，白雪很快覆盖了母亲的坟头，他们都说这是母亲一生清白人生的写照。

母亲的一生是勤劳的一生。我的父亲早年在外工作，母亲不仅要操持家务，抚育我们兄妹五人，还要下地干活，男人干的那些活，母亲也不得不干。每逢秋、夏两忙，母亲往往既当男人，又做女人，拉架子车、扛麻袋，哪一样活她都干。不论是白天，还是夜晚，风里来雨里去，直至儿女们长大成人。

母亲的一生是善良的一生。"土改"时，有人想整一整伯父，煽动母亲做证为伯父家补划一个"小土地出租"，但无论他们说什么母亲都没有那样做。"文革"前期，父亲受到冲击，被打为"走资派"，1986年，被遣返回家乡进行劳动改造，接受贫下中农监督教育。母亲并没有和父亲"划清界限"，反而在生活上更加悉心照顾父亲，情感上更加关怀父亲，陪伴父亲度过了他一生最艰难的三年零两个月。

母亲的一生是与病魔抗争的一生。由于早年过度的体力劳动、中年多子女的过度劳累、生活的清苦，导致母亲中老年时期体弱多病，大大小小住院十多次。她的后半生是在与病魔抗争中度过的。特别是晚年饱受病魔折磨。68岁那年冬天，母亲不慎摔倒，又诱发其他病，长期卧床不起，体质很差，几乎多半年都不能行走，许多亲友担心母亲从此不能站立，然而母亲凭借顽强的毅力，每天坚持扶着炕边来回走动。三个月后，竟奇迹般的站起来了，亲友们无不为之惊讶。

我爱我的母亲，我将像她一样，终生尚勤、尚善、与困难作斗争，清清白白做人。

母亲啊，你将永远活在我的心里。

一块挂在墙上的团圆馍

"平分秋色一轮满，长伴云衢千里明。"今年的中秋节来得格外早，遗憾的是连日秋雨绵绵，薄暮冥冥，看不到月亮。但中秋节氛围并没有被秋雨泡凉，人们对传统节日热情未减，提着月饼走亲访友的人流源源不断，半下午，不少人就拥向了酒店，中秋诗会、音乐会活动依然如期举行。

我仍习惯于在家过中秋，虽然家里不仅有陕式月饼，还有广式月饼，但妻子还是忘不了乡下老家的习俗，烙团圆馍——十几个小团圆馍，还有全家福大团圆馍。庄重地祭过月神之后，妻子把大团圆馍切成三份，一份冻到冰箱里，说留给在哈工大上学的儿子放寒假回家吃。

妻子往冰箱放团圆馍时，我仿佛又看见了挂在墙上的一块发霉的团圆馍，那是母亲留给在外工作的父亲的，那是一家人对父亲满满的思念。

小时候农村条件差，中秋节是吃不到月饼的。乡下女婿、外甥要给老丈人、舅舅送上一盒点心，老丈人、舅舅则要给他们送上十个团圆馍。中秋节往往是秋收的日子，也是农民最忙的日子，搬苞谷、割谷子、掐谷穗。宁穷一年不穷一节，农民们对传统节日还是非常重视的，再忙，家家户户也要烙团圆馍。

中秋节先一天，母亲发好面，当日下午早早张罗着烙团圆馍。母亲打开柜子，取出藏在柜底的一个一层一层包裹得严严实实的麻纸包，打开后是包白灵灵的芝麻。那是生产队去年分的，母亲平时没舍得吃，专门藏在柜底，中秋节用来做团圆馍馅。母亲淘干净芝麻后，放到锅里，灶堂生上麦秆火，用文火慢慢地焙，待芝麻焦黄，晾凉后，用粗瓷碗慢慢研磨成粉末，加上适量食盐，这就是团圆馍的馅。接着母亲揉面擀皮，放入芝麻馅，利落地捏着麻花形花边。母亲用竹篾和顶针仔仔细细尽情地在馍面上勾着、刻着、画着，绘出各式各样的图案。然后将精心挑选洗好的碧绿的香菜或者红萝卜叶子，一丝不苟地贴在馍面上。全家福大团圆馍的馍面有上弦月、下弦月、蛾眉月、朔月，有飘香的桂树、欢跳的玉兔，最大的月亮的中心还有用栗子或者核桃点上的两只眼睛。母亲烙出的团圆馍，不仅味香、好看，而且里面包含着她无数美好的愿望。烙好团圆馍，摆在案板上郑重地祭祀过月亮婆婆之后，就分给我们吃。在分馍之前，母亲先切下一块用绳子拴起来，挂在墙上，说是留给在渭北工作的父亲。吃完自己的那份，我馋仍未解，就像老虎吃了个蠓虫，根本压不住饥，眼睛直勾勾地看着墙上那块团圆馍，但我知道那是全家人对父亲的思念，硬是把口水咽了回去。每天放学，我都要看看那块团圆馍，我盼着父亲早点儿回家，也盼着能吃上一口团圆馍。一天天过去，团圆馍发霉，长出了长长的白毛……

　　"今夜月明人尽望，不知秋思落谁家！"古城西安烟雨蒙蒙，华灯初放，霓虹灯闪烁跳跃，月亮也和家人团聚去了。然而秋雨和没有看到月亮并未影响人们中秋的兴致，家家户户举家围在一起，品尝着美味月饼，聊着中秋的美好传说，吟诵着中秋诗词，观看着精彩的晚会。不知哈尔滨今夜是否月更明？此时此刻儿子又在干什么？瞅着茶几上的月饼、各样水果和团圆馍，望着窗外万家灯火，仰视着苍穹中玉盘似的圆月，举目遥望东北的哈尔滨，妻子陷入了对儿子的思念。儿子从小未离开过我们，过去多年，八月十五夜，儿子一直是在家里和我们一起度过的。一家人享受着天伦之乐，其乐融融。

今年八月十五夜，儿子却要在千里之外的冰城，滔滔的松花江畔独自一人度过。妻子潸然泪下，我的眼睛也热乎乎的，背过妻子擦去滴下的眼泪。就在此时儿子来电话了，"爸妈中秋节快乐！"我和妻子的耳朵紧紧贴着手机，一股暖流涌上心头，很快流到全身每一个毛孔，每一个细胞都是舒坦的。妻子抢过手机，听着儿子熟悉铿锵的声音，想象着儿子憨态可掬的笑容，立即转泣为喜，脸上开满了幸福的花儿。"妈还给你留着一块团圆馍。""好，您给我留着，寒假回家我再吃，学校也给我们发月饼了。""哈尔滨今夜的月亮圆吗？明吗？"妻子调侃地问道。"哈尔滨的月亮和西安的月亮一样圆，一样明，爸妈您们放心……"儿子笑嘻嘻地答道。

听着妻子和儿子的谈话，我陷入了沉思。儿子很幸运，生逢盛世，不仅能吃上月饼，而且可以和父母通话、视频。我和我的父亲却不幸，父亲中秋节既不能回家，我们也不能相见，只能思念家人期盼团圆。大诗人杜甫和他的妻儿则更不幸，家人离散，深陷困顿，中秋之夜他独自在长安苦苦思念妻儿，他的妻儿同样在思念中备受煎熬。因此才有"今夜鄜州月，闺中只独看。遥怜小儿女，未解忆长安。香雾云鬟湿，清辉玉臂寒。何时倚虚幌，双照泪痕干"。幸与不幸是相对的，话说回来，从另一个角度说，大诗人杜甫和他的家人、我和我的父亲又是幸运的，因为我们体验到了人间至情，感受到了强烈的中秋月夜思乡思亲盼望团圆之情。儿子却又是不幸的，他们这一代人没有真正领略或者说没有完全体悟到人间浓浓的中秋之情。这也许是科技时代的不幸。

秋风习习，淫雨霏霏，我却睡意全无，又看到了墙上挂着的那块团圆馍。

夫妻缘

说起来，我和妻子的确有夫妻缘。

我和她认识也是一个偶然机缘。师范毕业第二学期，我调入一所乡办初中，担任初二语文教师及班主任。那时农村"初中专热"持续升温，农村孩子为了早日跳出农门，头削得像针尖，争着抢着考初中专。谁家孩子考上初中专，在整个村子、整个学区、在整个乡都摇了铃，好似文曲星下凡。老人们说他家祖上积德，祖坟冒了青烟；中年人投来满眼羡慕的目光，进而不免有些嫉妒；学生娃娃们心生满腔敬畏，艳羡之情顿生。我任教的初中中考成绩位列全县三甲，考取初中专的人数遥遥领先，家长、学生寻情钻眼托人找关系，转入的、"回炉"复读的络绎不绝。9月初，新学年伊始，驮着被褥送孩子的家长来了一拨又一拨，热闹得像过会，着实让村里人开了一次眼。就在那一天，她引起了我的关注。她并非来上学，而是考取了中等师范学校，前来转移团关系。"众里寻她千百度，那人却在灯火阑珊处"。邻宿舍的一位老教师介绍了她的情况，我便上前搭讪，自报家门，认识了她——我的邻村子乡党，后来我的妻子。

电大的在职学习，也许是月老特意为我们加深了解提供了又一次缘分。

教学工作步入正轨，我即参加了第二年的成人高考，利用节假日学习广播电视大学汉语言文学大专课程，开始了三年在职进修学习生活。她进入中师一年之后，亦加入电大学习队伍之列，成为小我一级的学妹。因相识，又是乡党，她经常向我借些学习的书籍，一来二去我们就熟识了。一起学习的日子，春天，我们沐着浸透着花草香的春风，浴着盎盎的绿意和花海；夏天，我们顶着炙热的烈日，冒着浓浓的酷暑；秋天，我们迎着飒飒的秋风，踩着枯黄的落叶；冬天，我们对着刀子一样的寒风，淋着漫天飞舞的雪花。风里来，雨里去，朝霞中去，落日后回，一路上，播下了多少欢歌笑语，留下了多少美好的回忆，撒下了多少幸福时光。午饭期间，我们吃遍了县城的饺子，尝遍了县城的煮馍，咥遍了县城的麻什。学校附近的小餐馆，家家都留下了我们的足迹，老街小吃一条街，处处有我们的身影。一起学习的生活，孕育出我们爱情的种子，培育着我们的爱情不断茁壮成长，滋养着我们的爱情开出美丽的云彩般的花朵。她中师即将毕业的前一学期我们订婚了。

穷教师的妻子是要耐得住清贫。上世纪 90 年代初，"搞原子弹的不如卖茶叶蛋的"，上师范的不愿意嫁教师。师范未毕业的她，却推脱了亲朋好友众多的媒妁之言，心甘情愿地选择了我，一名农村穷初中教师。教师微薄的工资，不可能给她买高档的衣服，不可能给她置华丽的饰品，不可能给她购奢侈的化妆品，也不可能给她显赫的地位，更不能让她享受虚假的赞美。对于这些，她全不在意。同龄人要么家境殷实，要么父母精壮，他们的婚礼办得隆重体面热闹。我在家中最小，父母年迈。虽说父亲一直在外工作，但兄弟姊妹多，家中亦无积蓄。父亲退休后，虽有养老金，但因母亲体弱多病，大部分退休金都送到了医院。我自己刚刚工作，薪水少得可怜。父母既无精力张罗，又无宽裕的经济大操大办。我们的婚礼既简单，又冷清，甚至有些寒酸。项链、戒指也是后来教师待遇提高了补买的。"嫁鸡随鸡，嫁狗随狗"，妻子只好随我。两家人，两桌饭，一趟西安一日游就算结婚了。面对同事异样的眼神，面对朋友不解的神情，面对同学惋惜的表情，妻子坦然地像平静的湖面，没有泛起一丝涟漪，淡然得犹如白水，无色无味。现在时常想起来，难免有些心酸，不免眼睛红润。我总觉得对不起妻子，面对她心中愧之又愧。直到今天参加年轻人的婚礼，妻子偶尔也会不无遗憾地说："我一辈子没穿过婚纱。"我则戏辩："我们不是照样结了婚。"儿子则一旁打圆场："我结婚时您补穿一次婚纱，再好好照上几张时尚的婚纱照，不更有意义。"

妻子命中注定是位要强的女人，更是一位旺夫的女人。婚后，妻子为了不让刚刚担任初中副教导主任的我在工作上分心，在教好物理课的同时精心经营着我们的小家。儿子出生后，妻子不仅独自一人带小孩，而且担任初三物理教学。儿子稍大一点，妻子将他放在娘家，白天在学校上课、备课、批改作业，忙忙碌碌一整天；晚上拖着疲惫的身子，回娘家带孩子。每天骑着自行车早出晚归，风雨不避，霜雪不惧，两年多从不间断。春夏还好熬，冬天就艰难多了，常常是踏着晨雪、顶着寒风去学校，披着冷月、踩着严冰回家，辛苦程度，可想而知。调到城区后，妻子还是一个人带小孩。妻子怀儿子时营养没跟上，儿子胎里受了亏，体质差，爱生病。妻子常常一个人黑天半夜带儿子看医生，点滴一打就到了凌晨以后。漆黑的寒夜，妻子背着幼小的儿子，踩着昏暗的街灯，步履蹒跚地回到出租屋。那时我在乡下学校担任校长，一周回家一次，妻子总是事后才告知我，老怕影响我的工作。在妻子的精心呵护下，儿子一天天长高长胖，一天天壮实了，学习也棒棒的；我的工作也小有成绩。尤其是妻子，所教科目成绩连年获得区中考十强，她在教学上也略有名气，先后在区、市赛教获奖。

妻子爱我，更爱家。每每我出外，妻子不管再累，先天晚上一定要收拾好要带的物品和降压药；每天上班前，妻子早已给我熨平衣服，擦亮皮鞋；每每下乡时，妻子总叮嘱我按时吃药，提醒我注意休息；每每我一人在家时，妻子总给冰箱装满菜和食品，顿顿都要电话询问吃饭情况。爱屋及乌，妻子更爱我的家人。父母在世的时候，她不仅没有抱怨老人不能给我们带孩子，而且老督促我常回家多陪陪老父老母。兄弟姊妹哪家有事，妻子少不了忙前忙后。亲戚哪家有困难，妻子必定要送上钱物。亲朋哪家过事，我没有时间去，妻子总代我表达盛情。

姻缘，姻缘。还是古语讲得好，"千年修得同船渡，万年修得共枕眠"。我并不相信轮回之说，但我确信我和妻子的夫妻缘是几万万年修来的。一晃我们已结婚二十年了，时髦的说法已经是 ChinaWedding（瓷婚），儿子也已经上大二了。结婚纪念日那天，妻子第一次玩了一回浪漫，给我买回了男士香水，我感到意外的惊喜，心里像灌满了蜂蜜，甜透到骨子里。

"人活七十古来稀"，我已四十过五，开始走向生命回家之路（死亡），我将会更加珍爱生命，珍惜我们的夫妻缘，过好后半生。如果有来生，我一定还要和她做夫妻。

坟

对于活人来说，房子就是他的家；对于死人来说，坟墓就是他的家。因而民间把活人住的房子叫作阳宅，把死人的坟墓叫作阴宅。国人认为人死后在坟墓里，跟活在世上一样，房子、票子、家具、器物，一应俱全，因而国人自古就有厚葬的习俗。掘坟建陵，就像盖房子，要选穴，动土要敬土地神，要鸣炮焚香。坟墓建成时，还要鸣炮庆贺。上至帝王将相，下到平民百姓，概莫能外。

人在家里出生，最终走向坟墓。每一个人都是在别人的笑声中自己哭着出生的，多数人在别人的哭声里绝望地走向坟墓，当然也有少数智者微笑地走向坟墓。

人死了，其实也就是"回家"了。人们常讲入土为安，到了坟墓，到了"家"，也就安心了。

小时候我比较害怕坟墓。村里大人经常讲，人死了在坟墓里就会变成鬼。在乡下，小孩如果哭闹，大人们常常用狼和鬼来吓唬小孩。小孩没有见过狼和鬼，虽说大人见过狼但也没见过鬼，但大人告诉小孩狼眼睛冒绿光，非常凶残，狼会吃人；鬼青面獠牙十分怕人，鬼会勾魂。大人们一提起狼和鬼，小孩顿时毛骨悚然，自然既不敢哭也不敢闹了，紧紧地抱紧大人或跟着大人，像小绵羊一样乖乖地听大人的话。

小时候我不敢去坟墓。大白天路上遇到坟地绕着走，万不得已偶尔经过坟墓，常常小心翼翼，几乎把心提到嗓子眼，生怕被鬼勾了魂。漆黑的晚上路过坟地，实在绕不过去就顺着路外沿一路小跑，坟墓阴森森的，十分恐怖，令我心惊肉跳。冬日阴郁的晚上，更是恐怖，我吓得头发全竖起来了，脖颈子直发凉，额头直冒冷汗。清明、寒食、过年，跟着大人去给先人上坟烧纸，也总是躲在大人身后，生怕坟里跑出一个青面红须的厉鬼来。

小时候的印象里，坟地人迹罕至，荒草杂芜，萧索荒凉。特别是秋收以后至寒冬时节，到处堆着干枯腐烂的苞谷秆，上面覆盖着一层厚厚的积雪，落光了叶子的草秆在寒风里摇曳着。几只乌鸦刨开苞谷秆上的积雪，啄食着未收净的苞谷棒，在新坟上寻觅着祭品，不时凄厉地叫喊着，坟墓更显得凄凉了。

随着年龄的增长，知识的扩展，阅历也稍丰富了。一方面知道世界上原本就无鬼，另一方面胆子也越来越大了，慢慢的对坟墓也就少了好多畏惧。成年以后，一次次送别亲人们到坟地时，对坟墓的恐惧没有了，心里坦然多了。父母相继仙逝以后，送父母到坟墓，常常惦记起父母的坟墓，常常梦到父母的坟墓。每每过年、清明、十月一来到父母坟头，不知不觉产生了一种亲近感、一种踏实感，而且这种感情越来越强烈。

今年清明节，我、哥哥和叔辈哥哥们领着侄子们去给祖先上坟。太爷太奶爷爷奶奶的坟已平了几十年，我们根据记忆里的大致位置在齐膝高的绿油油的麦地里，画了一个小圈子，化了许多纸钱。我未曾见过爷爷奶奶，那一刻只是一种追宗思远，一种膜拜。

当来到父母的墓前，望着杂草丛生的坟头，我的心一阵阵酸痛。用铁锨清理坟上的枯草，为坟墓培上一层新土，在坟头压上三张冥币。此刻我眼前又浮现出白发长须的慈祥可亲的父亲和鬓染白霜满脸皱纹的和蔼的母亲，眼泪瞬间涌满了眼眶。我和哥哥姐姐们，一起点上香蜡，为父母焚化了衣物被褥，深深地鞠了三个躬。当其他人都离开了，我独自一人蹲在父母的坟边，静静地看着他们的坟墓，和他们说起话来。我向父母聊聊自己及家人的近况，倾吐内心的爱与恨，诉说着自己的苦与闷，让父母分享自己的喜与乐。我仿佛听到父母絮絮叨叨的家常话、唠唠叨叨的叮嘱，感受到他们不厌其烦的关爱。我的心轻松了。一阵凉风吹过，下起了小雨。坟地里的人也不多了。我起身，离开了父母的坟。

走出了几十米，我转身回头又看了几眼。望着形影相吊、相依为命的父母，我实在不忍心离去，父母一定也不忍离开我，怎奈阴阳相隔，已是两个世界。我想对父母说，我会经常来看望你们的。父母的孤单是暂时的，生老病死这是自然规律，任何人也无法逃脱死亡。人都是要死的，走完人生之路，我也一定会和父母团聚的。父母的坟地，将来也许就是我的坟墓。人的一生是从生到死的一个过程，死亡也是"回家"。

人，活就要好好活，活得精彩，活得有意义，活得有价值。人，死就要死得其所，"回家"就要微笑着回，高高兴兴地回。

走出父母坟园，我会活好每一天。走出父母坟园，我会微笑着面对死亡，将来我也会笑着"回家"的。

我家的三台洗衣机

我家有了第一台洗衣机，那是二十几年前的事了。哥哥姐姐相继娶妻的娶妻，嫁人的嫁人，我在外读书，退休赋闲在家的老父亲，与老母亲相依为命。父亲身子板倒还硬朗，母亲却多种疾病缠身。冬天母亲特别怕冷，洗衣服便落在父亲的头上。

冬天洗衣服本身就是一件苦差事，对父亲来说更是一件难事。父亲端上小方凳，打上一盆水，将衣服浸入水中，放上洗衣粉，弯着腰用布满老年斑的粗笨的双手，仔仔细细地揉搓，就像演出一段蹩脚的舞蹈，一件衣服要足足洗上半个多小时，洗衣服的水越来越冰冷，父亲的手冻得通红，他不时地搓着双手，或者对着手哈热气，脸上的皱纹挤得更紧了，还不停地打冷战。父亲一边洗衣服，一边哼着自己酷爱一生的秦腔："汉苏武在北海，将苦受尽……"每每看到父亲凄苦的神情、粗笨的动作、佝偻的背影，每每听到父亲苍凉悲壮的唱腔，我不禁潸然泪下，暗暗发誓，自己将来工作以后，一定要给父母买一台洗衣机。

师范毕业后，我成了一名农村教师。我时刻不忘自己的心愿，省吃俭用，一年下来，积攒了好几百块钱。周日，我到镇上买了一台单缸洗衣机，当我驮着洗衣机回到家，父母乐得合不拢嘴，满脸洋溢着从未有过的灿烂笑容。特别是老父亲，轻轻捋着自己半尺长花白的胡须，不住地点着头，简直就像一个小孩似的。

从此，冬天洗衣服时，父亲把洗衣机推到手压泵前，加入水放入洗衣粉，把衣服投入，打开开关，坐在一旁一边笑眯眯地听着秦腔名家刘易平的《辕门斩子》，一边品着茶。当洗衣机"世上只有妈妈好"的音乐响起时，父亲便把衣服捞起来，放入清水中，轻轻地揉搓，再捞出来，双手用力拧去衣服中的水，然后用力一抖，将衣服弄平整，晾到绳子上，嘴里不时地哼着"焦赞传，孟良禀，太娘来到……"。看到父亲快乐的样子，我会心地笑了。

我家的第二台洗衣机，是十多年前买的。我结婚以后，妻子和我在相距十里的两所中学，平时两人工作都很忙，洗衣服便成了最累人的活。特别是儿子出生以后，一周要洗的衣服更多了，每每看到妻子洗完衣服后疲惫的身影、肿胀的脸庞，我觉得心都要碎了。我下决心买了一台陕西洗衣机厂生产的双鸥牌双缸半自动洗衣机。从此妻子洗起衣服来轻松多了。

岁月如梭，光阴荏苒，一晃儿子已经上初中了。家中那台双鸥牌双缸半自动洗衣机就像一位饱受风霜的老人，累得浑身都是毛病。每当听到它沉闷的声音，每当打开它修这里、修那里时，我就想，这台洗衣机该退休了。

去年国庆期间，我和妻子来到国美北大街店，一款海尔洗衣机映入我们的眼帘。我和妻子心有灵犀一点通，一拍即合，一台海尔牌全自动节水洗衣机就买回家了。这下洗衣服省事多了，只要放入衣服和洗衣粉，插上电源，打开水管，按下洗衣机开关，看电视或者看书或者听音乐或者做家务，总之该干什么就干什么。半个多小时过去以后，当音乐响起的时候，就可以取出衣服，只需轻轻一抖，便可立即晾晒了，洗衣服不再是一种劳累，而是一种乐趣、一种享受。

有了新洗衣机后，旧洗衣机我却不忍卖掉，至今保留着。在我心中，它不再是一台洗衣机，而是伴我多年的老朋友，是我们家庭中的一员。一台洗衣机就是一段历史，一台洗衣机就是一段生活，一台洗衣机就是一个故事，让我永远记住这段历史，追忆这段生活，回味这些故事。我忽然有了一个大胆的想法，若干年后，办一个家电展览，让我们的后代了解那段历史，体味那段生活，聆听那些故事，也许这是对他们最好的教育。

我的住房梦，我的书斋梦

小时候生活在农村，兄弟姊妹五人，两个哥哥相继娶妻生小孩，两个姐姐分别上初中高中，全家大小十几口人，共同蜗居一狭窄院落，仅庭房一间半、厦房两间。南面伯父家厦房撅着尻子背对我家庭院，终日阴郁不见阳光，终年阴湿，冬季尤为寒冷，村人戏称"阴死洞"。同巷子隔壁对门的爷爷奶奶、叔叔婶婶调侃上小学的我，兄弟三人居一小院，房子又少，长大了娶不到媳妇。那时起我幼小的心底就种下了一个渴望，渴望将来拥有宽敞的庭院，宽展的住房，也就不愁娶媳妇了。一夜一夜做着这个梦。这个梦好长好长，直到师范毕业做了一名乡村中学教师，我依然做着这个梦。

当了乡村教师后，虽然我的房梦没有实现，但庆幸并未因此影响娶媳妇，相反，找了一位贤惠聪颖的妻子。妻子所在的镇初中教工住房很紧张，砖木结构的庵间房一分为二，单身教师每人半间。好心的校长绞尽脑汁，费尽口舌，给我们腾了一间庵间大房作为我们的婚房。儿子出生后，父母相继仙逝，一家三口不得不蜗居在学校教工宿舍。十几平方米的屋子，既是办公室，又是厨房，还是卧室。办公桌、教案、教本、教具、学生作业，共绘教学画卷；锅碗瓢盆、煤气罐煤气灶，共奏生活交响曲。夜晚老鼠在顶棚巡游，在梁间磨牙，我们则酣然入睡。"普九"校建，两年间搬来换去四五次，像拆迁户一样这儿住一住，那儿住一住，折腾得实在够呛。最后搬进新建的教工宿舍楼，恰好房子在楼的最里边，于是我捡来一些砖，找来学校拆下来的旧窗门，重新刷上油漆，请来建筑工人，封了楼道，破天荒的有了厨房。房子里空间大了许多，妻子乐得合不拢嘴，为我的创意不断点赞。我抛砖引玉，其他几户教师纷纷仿效，一时间学校里几个教师家都拥有了独立的厨房。

在镇上有一院房，或者买上一套单元房，那时是我和妻子最大的人生理想。正是这个梦想，给我们以力量。为了这一房梦，工作中不断努力，生活中不断奋斗，和命运不断抗争。

稍后，妻子调入城区，我在亲朋好友处东挪西借，参加本系统的集资建房，我的房梦终于实现了。过渡期间，租住在城中村一家民房，三楼二楼辗转迁移，楼上无水、无厕，生活起居多有不便。冬天冷，夏天热。夏天像待在蒸笼里，大汗淋漓，往往彻夜不眠，第二天昏昏然，一不小心就会遇到周公；三九天，不仅冷，冰雪或者水洒在楼梯上，一不小心就会摔伤，我们上下楼，常常小心翼翼，战战兢兢，老提着心，吊着胆。

2001年3月20日，对我们来说是个良辰吉日，也是终生难忘的日子，在这个精挑细选的日子，我们终于搬进了属于自己的房子，圆了自己的住房梦。94平方米三室一厅，虽说不大，布局结构也不尽理想，但我们着实高兴，心里开满了幸福的花儿，脸上洋溢着快乐的微笑。

也许欲壑难填是人的本性，也许当人的物质得到满足后，还进一步需要精神的满足，精神的提升。房梦实现了，我又开始做另一个梦——书斋梦。

我从小喜爱读书，喜爱文学。高中学的是文科，当教师后一直教语文，向往做一名学者。虽说没有能成为一名学者，但读书仍是我人生的一大快事。像古代文人一样，拥有一个自己的书斋成了我的一个奢梦。2010年9月29日，我们搬入了一套138平方米三室两厅两卫的小高层，我终于有了自己的书斋——真水斋。我和妻子、儿子约定其他房间的装修、家具和布置我不管，书房必须由我做主。前期书房装修的格调，书柜、书桌的颜色和样式的选择，书房的布置我都非常用心。书房坐南向北，两扇推拉门连接着南边的阳台和弧形露台。书房门旁是古色古香的黄褐色书桌，西边一排同样颜色的书柜，东边是电脑桌、音响，上方悬挂着一横幅"真水无香"，又买回几盆兰花、虎皮兰、富贵竹、玉簪和绿萝摆放在书房的角落和阳台的壁柜上。阳台放置一套五件套竹制圈椅、鼓凳、茶几和小茶海。在真水斋，有时偃卧阅读经典，有时大声吟诵美文诗赋，有时情不自禁吼一段秦腔，有时冥然兀坐，一边听着中外名曲，一边品茗悟禅，偶尔邀上三朋四友谈天论地。那是最惬意的事，也是最享受的事。

春天早晨，小区寂寂，草木静静地染绿了春天。露珠在我家露台的瓜叶、花叶上轻盈曼舞，一只小鸟在露台花丛中曼妙歌唱。我则面对朝阳，神清气爽，一边呼吸着新鲜空气，一边读着贾平凹的《带灯》、高建群的《统万城》……夏日三五夜晚，月影斑驳，露台上黄瓜、丝瓜叶蔓疏疏，黄花漫步轻舞，风移影动，姗姗可爱。眺望南山，对月把酒吟咏。邀司马作赋，请李白吟诗，约苏轼诵词。读沈从文《湘行散记》，览汪曾祺《一辈古人》，看刘亮程《在新疆》；听柴可夫斯基《悲怆》，赏贝多芬《英雄交响曲》，品小约翰·施特劳斯《蓝色多瑙河》。冬日午后，懒懒地斜躺在竹椅里，边读书，边品茶。暖阳透过玻璃窗，身上斜洒着点点碎金，浑身暖暖的，心里恬静静的。

在真水斋里，读书、喝茶、听音乐。在真水斋里，修身、静心、养性。在真水斋里，洗涤自我、净化自己、提升自己。

真水斋，真水无香。

我网购了一回

进入了网络时代，地球似乎也从圆的变成了平的，难怪美国人托马斯·弗里德曼惊呼《世界是平的》。

网络时代，随之伴生了许多与之相关的活动，网络写手、网络歌手、网络达人秀、网络热词、网购……只要沾上一个网字，似乎就是一种时尚，就是时髦，就是潮流。相反，如果不会网络活动，除非你是掉牙的老太太和佝偻的老爷爷，否则大家会以为你是从丰镐走出来的西周的先民，会像看六条腿的猪一样，用异样的眼神好奇地盯着你。

那些刚刚从韩剧里走出来的年轻人，紧跟网络时代大潮，奔涌而上，谁也不愿落后，总怕被时代落在上一站，又是网购，又是玩微信，言谈中似乎故意卖弄网络热词，唯恐别人说他是古董。过了不惑之年的我，有意无意也赶了一趟时髦，踩了一下时尚的脚跟，网购了一套心仪已久的黑紫檀小茶海。

这些日子，为阳光读书间配上一个黑紫檀小茶海不知不觉成了我的一件心事。这欲望潜滋暗长。

读书、喝茶、听音乐是我闲暇生活的三部曲，慢慢的成了生活不可替代的一部分。想读的书很好买，泡几个小时书城，就能精挑细选一摞子，足足够细细嚼上几个月。想听音乐，打开电脑，鼠标一点，音乐如喷泉一样喷涌显示屏，想听哪一曲就听哪一曲，像呼吸空气一样容易。倒是很久以来想为阳光读书间配上一个黑紫檀小茶海的愿望，长时间难以如愿以偿，似乎成了我一个心结。它一天一天疯长，荒芜了我的心。连续几个周末，不是逛商场，就是跑超市，又是转茶具城。或许是教书人小气心理在作祟，喜欢的觉得价钱有点昂贵，超出心理预期价格，下不了决心；便宜的不中意，心里又不接受。一时间吃不香，睡不甜。妻子看透了我脑海里搅着的微澜，嘲讽道："看你难受的样子，喜欢就横下心，即使在身上割肉也要买。"我眉梢略沉，嘴角拉直，连连摇头。"要不网上看看，大家都说网上购物物美价廉。"

一语惊醒梦中人。

我的心豁然一亮，闪烁出几丝希望的光芒。

对于网络我并不陌生，但是对于网购却是一窍不通，大有老虎吃天无处下手之感。于是虚心向单位年轻时尚的网购行家请教，像小学生一样，在老师的指导下，从申请淘宝账号，到开通网络银行，到查阅购物后评价，一步一步，认认真真、小心翼翼地操作，最终选定了一套心仪已久的汉唐黑紫檀小茶海，支付了网银，留下送货信息。整个过程就短短几分钟，尽管这个操作过程动作生硬，未免有点尴尬好笑，但我"开了荤"，也网购了一次。

网购短暂的欣喜之后，担心像天上的乌云布满心头。网购靠谱吗？会不会上当受骗？茶海到底质量怎么样？这些疑虑像一群叽叽喳喳的麻雀，在心头吵个不停，几乎把我逗躁了。一天，两天，三天，我在漫长的等待之中煎熬，就像去年冬天等待雪一样焦虑不安。每天上网查几次物流信息，几乎神经质，不查快递信息，就好像脚踩在空中，感觉有点飘飘乎，心神不宁。

当快递信息显示茶海到我所在城区的当日，我像祥林嫂不断地重复那句话一样，急切地等待物流的电话。过几分钟就看一下手机，甚至刚刚看过几秒后又立即掏出手机看，生怕错过快递员的电话。终于快递员来电了，我几乎漂移着来到快递员面前，急不可待地打开包装，验了货。我的眼滴下了几滴滚烫的泪珠。

买到了心爱的黑紫檀小茶海，我满脸灿烂着自己看不到的鲜花一样的笑容。

终于体验了一回网购了。

网购过程，内心洋溢着满足的喜悦，有泛起的隐隐的忧虑，有新奇的吃兴奋剂似的亢奋，还有层层担心的涟漪，还有……

第五辑

一个人的寒假

一个人的寒假，是孤独的，也是寂寞的，甚至是伤感的。

高三的那年放寒假了，我激动地一边欢呼，一边跳跃，走出了学校的大门。我仿佛一头冲出笼子的野兽，撒欢儿地奔驰在辽阔的草原上，恣意地穿行在茂盛的森林间；似一只开笼的鸟儿，扇动着翅膀自由地翱翔在深邃的蓝天中；像搁浅的鱼儿，鼓着鳃无拘无束地畅游在浩瀚的大海里。

匆匆告别房东，跨上自行车，风驰电掣般回到七八里外的家。一把乌黑的铁将军，一根发青的铁杆，无情地锁着两扇晒得发白的大黑门。我的心一下子冰凉了，不能说跌进了冰窟窿，最起码也掉进了冷水井里。虽说我早已从父亲的来信中获知，由于母亲生病，他们不能回家过年了，春节姐姐会回来三五天。这个寒假，我将要一个人在老家度过。

我的家在村子的最南头，院落面南背北。一路之隔便是一眼望不到头的麦地，远处悠然可见的就是唐诗里"终南阴岭秀"的中华民族父亲山——秦岭终南山段。从邻家取来钥匙，打开锈迹可见的锁子，抽出酣睡的铁杆，推开半年未进的家门。屋子满目灰尘，到处是蛛网，遍地散见老鼠屎，我的心也蒙上了一层厚厚的灰尘。我用了整整一个下午，打扫干净房子，生起炉子，收拾好床铺，擦洗家具，清洗餐具和厨具，开始了漫长而又短暂的一个月一个人的寒假生活。

每天，东邻花公鸡扯开嗓子唱起的时候，西隔壁黑狗也跟着汪汪地叫起来，我就起床了。推开家门，对着冬天的麦田，迎着土的气息，嗅着雪的味道，朗朗地晨读。每天，一日三餐自做自吃，早饭、午饭、晚饭、晚饭、午饭、早饭，粗茶淡饭，餐餐如此，个中的滋味甘后泛苦。每天夜晚，学习困倦之时，电视停台之后，匆匆收拾准备睡觉。然而哈欠连连，一声接着一声，一声高过一声，眼睛边的肌肉挤得发痛，嘴巴张得有点发麻，但却久久不眠。

孤独、寂寞、伤感却包围着我，袭扰着我，像癌细胞一样，在我的身体里各个器官里蔓延开来，扩散开来。血液里满满都是孤独、寂寞、伤感，每一个细胞都浸透着孤独、寂寞、伤感。我掀开院内的门，从前院走进后院，又从后院走回前院。走过去是四十步，走回来还是四十步。寒月已过中天，清辉洒到厦房屋顶的干枯的杂草和藜葱上，清冷的银光泻了一院，泼到冻得冰硬的地面和半腐的枯叶堆上。当然这清冷的月光也射入我孤独的心底。我几乎要窒息了，竟忘记了黑夜的恐惧，冲动地打开家门。跨过数米路，站在沉睡中的麦田边，深深地呼吸，深深地呼吸……冷气涌进了鼻腔，浸入了腹腔和肠道，迅速扩散。我打了个冷战，浑身发冷，每一个细胞，就连骨髓也是冷的。我裹紧了棉衣服。抬眼远处，终南山黑魆魆的，像一头巨兽，蹲在远处；似一个巨魔，让黑夜里更阴森恐怖。村子东南方的公坟里，野狗凄厉地狂吠，惊起一片乌鸦。惊恐的乌鸦凄惨地叫了起来，让冬夜的村庄更加惨淡。村子依然酣睡，男女老少沉浸在迎新年的梦里。祖坟上的千年桧柏年老瞌睡少，睁着混浊的眼睛，无声地注视着这一切。流淌了六百多年的凉水泉，轻声低吟，絮絮叨叨诉说村庄的古今。村口明代的三棵老槐树，似睡似醒，索性起来抽几袋旱烟。我却没有一丝害怕的意思，默默地站在冬天的黑夜里，站着，站着……

以往寒暑假居家幸福的时光，在脑海里闪现。那些幸福瞬间的记忆，一下子被激活了：母亲早晨一声声唠唠叨叨的"起来吧，起床了，起来吧"，中午递上的一碗辣子红艳艳的香喷喷的手擀面，晚上一句句"盖好被子，小心受凉"；三暑天舀来的凉簌簌、甜丝丝的一缸子浆水水，三九天塞进被窝里烫烫的暖水壶……

原来家不仅是一座属于自己的房子，家也是要有亲人，要有亲情的。家更是一个人情感和精神的源泉，也是一个人灵魂的归宿。

工作以后回家的时间很少。后来父母相继离开人世，安眠于乡下老家的泥土里。再后来搬进了城里，每年只有清明节，农历的十月一、腊月三十，才回乡下的老家，为父母送去冥币、冥衣，为父母长满蒿草的坟头培上几锨新土，压上三张冥币。

也许是人到中年有些怀旧，也许是在城市待得腻了，也许是在水泥建筑里住烦了，常常怀念起乡下老家来。这种怀念是那样得深，那样得痛，却也是那样得幸福。家乡成了抹不掉的记忆，乡情是挥之不去的感情，乡愁是饮之不尽的精神源泉。正是这乡愁，这民族的情感和精神的源泉，滋养着我们的民族，使我们中华民族文明得以延续和繁衍，焕发出强盛的生命力，让我们民族屹立世界民族之林。然而眼下，乡村一天天在消逝，乡愁一天天渐远。城镇化是社会发展的潮流，是历史的必然。但是在这个过程中保护我们的乡愁，传承我们的民族文化和精神，潜心构筑我们民族的精神家园，构架起我们民族新的乡愁，安放我们民族的灵魂，成为当代人的历史担当。

一个人的寒假让我懂得了什么是家。城市的生活让我明白了什么是乡愁。

相信我们的子孙，将来一定能看得见山，看得见水，记得住乡愁。

一个无聊的冬天

乡村的冬天原本就是无聊的。

二十几年前，等待上师范的那个冬天，着实让我感到了乡村冬天的无聊。

北方乡村的冬天，树木枯萎，小草隐匿，蛇冬眠，鸟绝迹，胖乎乎的大白鹅也懒得下水，一群花鸭子叽叽喳喳地挤在涝池边的柳树根下，欢实的芦花鸡蜷缩在架上，嗷嗷叫的大黑猪卧在圈里，看门的花狗睡眼惺忪地躺在灶火间。村落萧条，炊烟也失去了平日的活力，懒洋洋地升起。阳光也没有了夏日里的炫目，软绵绵地斜照在院墙上。街巷里空荡荡的，干燥的带着泥土气息和西伯利亚寒意的风不知疲倦地刮着，几乎看不到一个人。偶尔会跑过一条浑身脏兮兮的露着饥饿暗淡目光的没有主人的野狗。村庄是那样的沉寂，似醒非醒，似睡非睡。

收完秋，年轻人又背上行囊出去打工了，艰辛地寻找着自己的城市梦。那些靠种庄稼养家糊口的"笨老儿"男人、满脸沧桑的老人、一群养得白白胖胖的女人和燕子一样欢快的要上学的孩子留守在冬天的村庄里。勤快手巧的女人，三五成群围坐在哪家热炕上或者开着电褥子的床上，一边织毛衣、纳鞋底、刺陕绣，一边家长里短唠扯个不停。会享受贪玩的女人们，则四五个一桌，一边搓麻将，一边上演一台"大戏"。三个女人一台戏，何况这么多的女人呢。"笨老儿"男人们拉出家里旧农具、旧家具，又是修，又是补。旧农具、旧家具被倒腾了个遍，实在无事可干，蹲在墙根下丢起了方或者耍起了"狼吃娃"的古老游戏。有阳光的日子，老人们这儿一个，那儿一个，七零八落地坐在墙根，或者三两个散坐在房檐底下，一边晒着太阳，一边有一句没一句地说着古旧事，一边打着盹儿。雨雪天、阴冷天则坐在热炕上，一会儿醒，一会儿睡，一会儿自言自语，一会儿鼾声迭起。

整整一个冬天，我在家里一面完成毛笔字作业，一面无聊地打发着时光。这是真正属于我的最后一个乡村的冬天。无聊像一条蟒蛇，缠得我喘不过气来，几乎令我窒息。空虚像一把利剑，刺透了我精神的气囊，精神仿佛要泄尽了。寂寞像病菌，渗透我全身，感染了我每一个细胞，我快要发疯了。我来不及穿上御寒衣物仓皇地逃出屋子，狼狈地推开家门，像一头孤独的饿狼，走进了干枯的冬天的田野。寒风蹂躏下的田野，干涸的土块是僵硬的，绿色的麦苗是生硬的，地头的树枝是光秃秃的，连空气也是冰硬的。没有一丝活泛，没有一毫生气。我像一个找不到家迷了路的夜行人，在漆黑的夜里，茫然而漫无目的地走着，走着……又像一个孤独的游魂，在空灵的世界里恐惧焦虑地游荡着，游荡着……还似一个失群的精灵，在苍穹间苦苦地探索着，苦苦地追寻着……整整一个下午，我像一具僵尸，随意地在田野里转着，转着……

村庄的炊烟又有气无力地升起来了，天黑了下来。我猛地一哆嗦。我在找什么？我在觅什么？我什么也没有找到，我什么也没有觅到。依然两手空空，依然空空两手。我失望地走回了村子。

在村口的大槐树下，仰望祖坟的古柏，我久久沉思着。古柏告诉我，冬天是生命蛰伏期，在表面的平静之下是积蓄力量的动态过程。那是一种积极向上的状态，一种看似静止实际充满活力的状态。冬天其实是在酝酿热情，积累激情，汇聚动力，准备迎接下一个春天。季节就是这样一年一年轮回，冬天意味着春天的到来，冬天里孕育着春天。生命就是这样年复一年地轮回，冬天是死亡的季节，亦是新生的季节，在萧条和破败之下，新的生命正在孕育。

人生何尝不是这样？社会何尝不是这样？世界何尝不是这样？历史何尝不是这样？

告别了那个无聊的冬天，每每冬天，我就做些为生命和人生孕育、积蓄、积累、汇聚的事情。

告别了那个无聊的冬天，从此冬天我不再感觉到无聊了。

告别了那个无聊的冬天，我常常想起那个无聊的冬天，常常怀念那个无聊的冬天。

乡下教书的日子

近来常常有些怀旧，乡下教书岁月的情景时时掠过心头，脑海中的波浪被时间吹得涟漪越泛越大，一圈大过一圈。那情景犹如陈旧的家具越擦越亮，越抹印象反而越清晰。

有人说这是衰老的象征，有人说这是成熟的标志，有人说这是人生归途转折点……

上个世纪80年代末，物价像如今的房价一样飞涨。原本受"家有几斗粮，不当孩子王"思想的影响，加之乡村教师工资少，地位低，没有人瞧得上眼，那些时髦的像刚刚从港澳归来的青年，宁肯站柜台当售货员也不愿做孩子王。为了逃脱被束缚在土地上，面朝黄土背朝天，日升而作日落而息的父辈的命运，年迈的父母不愿意憨小力薄的最小的儿子受农民劳作之苦，希望我能跳出农门，吃上轻省饭——皇粮。在不情愿和无奈之中，我踏进了中等师范学校，选择了当一名乡村教师。

1990年元宵节后，踏着迟到的春雪，我走进了秦岭北麓终南山脚下的一所乡村中心小学，开始了教书匠的生活。

这是我们乡的中心小学，十二三个班，十来个公办教师，七八个民办和代课教师。学校在村子的北头，面南背北，大门的两边各立一排正面镶着白色小瓷片、内面红砖的二层楼房，算是教师办公室兼宿舍。大门内 150 平方米的红砖砌成的粗笨的方形花坛，里面长着错落有致的四季常鲜的雪松、冬青、玫瑰、月季，还有许多叫不上名字的草本花。四角四株桂花树像时尚漂亮的谋女郎，格外吸引人的眼球。它们染绿了整个学校，倒也一派生气。花坛的两边两条林荫小道，直通正对大门的伟岸挺拔的水泥压光面的三层教学楼。

尽管慨叹投错行，但是既来之则安之，刚满二十的我，认命了，踏踏实实做起了一名乡村小学教师。我担任的是五年级二班的班主任兼年级语文教师。和一群十一二岁的猴子一样好动的乡村"野"男孩、小燕子一样活泼可爱的跳来跳去的小女孩泡在一起，起初的无聊和孤寂被他们的可爱和快乐融化了，心里渐渐地受活多了。在这个烂漫的春天，我和他们一起读书、做游戏、劳动，一起登山、踏青，一起赏桃花、访梨花、嗅杏花、采柏树籽……自己仿佛也回到了花季般的少年时代。

栗花飘香的日子，下午放学后我和孩子们踩着夕阳的余晖，寻着弥漫的香味，来到古老的栗园捡拾撒落在草丛间的栗花。落日洒在栗树叶子上，满树金子闪烁着，摇曳着。夏风一吹，透过栗树叶子的缝隙洒落草丛间，铺满了诱人的碎金。休息间歇，好动的孩子们在栗树林间快乐地追逐嬉闹；文静的则躺在草丛中一面深情地嗅着花草香味，一面尽情地享受着阳光；心灵手巧的男孩拔起一把草，编成一个圆圈帽子戴在头上，仿佛是远古的勇士；爱美的女孩则采摘一束光鲜的野花，陶醉地深吻着。看着这些天使般可爱的小精灵，一棵棵历经沧桑皱纹又粗又深的世纪老人似的栗树们，也露出了灿烂的笑容，我也"老树逢春"找回了自己逝去的童年的快乐。

学校老师大多是本村的，每天回家吃饭，有家室的公办老师自己开小灶做饭，我们几个刚参加工作的年轻教师和老校长在灶上吃饭。炊事员王师傅善良热心又随和，说话轻声慢语，人也耐得泼烦，经常变着花样给我们做饭。十天半个月就要给我们包上一顿香喷喷的地软包子，蒸上一顿软和和的酿皮，擀上一碗光溜溜筋道道的𰻝𰻝面。若是包饺子，王师傅一个人忙不过来，上灶的人齐动手。她剁好馅，擀好皮，我们自己给自己包，倒也吃得有滋有味，其乐无穷。

6月初，麦子金灿灿的，一片丰收在望的景象，黄莺展开清脆的歌喉，不厌其烦地吟唱着"算黄算割"，提醒农民抢抓晴天，及时收割。这时也是杏熟的季节。淳朴憨厚的学生们，纷纷给我带来了自家园子里摘来的红里透黄的金太阳杏、黄里泛红的海东杏。人有钱财，我育桃李。看着他们杏一般熟透的微笑的脸，我也幸福地笑了。

那年暑假，我被调往了附近的一所初中，离开了天真无邪的儿童，开始了初中语文教学生活。

初二学生处于青春萌动期，既可爱又淘气，也最富恶作剧，往往让老师们哭笑不得。他们在背后根据每一个老师的特点给老师们一个个起了个性的绰号，让老师们又好气又好笑。调皮的男生给前边女生的凳子上放一枚小图钉，当女生坐下后图钉刺进屁股，疼得龇牙咧嘴，五官紧急集合，脸憋得羞红。恶作剧的男生却偷偷地乐，坏坏地笑，瞧那得意的神情。当老学究数学老师走进教室时，文体委员一声"起立"，学生们异口同声"老师好"，捣蛋的男生却开溜了，悄悄地将前边女同学的凳子轻轻地往后一挪。文体委员一声"坐下"，那女生结结实实坐在了地上，背向后翻，头向后仰，其他同学哄堂大笑，笑声几乎炸裂了教室。害得班主任老师不仅要像大侦探福尔摩斯一样破案，与他斗智斗勇，还要苦口婆心地教育他，更要安慰遭戏弄的女生。

尽管那时乡村教师待遇差，但是老师们"傻乎乎"的，争胜心强，特敬业，浑身好像有使不完的劲儿。我们学校教学质量一直名列全县前茅。时任西安市副市长姜信真教师节到学校慰问后，老师们重拾知识分子的尊严，干劲更足了，教书的热情像发酵的面团发得扑腾扑腾，像一辆开足马力的赛车全力冲向终点。六天工作制，周日下午早早就到校，开完例会，就各自忙活开了。有的备课，有的批阅作业。不论老教师还是青年教师，个个"不用扬鞭自奋蹄"。发现哪个学生学习掉队了，就留下来为他义务补课，压根儿就没有要报酬的想法。察觉哪个学生思想抛锚了，放学后和他坦诚地谈谈心。学校安排的教学活动，不论是年龄大的还是年龄小的争着抢着干。为了上好一节课，翻阅大量资料，有时为了一个小小的细节，不厌其烦地向有经验的老师请教。特别是年轻教师，一个一个暗暗较劲，谁也不愿输给谁。为了搞测验，年轻教师在老教师指导下，学着用铁笔刻蜡版，有时刻坏了几张，反反复复费老半天才能刻一张。手工的油墨印刷机印刷试卷，既是体力活，也是技术活，还是脏活累活。说是体力活要用劲，说是技术活要巧用劲，说是脏活累活弄不好手上沾满黑黑的油墨，一不小心抹在脸上，就像戏曲里的敬德黑成了炭头。几个班试卷印下来，浑身散了架，像剔骨肉成了一摊子。学期末，乡里组织三所初中统考，我们年轻教师捧回了一个又一个第一名，老教师们乐开了花，校长眼睛眯成了一条缝，嘴笑得半天合不拢。

寒来暑往，斗转星移。我们割韭菜一样，送走了一茬又一茬学生，又迎来一拨又一拨学生。每当看着他们走出初中，放飞梦想的翅膀，开始寻梦之旅，看着他们眼里火一样的求知欲望，带着太阳一样的热情走进高中，我们的心五味杂陈，有收获的喜悦，有成功的兴奋，有离别的凄楚，有灞柳送别的深情，还有"而今迈步从头越"的豪情，更有踏上新的征程的激动……

如果时光可以倒流，我好想回到乡下教书的那段光阴。假如时间真的能够穿越，我一定要回到乡下教书的日子。

汽灯伴我上晚自习

时间过得真快，恍惚间近 30 年过去了。汽灯伴我上晚自习的冬天犹如一朵灿烂的浪花在脑海里盛开，闪着熠熠的光辉。

1985 年，乡亲眼中念书灵性的我不仅未考取初中专，竟与县里的重点高中也失之交臂。我仿佛掉到了冰窟窿里，从脚到身子到头、从身体到心底到细胞核，浑身内外冰透了，混混沌沌度过了高一。

进入高二不久的一个周末，远在渭北工作的父亲忽然风尘仆仆赶回家。晚上，苍老的父亲坐在炕上，我靠在炕沿，父亲说出了自己沉重的决定：退休让我接班顶替当工人。父亲十分纠结，既不甘心身为家里最小的儿子的我没出息当工人，更不希望我考不上学当农民。父亲彻夜辗转反侧，几乎未曾安眠。第二天早晨，望着神色凝重的父亲，我做出了自己人生中第一个重要的抉择：让大我 5 岁的初中毕业后赋闲在家的二姐接班，自己发奋读书，力争"鲤鱼跳农门"端上国家铁饭碗。

那几年，每年 3 月份举行高考预选。高考预选是很残酷的，普通高中三分之二的毕业生，虽受尽三年寒窗之苦，但遗憾的是连脚也不曾迈进高考的考场。1987 年的冬天，对我来说是一个至关重要的冬天，通过高考升学就业是我唯一改变自己命运的救命稻草，只有破釜沉舟努力一搏了。那时电力资源不足，冬天农村三天两头停电，有时长达上月。这可坑苦了我们这些高三备考的学生。起初大家点蜡烛或者煤油灯上早读、晚自习，一个早读、晚自习下来，鼻孔熏得黑洞洞的，鼻涕黑乎乎，个个像南山里走出来的卖炭翁，自己看了既觉得恶心，又觉得好笑。几天下来，个个眼睛红得像兔子，黏黏的，眯眯的。长此下去大家眼睛一定吃不消，班主任提议同学们自己出钱买两盏汽灯。我和几个班干部搭车到县城跑遍了日杂商店终于买到了两盏汽灯和十几公斤煤油。第一天用上汽灯的情景，至今历历在目，好些细节如特写镜头牢牢地定格在脑子里。

我把石英网套好，扎紧，打足气，气将煤油雾化后喷洒到石英网上，点上火，盖上玻璃罩。整个教室一下子亮堂起来了，在黑夜映衬下，宛如白天。同学们一片欢呼，犹如乞丐意外地中了百万彩票一样兴奋，像运动员吃了兴奋剂一样亢奋，好似连续阴郁或淫雨霏霏后偶见晴天和光芒万丈的太阳一样激动。片刻之后，我们便迅速安静下来，为了不当农民，争分夺秒地开始学习备考，通过高考改变面朝黄土背朝天、日升而作日落而息的古老农耕生活的命运。我和几个同学主动承担起汽灯的管理，每天添煤油、打气，隔三岔五换石英网。我们索性将铺盖搬到教室，"吃住一条龙"。每天下晚自习同学们离开后，我们几个把课桌并起来，打开铺盖，熄掉一盏汽灯。我们"近水楼台先得月"，可以利用暖被窝的时间和早上早起的时间多学习一会儿。寒风穿过窗缝在教室里乱窜，我们蜷缩着身子，用被子蒙住头，把被子裹得紧紧的，可谁也不愿意搬出教室。那个寒冷的冬天我在教室住了一冬，汽灯陪伴我度过了一个一个黑夜。

开春后，电正常了，我依依不舍地将两盏汽灯送到了学校的保管室，临离开时又回头仔细看了看伴着自己100多天的两盏汽灯，神情黯然回到了教室。当年我以学校文科第一名的成绩顺利通过了预选，后来尽管没有考取大学，但当年应届毕业踏进了中等师范学校的大门，有了一个教书匠的铁饭

碗，多亏了这两盏汽灯。

汽灯伴我上晚自习的冬天，是我生命里最难忘的时光。那两盏汽灯始终伴随着我，指引着我，帮我度过了人生中一个又一个黑夜、一个又一个严冬，照亮着我不断地走下去。

不知那两盏汽灯还在否？也许早被抛在废品站哪个角落，也许它的部件被废物利用变成新的器物的一部分……

补习的日子

那是一个黑色的七月，那是一个阴霾的七月，我意外地落榜了。

那是我一生遭遇的第一个沉重打击。我一下子从满怀希望的高山巅峰，坠落到绝望的万丈谷底。刚欲飞出窝的雏鸟，还未打开翅膀，就折断了翎毛。经过艰难地抉择之后，我无奈地报考了县里的小学教师培训班，等待录取通知书的那段时光，被迫结束了当地短暂的复读日子，不得不辗转几百里外他乡去补习。

白发苍苍的父亲陪着我，背上铺盖和行李，带着沉甸甸的书包，坐上长途汽车，经过几个小时的颠簸，我来到了渭北三原县城的一所高中。通过父亲的朋友介绍，怀着一份对命运的抗争，抱着一丝对未来的憧憬，开始了"高四"补习的生活。这是我，一个一直守着故土的男孩，第一次离开故乡独自在异乡生活，也是我离开家乡学校后的又一段高中岁月。

补习的生活是艰苦的。我和同样落第的异乡的兄弟姊妹，在群星还未归巢之时，就钻出热腾腾的被窝，揉着惺忪的睡眼，失急慌忙地走进教室，开始了"天将降大任于斯人也，必先苦其心志，劳其筋骨……"或"long long ago……"的晨读。在月亮已升到漆黑的半空之际，仍然在教室记忆着中外的历史事件，熟识各国各省的气候物产和山川河流，演算着一道道数学题。不能说书中自有黄金屋，也不能说书中自有颜如玉，但那时读书确实是改变农村娃命运的唯一出路。读不完的书，做不尽的题，睡不够的觉。每天三点一线，宿舍、饭堂、教室，教室、饭堂、宿舍，走过来，走过去。日复一日，周复一周。

补习的日子也是最煎熬的。一个班五十几个同学，每一个人的情况不同，心态不同，精神状态也不同。有和我一样轻松应届复读的，有"高四"上了一两年仍顽强补习的，还有补习了数年仍不到黄河心不死的。一个个拖着疲惫的身影，一个个满目的黯淡。满脸书写着苦苦挣扎，满面闪现着隐隐忧患，满眼泛着焦灼，满目洋溢着不甘心。当然也有满怀的信心，满心的希望，满脑的憧憬。补习的生活不仅有读书的艰辛，也有精神的煎熬，更有灵魂的折磨。补习的日子是多么得漫长，就像极夜，总盼不到天明。补习日子的寒冷，就像常年覆盖着冰雪的青藏高原的永冻层，几乎没有冰雪消融的日子。这种日子是最难过的。难过也得咬着牙过。或许难过之后将是"柳暗花明又一村"，或许狭口之后将是豁然开朗的桃花源。

异乡补习的日子也是最孤独寂寞的。小学、初中均在本村读书，高中也离家不过十里。补习却要在几百里之外。周末，同学们纷纷回家换洗衣服、取钱粮。我不好意思常常去打扰父亲的挚友，我的一位热心的叔叔，也不愿承受寄人篱下的滋味，就独自一个人待在宿舍里。进来一个人，出去还是一个人。看书，做题，背，记。寂寞时时缠绕着我，孤独时时折磨着我，无伴的孤寂时时袭扰着我。我咬紧牙关，忍着，受着，耐着。实在无法忍受，无法排解，我就跑到离学校不远的龙桥和城隍庙，走一走，转一转，看一看，让悲伤得到释放，让孤寂的心有个伴侣。

那段日子每逢寂寞的周末，清峪河上的明代古龙桥和供奉着李靖的明清建筑三原城隍庙，是唯一能安放我孤寂灵魂的去所。清澈的清峪河，清得似乎可以照出人的五脏六腑。日落离开时回眸的最后一刻，站在龙桥抚摸斑驳的栏杆，品读残损的雕刻，回味典故传说，成为慰藉我心灵的鸡汤。信步城隍庙，夕阳余晖斜洒在雕梁画栋之间，泛着古韵。我流连于山门内东西两边牌廊镶嵌着的岳飞手书前后《出师表》石刻三绝碑前，虔诚地拜谒于有唐代军神之称的卫国景武公李靖站像前，徜徉在有"当代草圣"之称的辛亥老人于右任先生雄豪婉丽、冲淡清奇的书法作品之中。我的心被浸浸着，我的精神被感染着，我的灵魂不再孤寂。

补习的日子，虽然很艰辛、煎熬、寂寞，但是这段日子使我的意志得到了磨砺，精神受到了锻淬，灵魂受到了洗礼。为后来的人生做了很好的积淀和储备，让我有勇气去微笑面对失败和挫折，自信快乐地迎接明天，勇敢坦然地拥抱未来。

一个半月后，我接到了老父亲的电话，录取通知书到了。于是我匆匆忙忙收拾了行李，清理了荒芜的心，结束了那段异乡补习的日子。踏上回家的路，迈上了新的人生之旅。

那年我落榜了

又是一年高考季。

备受社会关注的一年一度的高考刚刚过去，那些走出备考艰辛的莘莘学子和望子成龙盼女成凤的家长，旋即又陷入了等待的焦虑和煎熬之中。等待着的，也许是金榜题名的喜悦，也许是名落孙山的失意，也许是跨上人生更高平台的激动，也许是跌入深谷的懊丧，也许是鹏程万里的豪情，也许是颓废无尽的哀叹……看着众多等待的学子和家长，不免又想起了自己 29 年前参加高考的情景。

那年我落榜了。

炎热的 7 月，经历了紧张、弥漫着硝烟的三天高考，同样是漫长、揪心、难耐的等待。渴望着鲤鱼跳龙门的我，竟然遭遇了人生最大最沉重的打击——高考落榜了。

那是一个刻骨铭心的日子，是我终生不能忘记的日子——1988 年 7 月 25 日。我怀揣着一颗矛盾的心，骑自行车来到学校，当班主任把分数单递给我的一刹那，我从头凉到了脚，几乎绝望了，我以十几分之差落榜了。班主任的安慰，同学的劝慰，几乎全然没有听到，我像秋天枯萎飘落的树叶，任凭秋风吹吹荡荡，独自茫然地骑行在回家的路上……

回想自己曲折的求学之路，心中总不免有不幸的伤感。小学和初中，自己是班上的佼佼者，然而中考因几分之差，只好带着懊丧进入普通高中就读。就在这时候，父亲准备退休，一个子女可以接班顶替，父母当然首先想到的是我，他们最小的儿子。倔强的我觉得男儿当自强，脚底下的路要靠自己的双脚走，于是把跳出农门的机会留给了姐姐。三年普高苦读，我以本校文科预选第一名的成绩顺利地走进了高考考场。然而我却高考落榜，即将翱翔的鸟儿，刚刚展开的翅膀被折断了，刚刚起航的理想之船很快就搁浅了。

那些日子，我整天待在家里，大门不出，二门不迈，茶不思，饭不想。人不仅憔悴消瘦，好似斗败了的野兽，而且整天精神恍惚，仿佛丢了魂似的。就像莫言笔下《欢乐》中屡屡补习高考不中的主人公永乐一样，"心在有气无力的飞行中发出绝望的嗥唳"，死的念头不时在脑海闪现。一个阴郁闷热的下午，我欺骗父母去同学家散心，骑车走出了家门，其实我一个人独自徘徊在乡间的公路上。一会儿乌云四起，狂风翻卷乌云，一道闪电撕裂了乌云，划出一道耀眼的光芒，撕心裂肺的雷声，令人毛骨悚然，顷刻间大雨倾盆，我像一个幽灵在雷电风雨间游荡着。咔嚓一声，路旁一棵一腰粗的大白杨被无情的狂风折断，横亘在我的面前，我打了一个冷战，一下子惊醒，求生的本能让我觉得好悬、好怕。眼前的一切让我顿悟，生死也许就在一步之间，前进一步也许就是死，后退一步也许就是生，生命是如此脆弱，我有什么理由不珍惜生命呢？比起生命，高考又算得了什么？落榜又算得了什么？其实高考只是生命过程的一个点，落榜只是这个点画得不圆满而已。

由于当时农村缺少教师，我们这些高考落榜生中许多人踏进了师范的校门，尔后我成为一名教师。20多年，经过自己的不懈努力，我取得了一个又一个教学成绩优异奖，撰写的论文多次获奖，先后在报刊发表文章20多篇，培养了一大批有用之才，如今成为一名基层教育行政管理者。

每年进入高考季，我都会想起自己那年落榜。如今儿子也走进了高考考场，开始人生圆梦之旅。并不否认，现阶段在我们的国度，人们仍不能摆脱千军万马挤高考独木桥、高考决定命运这一残酷的现实。尽管说高考目前仍是普通人家子弟通向成功的主要出路，但高考并不能完全决定一个人的命运。我想告诉儿子，告诉学子们及他们的家长：高考其实是在寻找人生的同路人，高考并不是生命的全部，高考并不是人生的全部，高考只是生命一瞬间轨迹的体验，高考只是生命的一瞬间过程，是人生的一场经历而已。

让我们微笑面对高考，微笑面对落榜。

栗花飘香

初夏的傍晚，和三五个朋友驱车到秦岭北麓西安野生动物园附近的农家乐小酌，一路说说笑笑，东拉西扯，胡吹乱诌，好不轻松。忽然奇香迷人，大家几乎同时安静下来，不约而同张开鼻孔，抖动鼻翼，闭上眼睛，尽情地深深地呼吸，似乎要把这异香独自享吸。四下仔细搜索，左看看，右瞅瞅，左右两边都是行道树，路上时断时续有三三两两成群结队或者独自一人一拨一拨下山的驴友。近瞧瞧，远望望，近处风吹着金色的麦浪，麦涛荡漾；远处群山苍翠，坡上蓊蓊郁郁的各种果树似绿色海洋，绿浪连绵不绝。然而并未发现奇花异草，大家疑惑地举目对视。驱车寻香，车行数分钟，眼前一株株斑驳沧桑的老栗树，枝头苍绿的茂叶之间挂满了一根根繁星般的或长或短的蛋黄、亮黄、褐黄色的栗花。

原来，是栗花开了，飘着的奇香是栗花散发的香气。

栗花，不像其他花，有着光鲜的外表、婀娜的身姿、优雅的形态、迷人的风韵，能勾起人们潜伏在内心深处对于美的欲望。栗花，15 到 20 厘米长，花轴四周密密麻麻、拥拥挤挤、紧紧簇簇着一圈层层叠叠的毛茸茸的黄色花蕊。它颜色不鲜艳，形状也不盈人，身材短小臃肿，外表丑陋，像巴黎圣母院敲钟人卡西莫多，没有人会留意它。若不是散发出诱人的奇香，没有人会把它和花联系在一起，更不要说把它当花欣赏了。虽说栗花形状普通，外表丑陋，但是香气宜人，而且很实用。过去当地人农闲时捡起开败的凋谢散落在地上的栗花，编成少女长辫子一样的绳子，既可当作老人吸烟、家里点火的火绳，还可在夏夜里点燃用香味驱除蚊子苍蝇的叮咬和袭扰，是理想的一种原生态、无污染的天然蚊香。有些人捡得多，还可以拿到街上或者城市去卖，赚上一小笔，手头也活便些。

孩提时代偶尔吃过板栗，但并未见过栗树，更谈不上目睹栗花。初识栗花已经是参加工作以后的事了。师范毕业，我被分到秦岭北麓一所初中，学校操场南边是一眼望不到头的栗园。据说这栗园有上百年历史，栗树大的有两搂粗，最小的至少也有大老碗口粗，个个树皮粗裂，像一群历经世纪的忧患老人。落光叶子的栗树就像一群秦俑，排兵布阵在秦岭北麓的缓坡上，守卫着中华民族的父亲山。春天百草萌生，满坡披绿，各种树木长出嫩黄的新叶，古老的栗树也焕发出青春，抽出条条新枝，冒出片片新叶。待枝繁叶茂，几乎遮天蔽日，阳光下栗园草丛里洒满了金光闪闪的碎金。搭镰割麦的时节，校园和整个村庄里到处飘荡着栗花浓浓的酽酽的荃香，几乎浸透了校园和村庄的每一个角落。

也是在黄昏，我们几个年轻教师漫步栗园，畅谈理想，憧憬人生。行走在栗树间，徜徉于栗花香的海洋，尽情地拥抱、亲吻着花草，享受着橘红的夕阳。几位农民在弯腰捡拾栗花，一起一伏，连续反复着这个简单的机械的动作，夕阳里仿佛一幅线条清晰、笔法流畅的简笔画。

快到农家乐时，前面路边围了一大堆人，叽叽喳喳，交头接耳，不知道发生了什么事情。我们停下车，疾步上前，想探个究竟。原来一名驴友晕倒了，路过的人纷纷驻足。有人有些焦急，却很无奈；有人手足无措，满脸茫然；有几个人则窃窃私语，"真晕倒了，会不会又是一个碰瓷的？"人们你看看我，我看看你，谁也不愿意主动施救。这个驴友瘫躺在水泥路边，只见他满身黄土，眼睛微闭，面无血色，黄豆大的汗珠雨点一般滴下，正急促地弱弱地喘着气。

乱嘈嘈之时，一位粗汗毛大骨架的面色黝黑的农民火烧火燎地拨开围观的人群，冲进人圈，坐在地上，三下五除二把驴友扶起，让他斜躺在自己腿上。然后立即掏出手机，拨了120，接着又打了一个电话，"收割机马上到地头了，你看着收麦，这儿一个驴友晕倒了，我把他送到医院"，说完匆匆挂了手机。只见他拧开自己的水杯，轻轻掰开驴友的嘴唇，将茶水缓缓滴进驴友嘴里。这时，其他人一下子被激活了，纷纷围上来，有的掏出纸巾为驴友擦拭虚汗，有的拿出凉凉的湿巾轻轻地敷在驴友额头，有的小心翼翼地拍打驴友身上的尘土，有的撑开伞为驴友遮挡夕照。一会儿120急救车鸣笛呼啸而至，众人七手八脚帮医护人员将驴友抬上救护车，那个农民也一声不吭地爬上了救护车。救护车风风火火，又呼啸而去，很快驶向夕阳的深处，消失在公路的尽头。

到了农家乐，举杯投箸间大家还在谈论刚才农民救助驴友的事，想象着驴友在医院里被抢救的场面，猜测那位农民此时此刻的心境和境遇。"人性是善良的，世上还是好人多。"一位朋友颇有感慨。大家小饮兴致更高，犹觉酒味更香。

一阵微风，飘来一根栗花。我猛然想到刚才救驴友的农民，不就是一根栗花吗？

秋风秋雨秋韵

一场朔风刮过，一场冷雨落下，一地落花黄。近处的行道树，满树泛金，树干开始枯缩，整个树缺少了春天时少女般的丰韵，像一位骨瘦肤粗皮皱的老妇人。树下秋练者三三两两，成群结队。远处霜染山林，红叶映红山峦，碎金遍洒山坡，层林斑斓。登山赏秋者络绎不绝，上下穿梭。头顶天高云淡，令人神清气爽。脚边霜浓草瘦，躲到树梢的风没有了夏季的凉爽，增加了不少冷意。洒在黄草丛上的雨滴不再让人惬意，变得冰凉。天气一天天凉了下来，又到了一年秋天。

又是一个收获的季节，又是一个成熟的日子，又是生命轮回一次的结束，也是另一个轮回孕育的开始。

儿时，我喜欢在秋风中追逐树叶。秋风中黄叶离开自己的母亲树干，飘飘荡荡，随风漫无目的劲舞。我在秋风中追逐落叶，随着落叶忽而昂首跳跃，忽而弯腰低头，追逐自己的童年梦。一场秋风之后，落叶铺满大地，满目黄叶，我提着篮子拖着竹耙捡拾落叶，回家交给母亲作柴火。我一边捡落叶，一边同小伙伴追逐嬉戏，树林下洋溢着我童年的笑声，充满着童年的乐趣。

儿时，我喜欢在秋风中捕捉秋雨。我常常在秋雨中东颠西跑，捕捉秋天的雨滴，沉浸在雨水和泥土的芳香中，乐此不疲。经常雨水湿透了衣服，泥点玷污了浑身，为此常常遭到母亲的责备。

不知愁的少年眼里的秋天，是庄稼收获和瓜果遍地的季节，也是充满欢乐和喜悦的日子。黄澄澄的谷穗，金灿灿的稻穗，丰满的玉米棒，层层叠叠的芝麻节……农民的脸上掩饰不住喜悦的心情，绽开了灿烂幸福的花朵。火红的柿子、淡黄的梨、红里透绿的苹果、红玛瑙似的山楂、珍珠似的葡萄，挂满枝头，压弯了树干，乐坏了果农，馋坏了我们。那时的秋天是一片丰收的景象，满眼丰收之韵，处处是朗朗的笑声。

初涉世事的成年记忆里的秋天，是多味的季节，不仅有收获的喜悦，也有淡淡的哀愁，还有深深的伤感。踏上工作岗位，走向社会，开始独立生活的征程。在五彩的世界里，滚来摸去，东碰西撞。每每孤独之时，每每伤感之际，秋日里看到的是马致远"枯藤老树昏鸦"，常常会产生"断肠人在天涯"的伤悲。每每不如意时，每每心情郁闷时，秋风里有欧阳文忠公笔下的"初淅沥以萧飒，忽奔腾而砰湃，如波涛夜惊……铁铮铮铮，金铁皆鸣"。独自在外漂泊，秋雨的夜晚不免有"夜雨闻铃肠断声"的伤心和"巴山夜雨涨秋池"的思念。"感极而悲"，烟波之愁涌上心头。

历经沧桑的中老年的秋天，是成熟的季节，沉寂着淡淡的平静。走遍世间路，历尽人间事，尝遍人间味，看透人间冷暖。惯看秋色，惯听秋风秋雨。秋风也不怎么肃杀，秋雨也不怎么寒凄，少了些许喜悦，少了些许哀愁，多了些许淡静。夜阑卧听风吹雨，已淡然平静，内心几乎泛不起微澜。回首往事，纵观半生，细细品味秋风秋雨秋韵，获得的是一种成熟的平静，一种沉甸甸的平静。

范文正公笔下的秋天，常常"淫雨霏霏，连月不开，阴风怒号"；欧阳文忠公笔下的秋色，"其色惨淡，其意萧条"；峻青看到的秋天则"只是万紫千红的丰收景色和奋发蓬勃的繁荣气象"。

　　不同的年龄，不同的秋景；不同的人，不同的秋韵；不同的时代，不同的感受。相同的秋风，不同的感情；相同的秋雨，不同的心境。同样的景色，不同感受。这就是生活，这就是人生，这就是岁月，这就是历史。

　　听，一位哲人在感叹"逝者如斯夫"。看，另一个生命的轮回即将开始。

　　好一场秋风，好一场秋雨，好一派难得的秋韵。

听雨

我喜欢看雨，听雨，读雨。

小时候遇到连阴雨天，大人们干活累了，就趁雨天好好睡上一觉，解解乏气。小孩们则像牲口一样被圈在屋子里，重复着无聊的游戏。鸡呀、狗呀也不得不蜷缩在屋檐下或者灶火旁，懒洋洋地躺着。我常常一个人坐在石门墩上，双手托着下巴，愣愣地看着雨点在地上砸起一朵朵花儿，傻傻地欣赏雨点潇洒的舞姿，静静地聆听着天籁般的雨声，默默地读着雨中的诗意，痴痴地编织着自己如雨的梦。

多数人不喜欢阴雨天，不喜欢雨点。阴雨天不仅出行不方便，生产生活也会受到影响，而且心情也不会怎么好。阴雨天，人们的情绪往往很低落，心头也会像天空一样一片阴霾，内心像绵绵的雨一样烦闷，看什么，不像什么，看什么，感觉都不怎么舒服。我却独喜欢雨。在我看来，雨点是世间最纯洁的，最有灵气的。她来自大气，来之云端，吸收了天地之精华、日月之灵气，用自己洁白之躯清洗空气，洗涤大地，洗刷草木。一场大雨过后，不仅空气清新了许多，大地滋润了不少，草木也增翠了些许，天更蓝了，云更白了，就连人的心也亮堂了。

　　十多年前的一次三峡雨中行，让我更加喜欢看雨、听雨、读雨。那次我们从葛洲坝出发，沿长江逆流而上，游历三峡。出发时晴空万里，沿途风光一览无余。游船行了一天一夜，老天突然变了脸，怒容满面，乌云翻滚凶神恶煞般，霎时风雨交加，一直持续了一日一晚。游客游兴尽无，一个个都蔫了，蜷缩在船舱或者无边无际漫聊着，或者昏昏欲睡消磨时间。我则独自登上甲板，撑伞雨中欣赏起两岸风景，别有一番风味。你看，雨点时而缓，时而急，时而小，时而大，时而似一串串水晶珠，时而变成一条条银线，偶尔也会变成瀑布。再看微风中雨点迈着轻盈的舞步，婀娜摇曳；大风中雨线随风东窜西窜，扭起了迪斯科；在狂风中，风裹挟雨瀑铺天盖地，一倾而泻狂舞牛仔。偶尔风雨也会发脾气，蹂躏大地，摧残草木，撞击两岸青山，折磨游人的心。游船转过弯，忽然眼前一叶小舟，在江边风雨之中飘摇。游船行近，仔细一看，是一圆顶古式扁舟。船头一钓者，身穿蓑衣，头戴斗笠，风雨江边怡然垂钓，俨然一位古代隐士。风吹雨打，潮起潮落，小船摇曳，钓者却安然悠闲，自得其乐。我恍然大悟，雨带给人们的不仅是郁闷，还可以怡情，风雨中也是一种享受。心里阳光灿烂，雨天就不阴晦，心里豁朗，雨天也会成为眼前一景。这也许就是古代君子追求的境界，心不随外物所动，情不随外物所移。

　　第二天早晨，黑云迅速消散，晴空如洗，天蓝云白，空气清洁，红日高照。

　　我想，天要下雨，娘要嫁人，本是天经地义，谁也改变不了的。如果天气总是晴空万里一直不下雨，那样的话，世上的万物就会因缺水而死去。正是因为下雨，水分得到补充，万物才会得以生存繁衍，生命才得以延续，才会生生不息。更何况往往风雨之后，阳光会更加明媚，不是有句歌词"阳光总在风雨后"吗。生活、人生不也是这样吗？不可能总是阳光灿烂，也会有阴郁的时候，也会有下雨的时候，风雨之后的生活和人生才会更精彩、更辉煌。从此我对雨更是情有独钟，更喜欢看雨、听雨、读雨。

每每下雨天，我一个人坐在阳台，泡上一壶金骏眉、碧螺春或者毛尖，一边喝茶，一边欣赏着雨点飘落时潇洒的英姿，听雨点跌落的美妙声音，读雨中诗韵。小雨润酥声音温柔，似轻盈的舞曲；中雨滴答如珠落玉盘，似欢快的钢琴曲；大雨噼噼啪啪，似大型交响乐；暴雨呼啸，似狂想曲。看着雨点，听着雨声，读着雨意，我自己也变成了雨滴。

雪地里一树火红的柿子

三九寒天，看着窗外漫舞的大雪，吃着熟透的火红的柿子是我从小就情有独钟的趣事，也是我最回味无穷的乐事。

人到中年，多了一些平静，有了一份闲淡。冬天午后的暖阳里，或者风舞雪飞的下午，懒洋洋地斜靠在阳台的圈椅里，悠闲地看着窗外软绵无力的阳光，恬静地赏着朔风里翩翩起舞的雪花。吃着熟透的红里泛黄的面蛋柿子，或者红艳艳的火晶柿子，闲适地小口小口品着一壶金骏眉，煞有情调，很是浪漫，颇为小资。

2016 年的第一场大雪过后，邀上几位挚友一起去秦岭北麓浅山赏雪。徒步踏雪进入山谷，一阵阵寒气袭来，满眼白雪，映得眼睛泛着银光。群山披雪，"积雪浮云端"，万草玉雕。一树树盛开的梨花楚楚动人，一股花香浮动鼻下。一颗颗晶莹的玉石润人眼球，满目温润。山沟底白雪下，轻轻流淌的细细的清泉若隐若现。"千山鸟飞绝，万径人踪灭"，仿佛进入了童话世界。

前面白茫茫一片，不见人迹，可谓"前无古人"。我们轻轻举步，小心翼翼地走着，竟不忍心踩疼了柔弱的雪，不愿玷污了洁白的天使。身后留下一串串足迹，可惜"后无来者"。走了一程，悲凉顿生，不免产生了"念天地之悠悠，独怆然而涕下"的感叹。忽然"残雁雪中闻"，猛然抬头，右手山坡上一茅庵闯入我们的视线，里面可能住着一位终南隐士，此刻他定是"绿蚁新醅酒，红泥小火炉"，不知我们"能饮一杯无"。我们一边搓手取暖，一边上前小叩柴扉，一阵急促的狗吠打破了沉睡着的山谷。主人闻声走出茅庵，我们说明情由，主人热情邀请我们入庵取暖喝茶。

身暖茶饱，起身道谢，走出茅庵。"瞧，满树柿子！"朋友惊呼。寻着朋友的目光望去，对面山坡上一树火红的柿子格外引人注目，犹如冬天里的一把火，让我们一下子感受到了太阳的温暖。大家齐声惊呼。

走近仔细一看，原是一棵火晶柿子树。树干不是很粗，树冠却不小，满树柿子，十分繁密，似一串串小红灯笼，映红了半面山坡。柿子个儿很小，红艳艳的，玲珑剔透，一颗颗柿子似满树的小太阳，在白雪的映衬下更加火红，给人冰冷的心以阳光般的温暖，让我差点忘记了现在是冬季。想起来，嘴犹含着香甜柔软的柿肉，至今余香还浸在嘴里。

计划经济时代，农村产的水果交到收购站，都送进了城里的水果店，种水果的农村人却很少能吃上水果。就像伐薪烧炭南山中的卖炭翁，卖炭却不能用炭取暖。柿子是水果里的下里巴人，难登城市大雅之堂，城市人也鲜有人喜欢吃。柿子成了农村人能吃到的很少的水果，在农村很受欢迎。所谓"物以稀为贵"，柿子在秦岭北麓沿山的村子是常见果子，但在我们平原地区却很少，很稀罕。

每每看到对门黑豆哥舅家送来的柿子，我常常馋得流口水。冬天有事没事就往他家蹭摸，就是为了能讨上一半个柿子解解馋。自己老大不小，有时还会和侄子们抢柿子吃，为此没少挨骂。

小时候发现人们卸柿子时，给柿子树上总要留几个，这让我眼馋。老人们说，柿子树结了那么多柿子，大多都让人吃了，留下几个给柿树，也是对它的安慰或者说是奖励。不留的话，柿树会生气的，来年就不结柿子了。是的，人不能一味获取，要取也要舍。

结婚后，岳母家院子里有一棵火晶柿子树。每年霜降过后，柿子上撒了一层薄薄的白霜，颜色更加红艳。知道我好这一口，岳母早早地就让岳父摘柿子，骑着自行车沉腾腾的几十里地大老远给我送来。看着一兜一兜柿子，再看看气喘吁吁的岳父，我的心里犹如春天般的温暖，瞬间开满了一簇簇灿烂的花儿。

隐士告诉我们，那是他承包山民的一棵柿树。但是每年他并不摘柿子，冬季每天一开门看到满树火红的柿子，就看到了生命的激情，开始一天崭新的生活。更重要的是还可以作为缺食的鸟儿的食物。雪天他在茅庵里有吃有喝有火炉。而那些受伤的鸟儿，留恋山林不愿离去的鸟儿，傍晚在落日里觅食凄惨的叫声让人心寒。他心生怜意，于是就把那满树的柿子留给了鸟儿们。

怪不得刚才听到残雁声。

"草木鸟兽也是有生命的，也是有感情的，它们是人类最好的朋友和邻居。远亲不如近邻，我们要善待我们的邻居。"隐士如是说。

隐士的一席话引起了我的深思。地球是人类和动植物共同的家园，人和动植物生存的权利是平等的，人类和动植物都是地球的主人。我们人类为什么要霸道地肆意扩大自己的权利，而去侵害它们的权益呢？既然是邻居，低头不见抬头见，那我们为什么不善待我们的邻居呢？

不知怎么的，雪地里那棵挂满柿子的柿树总在我心头萦绕，隐士的话常常在我耳边回荡。

春雪中泡温泉

今天已是正月十四，眼看着就是元宵节。元宵节过后，农历的新年就要落下帷幕了。又一年，就这样日复一日、月复一月地开始了，直至再次撕完台历上最后一页。欢乐喜庆的春节，着实让人紧张忙碌而又身心疲惫。泡个温泉，把身和心在天然而富有矿物质的温泉水里洗涤、浸泡、融化，洗去身心的尘土，泡散身心的疲惫，融解身心的累烦。这是最受活、最惬意的事。

我和妻子刚刚踏进秦岭脚下东大的温泉浴场，天就不疾不徐地飘起了片片雪花。上苍有意眷顾，有意安排我们要在春雪里泡温泉了，多么富有诗情画意，多么罗曼蒂克。我的心萌生了一股莫名的激动，萌发了一股异常的兴奋，滋生了一股前所未有的喜悦。心里撒欢儿的兔子跑将起来。

今年的春天来得特别早。农历年前的腊月二十六就立春了，俗称打春。立者，始也；春者，温暖、生长也。立春意味着新绿、花香、鸟语和兽情，意味着耕耘、播种、汗水和希望。正月十二就是雨水，雨水前后"鸿雁来"，"草木萌动"。

雨水仅两天后，却下起雪来，这是一场绵绵的春雪，一场柔情的春雪。

春雪在西风中不咸不淡地漫舞着，轻轻地飘到浴客的头上，抚弄着乌黑的发丝；暧昧地落到他们光滑的脸上，妩媚地轻吻着他们的面颊；融化在浴客洁白细腻的光身子上，微风般轻抚他们的肌肤。有的来不及着落，热情地迎着温泉腾腾的热气，一起幻成了一堆堆青青的薄雾，化作一团淡淡的岚蔼。不一会儿，不远处的假山、雪松、翠竹、石楠、三叶草，就披上了一层白纱。春雪有些羞羞答答，含情脉脉。浴客大多躲到室内温泉里，露天的客人不很多。

我们脱下白色的浴袍，浑身哆嗦，皮肉紧绷，跳进一个四方形斜坡亭子下的汤池，一股热流从脚底向上奔腾，瞬间就涌到了头顶。隔壁池子里几对中年夫妇浪声笑语，旁若无人地边谝边啃着自带的小吃，怡然自乐其间。

离山十里阴。山根儿风利，雪也大。西风像生气的汉子，变得又狠又凉，吹起了狂劲而急促的曲子。春雪在西风的感染下，也有点不高兴了，耍起了大小姐脾气，也越来越大，越来越密，越来越急。假山无言，雪松轻吟，翠竹私语，石楠呢喃，三叶草含羞。我将整个身子浸在温泉水里，周围泛着淡淡的硫磺的气味。我几乎瞬间断片，忘情地看着雪中的假山、雪松、翠竹、石楠，像花痴，像醉鬼，像剑魔，忘记了我是谁，谁又是我，忘记了我在哪里，哪里又有我。

"垮塌"一声，寻声望去，一个钢柱偏挑的布凉棚被雪压趴下了，雪花抖落了一层，惊起了一片叽叽喳喳声，引来数十双眼睛的关注。好在下面既无物，也无人，有惊无险，虚惊一场。

我遂跳上岸，抖了抖浴袍上一指多厚的飘雪，披上浴袍，盘腿坐在池旁露天热椅上。风雪拂面，冷风掠发，寒意袭耳。椅下地热涌入体内，迅速升腾，扩散到躯体的每一个末梢，脖颈子散发着缕缕热气。体外冰凉，体内火热。冷与热对撞的一种酣畅淋漓的舒坦，似久旱逢雨的舒心。我像一位风雪中坐禅的僧侣，默默地参悟着空与色；像云端打坐的神仙，静静地体悟着道和物。遗憾的是，我既非僧，也非道，更没有那么高的悟性，因而参悟不透空与色，体悟不深道和物。但是，我还是想到了，苦与乐、悲与喜、死与生，这些极端的感觉、情感、体验，瞬间对撞的片刻，我们的内心那种短暂的感受，是多么的舒坦，是多么的享受。那是一种苦尽甘来的喜悦，那是一种悲过喜生的兴奋，那是一种劫后重生的激动。只有经历了苦才能换来甜，只有遭遇了悲才会懂得乐，只有经受过死才会珍惜生。苦与乐、悲与喜，大多数人都有亲身体验，唯有死与生是常人无法体验的。人的肉体生命只有一次，死之后就不会再生。只有那些有着殊死经历的人，那些濒临死亡的人，那些逃离死神之手的人，才会有那样刻骨铭心的体验。也只有他们更懂得生与死的意义，更加会珍惜生命的存在。

春雪、凉风中，我静静地坐了足足半个小时。我和风雪融为了一体，融化在假山、雪松、翠竹、石楠、三叶草里。此时此刻，我像变形金刚，忽然高大起来，一时间包天容地，万物揽怀，心拥天地，情系万物。

春雪依然飘飘扬扬，春风已无寒意，露天池子的浴客也多了起来。在妻子的催促下，我又跳了进去，在春风里，在春雪中，尽情地泡，尽情地洗。

此刻，生命在春雪中更加灿烂。

街口鞋摊

　　张老师满脸微笑提着一双皮鞋慢悠悠地走出了学校大门，到街上去修鞋了。谁知一会儿他低头纳闷地又提着那双鞋磨塌塌地回来了，原来街口跛子的鞋摊已几天没开张了。

　　忙碌的小镇人们这才发现，跛子有好几天没出摊了。跛子没出摊的消息一上午工夫传遍了小镇的每一个角落。好事的就四处打听原因，长舌的做了种种猜测，平静的小镇一下子沸腾了。

　　跛子杜涛可是小镇上的名人。说他是名人不是因为他有钱是土豪，也不是他干过什么惊天动地的大事，或在镇上有显赫的地位。他一年三百六十五天，无论刮风下雨，烈日寒冬，天天摆摊修鞋，已经成了小镇上的一处风景。哪一天不看到他，小镇的人们心就堵得慌。

　　听张老师说，杜涛小时候很聪明，学习非常好。初一时，放学路上不幸遭遇了一场意外的车祸。命是保住了，但是恶魔却吞噬了他的一条腿。

　　一向爱说爱笑的小伙变得沉默寡言了。他很想回到学校，却又怕同学们笑话他，看不起他，整天把自己囚在家里的小房子内。人一天天瘦下去，眼睛一天天暗淡着，头发蓬乱得似鸡窝，像村里的五保户鳏夫孙万一刚从柴火堆里走出来。一场车祸，让一个朝气蓬勃的阳光男孩，一下子变成了淡漠绝望的小老头。

杜涛的妈妈愁得白了头发，如同国破家亡到秦国搬兵的申包胥十万火急地找到张老师，像《哭秦庭》似的鼻涕一把泪一把，声泪俱下。申包胥感动了秦王，杜涛的妈妈感动了张老师。张老师春风化雨般的开导如清泉漫过杜涛的心田，他战胜了心魔，走出了残疾的阴影。

热心的张老师又四处奔走，凭着当老师的人脉，抛下知识分子的尊严，东游西说，通过区残联的资助，杜涛装了一条假肢。初中毕业后，在小镇的街口摆下一个修鞋摊。

小镇地处秦岭北麓的国道旁，虽说地方不大，南来北往的人却不少。经商的，贩山货的，开饭馆的，卖服装的，摆水果摊的，干啥的都有，生意一家比一家红火。杜涛的鞋摊最红火，像五颜六色花丛之中的一株火红的玫瑰，格外惹眼。从早忙到晚，吃午饭像鸡刨食筷子划拉得很欢，上厕所也一路小跑。他不仅能自食其力，还可以贴补家用，帮父母减轻一点压力。杜涛人勤快，无论阴晴雨雪，从不让小镇的人失望。那鞋摊如同小镇的一座地雕，上面撑着的遮阳伞或雨伞几乎成了小镇的标志。他心灵手巧，又很麻利，就像一位魔术师，一双破了的皮鞋，放在他手上，三下五除二就修好了，跟新的一样。小伙不仅手艺高，人特活气，嘴又甜。见了顾客不笑不说话，"大姐大哥大伯大叔"，嘴里像抹了蜂蜜。修鞋的人心里十分舒坦，像喝了黄桂稠酒一样。就是不修鞋的镇上人，也爱往他的鞋摊跑，享受一下甜蜜热情的招呼。

张老师本来烟瘾就大，这几天没有看到杜涛，心焦烟抽得比平时格外多，几乎一天一包。天天往街口跑，有时一天跑好几趟，急得肝起火，嗓子冒烟，嘴唇一圈白镶边，嘴里长出了几个水泡。

终于看到了杜涛的鞋摊，这天张老师起了个大早。原来杜涛去省城参加残疾人运动会了，走得有些急，没来得及告诉张老师。托村里的同学给张老师捎个口信，谁知这个同学是个马大哈，忙起来竟然忘到九霄云外。杜涛昨天参加完比赛，晚上就立即赶回来了，一大早又骑着小摩托车，拉着修鞋的缝纫机和柜子，出现在街口的十字。张老师比吃了黄连上清丸还灵验，焦火泄了一大半。见到张老师，杜涛打了鸡血似的兴奋，高兴之情洋溢满脸。他绘声绘色地讲述着比赛的过程、赛间花絮和趣闻，张老师更激动，比自己参加比赛还高兴，像吃了烈性炸药高兴得飞上了天。

杜涛又天天在街口修鞋，一年又一年。当我离开那所学校的时候，他的鞋摊仍然是镇上的一道风景。

前不久回到小镇上，没有看到杜涛的鞋摊，我的心空落落的，憋满了失落。我情不自禁地给退休在家的张老师打了个电话。听说我问起杜涛的鞋摊，张老师告诉我："这些年镇上人们的生活水平提高了，修鞋的生意一天不如一天，娶妻生子的杜涛负担也重了，前年在城里开了一家皮鞋美容店。妻子在店里给他打个下手，生意挺不错，如今在城里买了单元房，儿子也在城里上小学了。"听筒里传来无以言表的自豪。

挂断手机，离开小镇。正午的太阳直直地照在大地上，天空格外得蓝，披翠的秦岭格外清晰，近在眼前。我的心如同灿烂的阳光。

明天我一定要去杜涛的皮鞋美容店消费一次。

没有机会的道歉

弹指间从教已 26 年，一晃离开讲台也已十多年，教学生涯中的往事，记忆依然十分清晰。一些片段已深深地印在我的记忆里，一些细节也牢牢地刻在我的心间。年轻时的得意之笔，现在看来是糟事。这些往事常常袭上心头，让我又羞又愧。这种感觉越来越沉，压得我几乎喘不过气来，让我的心备受煎熬，让我的灵魂常受拷问。我好想对他（曾经被我逼得转了学的一名小学五年级小男生）说声"老师错了，老师对不起你"。

师范刚毕业，"恰同学少年"，风华正茂。春寒料峭的二月，我迎着初春微暖的阳光，意气风发地走向了三尺讲台，开始了"娃娃头"生涯。在终南山北麓的一所乡中心小学，担任五年级一班班主任、语文和三年级历史老师。初涉教坛，我怀着火一样的热情，浑身有着使不完的劲，几乎把全部精力投入到了教学之中，每天和学生们泡在一起，实践自己卑微的教育理想。同级另一个班的班主任吴老师，年近五十，既是学校的语文教研组组长，也是学校的招牌教师，我暗暗和他较劲。无论教学，还是管理班级，既勤快，又细心，手又特别硬。半个学期下来这个班在我的精心调教下，班风正学风浓，期中考试成绩破天荒首次超过同级另一个班，而且在学校开展的各项活动中遥遥领先。我暗自得意，偷着高兴，每一个细胞都洋溢着自豪。教学更卖劲了，管起学生手也更硬了。

期中考试不久，班里有一个姓张的小男生，一两周内接二连三迟到。当东方晨曦泛红，其他同学已早早开始读书了。而他，太阳一竿子高了，才失急慌忙，一边揉着惺忪的眼睛，一边连连打着哈欠，一边背着书包往学校跑。被值周老师扣在了学校大门口，校长广播通知我去领人。前两次尽管觉得丢人，有些尴尬，也只是淡淡地批评了一下他。第三次我却非常恼火，一时间，五官紧急集合，鼻子不是鼻子，眼睛不是眼睛，还狠狠地扇了他一巴掌，又痛批了一顿不算，还罚站了一上午。这之后，他按时到校了两天，第三天又迟到了。我的忍耐达到了极限，我再也无法容忍了，我铁青着脸，勒令他叫来家长。他满头白发的奶奶急急火火而来，又是赔不是，又是说好话，保证像丢盹，汗珠子像滴雨星。我却巍然不动，一点也不动心，仍不依不饶，让将他带回家美其名曰"反思"，以示杀鸡骇猴。可怜的老太太，颤巍巍无奈地领着孙子回家了，让他闭门思过一天。然而好景不长，他按时到校一周后，老病复发，又迟到了。他的奶奶磨破嘴皮，好话说尽，我铁了心，非要他的父母来学校一趟不可，否则就让他转学。

这个男孩的父亲在西安钢厂上班，当时企业效益不好，又面临着裁员，不敢请假。母亲在他父亲单位旁打工，夫妇俩忙于生计，平时很少回家，孩子留给奶奶带。我固执地坚持父母不来，孩子不能上课。谁知这小家伙也是头犟驴，和我杠上了，就是不愿叫父母，把自己关在家里，决意不再上学。奶奶急坏了，叫回来了他父母。小孩死活就是不想再上学了，家长叫来亲朋好友、他的小伙伴，好劝歹劝，横讲道理，竖说好话。他终于松口了——让他上学，必须转到西安。父母只好把他转到西安钢厂附近的一所小学。这些是我后来从其他同学口里知道的。

两天、三天他没来上学，一个星期他还是没来，我有些坐不住了。一大早，火烧火燎地到他家里去一问，他转学了。尽管这样，他奶奶还是很热情，依然笑脸相迎，反反复复说不怪老师，但我心里却不是滋味。那学期结束，我调入了乡里的一所初中，这件事也就淡忘了。时间久了，竟然把它抛到了洋洲海南去了。

随着教学经历的丰富，加之从事了教育行政工作，读的教育书籍也多了，近几年又担任了区教育局副局长，每每想起这件事，我不免有些后悔，常常在心里不断地责备自己。我的粗暴不知道对他造成多么大的伤害，对他的人生有什么样的负面影响，我不得而知。然而，夜深人静之时，独坐静思的片刻，羞愧之情越来越浓，越来越重，像一块巨石压在我的心头，叩问着我的良心，折磨着我的灵魂，让我不能安生。于是我设法打听小男孩的下落，想当面向他道个歉，求得心安，求得精神的解脱。然而至今没有他的一点音信，甚至一点点蛛丝马迹也没有。也许他早就不恨我了，也许他已忘得一干二净了，然而我却怎么也忘不掉。我常常想，难道自己要把愧疚带进棺材里去了？难道余生没有道歉的机会了？难道我的生命要留下遗憾？

不知什么时候我能完成这个道歉，那样我会轻松地去见马克思。但愿我的愿望能够实现。

快乐的小学生活

阳春三月，灿烂的阳光，蓝蓝的天，白白的云，柔柔的风，田野的空气、水、风里，全都弥漫着浓浓泥土的香、醇醇青草的香、淡淡野花的香，人间浸泡在春的酒里。周末野外踏青、赏花、郊游的中老年人络绎不绝，共同绘就了一幅春景图，他们既是作画者，也是画中景。遗憾的是画里少了天真烂漫的小天使。

城市和小镇的幼儿、孩童、少年郎，有的坐在父母的甲壳虫车里穿梭在大街小巷之间；有的骑在大人们的自行车、摩托车后座，出没于街口巷尾。他们拎着印有各种兴趣班字样的小包，步履匆匆，一起拥向早教、音乐、舞蹈、绘画、书法及各种文化课补习班。个个神情呆滞，面如刀刻，满脸疲惫，构成一幅忙碌的补课图。

看到孩子们疲倦的身子、黯淡的眼睛、僵硬的表情，我的心一阵阵酸痛，像刀子在心骨上一刀一刀地剐，在流泪，在滴血。是谁夺去了他们童年原本的快乐，作为教育工作者的我们也许就是始作俑者之一。不禁回忆起我的快乐小学生活，权以慰藉自己受伤的心。

乒坛高手

乒乓球是国球，曾被誉为小球拨动大球，开创了共和国外交新局面。乒乓球活动深受国人喜爱，男女老幼，人人皆宜。在我幼年的记忆里即就是"文革"期间农村体育运动也很繁荣，区域农民运动会经常举行，乒乓球、篮球是最热门的项目，也是参加人数最多的赛事。篮球运动是体力型，乒乓球运动属竞技型。少时，我个子小，人又瘦弱，篮球自然不青睐我，我则敬而远之。好在腿脚灵活，脑子也不笨，遂喜欢上打乒乓球，竟然有些痴迷。

学校简陋的水泥乒乓台常常是我露脸出彩、大显身手的地方。小学第一学期我因贪图安逸的城市生活，随常驻西安跑采购的父亲住在端履门劳动旅社，缺课多，成绩有点差。期中考试后，班主任把我和几个"大木头"留下来补课。补完课，卸下小黑板，不急着回家，向体育老师借两副乒乓球拍，三三两两就打起乒乓球来了。那时头顶刚刚冒过乒乓球台案，要踮起脚尖，努力向上，扯着身子，伸长胳膊，跟着台上乒乓球跑，像个小笨熊。那动作蹩脚，在别人的眼里像卓别林，好滑稽，忒可笑，然而我却打得高兴，兴致很高，浑身几乎每一个细胞都乐开了笑窝。几年下来我竟成了学校的乒坛高手。"福兮祸之所倚"，我因被老师留下来补课，倒练就了一手好乒乓球，掌握了终生锻炼的一项体育项目。也许世界上的事就是这样，就像农民说的，好事里有坏事，坏事里有好事，正应了那句古语"塞翁失马焉知非福"。

那段时间我痴迷于乒乓球，偷着摸着腾出时间打乒乓球。因此学习更认真了，上课听讲特别专心，生怕作业出错或者不会做耽搁时间，影响打乒乓球。学习成绩也位列同级两个班前茅，次次期中、期末考试都在学校光荣榜上题名。我家在老式砖砌的城门里，学校在城门外的凉水泉边，家距学校仅50米。那时上学是每天三趟制，我老是匆匆忙忙，吃过早饭、午饭，第一个到教室早早做完老师早上布置的作业。当其他同学来时，我已拿着球拍厮杀在乒乓球场上。逗得其他同学手直发痒痒，受不了诱惑的、胆大的，撇下笔，拿起球拍和我大战起来，把作业抛到了九霄云外。当老师上课检查作业时，他们很窘迫，很狼狈，样子十分好笑。挨老师一顿狠批是少不了的，后脑勺还要吃上几个"糖不棱弹"。老师情绪不好时，偶尔也会来上一板叉子或者一笤帚把，疼得他们直皱眉头，牙齿紧咬薄薄的红嘴唇，龇牙咧嘴，五官几乎都移位了。我则趁着老师批评他们的空隙，朝他们挤眉弄眼，坏坏地笑，满脸小得意。现在回想起来，仍觉好笑，免不了为自己的小聪明自鸣得意。静下来也后悔自己那时有些坏，一丝愧疚袭过心头。人生什么事都可以干，害人的事确是不能干的。

我也偶有因打乒乓球走麦城的时候。一次下课铃响了，我早早攥着乒乓球拍，未等老师走出教室，先飘出教室，结果没有听到老师安排的事。第二天上课出了个大洋相，惹得全班同学哄堂大笑，让他们也着实看了我一次哈哈笑。我羞得恨不能找个老鼠洞钻进去。还有一次下午放学打乒乓球得意忘形，竟然不知把教室的钥匙丢了，天黑后汗流浃背、急急忙忙摸黑回家。早上起来，来到学校开门时，发现钥匙不见了。在乒乓球台周围东找找、西寻寻，前看看、后瞧瞧，却就是没有找到教室的钥匙。门口围的同学越来越多，我一下子浑身发热，血压升高，满头大汗，满脸红涨，犹如猪尿脬。只好等事务老师来了，借了钳子、小锤，砸了锁子。因此也挨了老师一顿狠批，自己班长的面子大失。中午放学回家，在母亲身旁踅摸来踅摸去，始终不好意思开口向母亲要钱给教室赔锁子。最后撒谎说要买课外书，问母亲要来钱到村里商店买了锁子。纸里终究包不住火，几天后，骗钱赔锁的事还是被母亲知道了。然而奇怪的是母亲并没有骂我，母亲说赔锁子应该，撒谎却不应该，做人要实在，做了错事要敢于承认，要勇于担当。

现在已很少打乒乓球，但是偶尔一上手，大家都说老基本还在呢。毕竟小学时代我曾是学校的乒坛高手，乒乓球着实也让我在小学时代虚荣了好一阵子。

足球勇士

关于足球这项世界性集体运动项目的起源，国人老以文明古国的心理出发，追本溯源，找到了足球运动起源于古代的蹴鞠。引经据典考证，据说春秋时代已有之，为什么没有发展成为现代足球，其中原因不得而知。现代足球源于英国确也是不争的事实，20 世纪风靡世界。欧美球队成为足坛的常青树，是长期的王者。近些年非洲诸队也不赖，唯我们的足球大跌眼镜，令球迷惨不忍睹，观众伤心至极。小时候非常喜欢足球，成年后几乎不看足球赛。

小学高年级我也曾经是足球运动的热衷者，也是铁杆球迷。上世纪 80 年代我们村小学添置了足球门和不少足球，还是民办教师的教体育的徐老师开始教我们踢足球。体育课上，徐老师教我们控球、带球、传球、断球、铲球、射门等最基本技能以及足球基本规则和相关知识，陪我们一起操练。一节体育课 45 分钟，总觉得一节课还没踢球就结束了，过得真快，恨不能把值周老师表的指针拴住，把太阳的腿抱住，不奢望它们停下来，幻想着至少走得慢一些。时间却循规蹈矩，不疾不徐，不等任何人，也不偏不向任何人。每次体育课我们都拖拖拉拉，藕断丝连，只要下一节课预备铃不响起，我们是不会离开操场的。离开时，往往一步三回头，就像与热恋的情人分离一样黏黏糊糊，尽管是暂时分开，总也难分难舍，好似遇到美女的男人腿有点迈不动。

几乎每天下午，我们都缠着徐老师指导我们踢足球。起初是半场，慢慢是全场，后来就是正式比赛。同级两个班，分别成立了足球队。文体活动时间或者放学后，一有时间我们就自发约好，来上一场对抗赛。一场球踢下来，就像澡堂子泡过一样，浑身开满了水花，挂满了透明的珍珠。有时跌倒几次，满身土，汗水泡过，一身黄泥巴，就像刚从水井升上来的淘井工，如果不是鼻子在呼吸，眼珠子、嘴唇在动，一定会以为是一尊尊秦兵马俑。尽管运动量大，但那时正是和骡子一样吃不饱干不乏的年龄，个个像发情的小公牛，欢实得不得了。围上来的观众多了，有的想显摆一下，踢得更卖劲。特别是女同学来得多时，有些小男生为引起女同学注意，有意炫耀自己球技，一个人带球长驱直入。这也许是雄性动物的天性，在雌性面前表现欲望极强。可惜弄巧成拙，被对方断去，错失了射门的机会，引起队友一片指责。那些平时学习不怎么样的、调皮捣蛋的、常常挨训的、在班里抬不起头的，又是断球，又是铲球，又是射门，彩头露尽，像撒欢儿的牛犊，赚来女生的掌声钵满盆溢。

踢足球，磕磕碰碰、摔摔倒倒，是家常饭。农村学校是土操场，大家每次踢足球前都会仔细把操场的小石子、小砖粒捡拾干净。足球运动是剧烈运动，有时被对方队员撞个人仰马翻；有时断球，会绊倒来一个狗吃屎；有时铲球摔倒，来一个四蹄蹬天。冬春季节穿的衣服厚，拾起身来，拍拍衣服上的黄土，又箭一般追着足球去了。夏天短袖短裤，胳膊腿难免蹭破点皮，擦伤点肉。流点小血，挂个小彩，也是在所难免。自己或者队友，使劲儿一吹，把破了、伤了的部位的黄土吹干净，在球场边拔上一撮刺儿菜，狠劲地揉，挤出绿色汁液滴在伤处，或者跑到墙角，自己给伤处尿一点止住血，忍着酸痛又跑上场了。有的索性给伤处再粘些黄土，糊住伤口，继续踢球，唯恐别人占了自己位置，自己插不上手，真有点轻伤不下火线的味道。我们班一个姓李的同学有一次摔重了，大家七手八脚把他抬到村医疗所做了简单处理。晚上疼了一夜，第二天腿脚肿得像大象。家长拉到地段医院，拍了片子，发现骨折了，不得不打上石膏，他也被家长狠狠地骂了一顿。害得一半个月不能上课，拐子挂了一个多月，被同学戏称"铁拐李"。他却乐呵呵的，腿刚好，又窜到足球场。人活在世上，也是在踢一场加时足球。一辈子难免要摔跟头，跌跤、受伤，拾起身，拍拍土，疗好伤还是要往前走，日子还是要往下过的。

工作以后，人困了，身也懒了，腿也跑不动了。偶尔踢一场足球，几分钟就气喘吁吁。小时候的骠劲儿，全没有了。好动、好玩是儿童的天性。中小学时代吃不饱、玩不够的时光，一去不复返。过了那个季节，一切就成为过去。

近来看到国家提倡中小学开展足球运动，我很高兴。看小孩踢足球，也是一种享受，也是一种满足。

走，看我们的孩子们踢足球去。来，继续踢好人生这场足球。

法之殇，德之痛，体制之弊？

不幸的是秦玉河发生了车祸意外而亡，幸运的是李雪莲终于不再上访了。

王公道院长和秦有才局长终于再不用起早贪黑到处围追截访了，郑众县长终于再也不用担心被撤职了，马文彬市长也可以安安心心地参加全国人代会了。

一场长达 20 年的信访就这样意外地画了个句号。王院长不曾想到，秦局长也不曾料到，郑县长也不曾预见到，郑市长更不曾梦到。

我们不禁要问，李雪莲之访是法治之殇，还是德治之殇？

当年农村妇女李雪莲和在县里运输大队开车的丈夫秦玉河为了生二胎，逃避计划生育政策处罚，夫妻商定假离婚。谁知丈夫秦玉河假戏真做，不仅在单位分得一套住房，而且在县城里另娶娇妻金屋藏娇过起了城市生活。李雪莲腹中胎儿流产，鸡飞蛋打一场空。她岂能忍下这口气？

李雪莲一纸诉状，将秦玉河告到了县法院。法院开庭审理了此案，事实清楚，证据确凿，主审法官王公道依法裁定李雪莲秦玉河离婚成立，李雪莲败诉。她说什么也想不通，竟然抛下女儿，停了小餐馆，开始了一场长达

20 年漫长的上访之路。

李雪莲上访到底是谁之错？法院依法判定李雪莲和秦玉河离婚成立并没有错。错的恰恰是李雪莲和秦玉河想生二胎假离婚逃避法规欺骗国家，错还在于秦玉河心生异念背信弃义做了负义的王魁。因而可以说李雪莲的上访并非法治之殇，而是德治之殇。

改革犹如一颗巨石砸进当时沉寂的中国经济这潭死水，泛起满潭涟漪，生产力一下子活泛了。开放又给这潭深水注入了源源不断的活流，中国经济飞速发展，社会物资极大地丰富。与此同时，改革也使水潭里的沉渣泛起，开放也带来了一些杂质污物，传统的诸多优秀文化道德观念被丢弃。在一切唯钱的商品经济大潮中，不少国人出现了信仰危机、文化盲从、道德迷失、品质滑坡、伦理丧失。于是就出现了诸如李雪莲和秦玉河假离婚等诸多怪事。又是一部二十年目睹之怪现状。

为了套取农业水利补助，虚报果园地亩，挖半截干井，挂羊头卖狗肉。为领取低保金瞒报家庭收入，捏造事故，开具假收入证明和假病例，竟然出现了堂堂的部长父亲领取低保的丑闻。为得到更多的拆迁赔偿，出现假结婚假离婚，甚或闹出了儿子夫妻假离婚后公公儿媳结婚的荒诞剧。征地为了多赔款，连夜密植树，甚至机器挖坑直接光桩扦插，一夜之间满地树木如芦苇荡一般。凡此种种，五花八门，光怪陆离，无奇不有，荒诞至极。我们不禁要问，向来以文明古国礼仪之邦自居的国人怎么了？难道是疯了吗？中了邪？着了魔？到底得了什么病？一位院士道出了天机——"国人害了爱钱的病"，一语中的。

倔强的李雪莲在饭店门口堵住了宴请老院长的法院院长旬正一，在县政府门口拦住县长史闹民的小汽车，在市政府门前跪了三天，结果被关了劳教。李雪莲的心彻底死了，庄子老先生讲过"夫哀莫大于心死，而人死亦次之"。她决定从此不再上访，只要能得到秦玉河的一句实话，心里也能得到小小一点慰藉。然而秦玉河的一句"你是潘金莲"，又硬是激起李雪莲的牛劲，竟然跑到北京上访了。

更为可悲的是上访成为李雪莲生命的动力。犹如瘾君子离开了鸦片大麻就浑身无力，上访对李雪莲来说犹如一剂兴奋剂，她仿佛看到生命的光芒、活着的意义和人生的价值。秦玉河死了她不能再上访了，她突然觉得活着没有意义了，失落、空虚，最后竟然选择了上吊自杀。可悲呀可悲！

李雪莲上访20年也是我们干部体制之殇、信访体制之殇。

李雪莲混进全国人大会场，拦住中央首长的车辆告了一场御状。让储省长丢尽脸面。储省长哪肯放过下属，县法院院长、县长、市长无一幸免，全被撤职。

全国"两会"前，已经当了县法院院长的王公道不得不去看望李雪莲，又是提着腊肉，又是攀附亲戚，其实看望是假，劝她不上访是真。当李雪莲说今年不再上访时，从王公道院长、郑重县长到马文彬市长打死谁也不相信李雪莲的话。一句要写保证的话再次激怒了李雪莲，她的"牛"病又犯了，她想方设法灌醉稳控人员跃窗逃出家门，再次踏上了进京上访之路。

现实中我们的各级官员为了和上级拉关系，讨好巴结拍马奉迎，极尽之能；为了增进和领导个人感情，陪领导打球、看球赛、打麻将，极尽之好；为了给领导留下一个好印象，掩过饰功大搞政绩工程，花钱消除负面信息，极尽之事；为了保住头上的乌纱帽，想尽千方百计稳控堵访截访，极尽之智；为了官越做越大，跑官要官大肆行贿甚至不惜奉上妻女之色供领导享用，自己蹲守在门外，极尽之才。简直丑态百出，为此闹出了不少笑话。堪比天方夜谭，滑古今之大稽，写天下之奇闻，写出来又是一部《官场现形记》。倒是真委屈了我们的官员，苦坏了我们的官员，累坏了我们的官员，难坏了我们的官员……官员实实不易呀！

悲哉，痛哉，思哉。

好在李雪莲上访终结后，引起了马文彬市长的深思，在全市开展了一场干部敢于担当的作风整顿。欣喜的是中央已经开始把法治和德治结合，重视重塑文化自信，着手干部体制改革和信访制度改革，让我们看到了社会的希望，看到了民族复兴之光。

但愿不再出现李雪莲式的上访。